KB071341

AI 시대

AI 시대

초판 1쇄 발행 2024년 4월 1일

지 은 이   권오형
발 행 인   권선복
편   집   권보송
디 자 인   김소영
전 자 책   서보미
발 행 처   도서출판 행복에너지
출판등록   제315-2011-000035호
주   소   (07679) 서울특별시 강서구 화곡로 232
전   화   0505-666-5555
팩   스   0303-0799-1560
홈페이지   www.happybook.or.kr
이 메 일   ksbdata@daum.net

값 20,000원
ISBN 979-11-93607-24-4(03810)

도서출판 행복에너지는 독자 여러분의 아이디어와 원고 투고를 기다립니다. 책으로 만들기를 원하는 콘텐츠가 있으신 분은 이메일이나 홈페이지를 통해 간단한 기획서와 기획의도, 연락처 등을 보내주십시오. 행복에너지의 문은 언제나 활짝 열려 있습니다.

AI 시대

인공지능 시대의 슬픈 사연

권오형 지음

도서출판 행복에너지

머리말

　인공지능(AI)에 대해서 나는 사실 상식이 전혀 없다. 신문과 방송에서 워낙 많이 소개가 되다 보니 이제는 그것이 일상 생활 용어처럼 인식이 되고 있음에도 내가 인공지능에 대한 의미를 제대로 이해하기에는 분명 한계가 있다. 원래, 지능이라 하는 것은 (우리 인간과 같은) 살아있는 생명체들의 인지능력을 의미하는 것이라 알고 있기 때문이다. 그런데 어째서 살아있는 생명체도 아닌 가공(금속)물질의 기계 부속품에 불과한 반도체란 전자제품을 가지고 그것을 인공지능이라 하는 것인지 그 이유를 이해할 길이 없다. 물론, 그것이 사람의 손에 의해 인공적으로 만들어졌다는 의미를 이해 못 해서 하는 소리가 아니다. 그러나 "지능"이란 것에 대한 문법의 새로운 해석이나, 그로 인한 해명은 들어본 일이 없다. 그러니까 결론적으로 말해서 지능이란 말의 본질은 뒤바뀐 일이 없다고 하는 사실이다. 그랬기에, 생명체들의 인지능력을 의미하는 지능이나, 반도체로 만들어진 전자제품의 인공지능이나 지능의 의미는 둘 다 똑같다는 의미가 분명해 보인다. 그래서 내가 이해를 못 하는 이유가 거기에 있거니와, 이제는 인공지능의 지능 수준이 인간의 지능을 능가하는 수준에 이르게 되었다는 사실이 문제이다. 원래 인간은 만물의 영장이라 해서 세상의 주인이라 하는 것도 지능 수준이 만물의 으뜸이기 때문이라 하거니와, 그렇다며 이제는 세상의 주인도 인공지능으로 바뀌어야 할 시기가 도래한 것이 아니겠는가. 인공지능이 만물의 영장이 아니라 해서 세상의 주인이 되지 못할 이유를 내 머리로서는 도저히 찾아낼 수가 없기 때문이다.

그래서 하는 말이지만 "AI 시대"의 슬픈 사연에 대해서 그것이 진실이 아니라고 말할 사람이 있을는지 그것이 정녕 알고 싶다. 나도 그게 꿈인지 현실인지 분간이 쉽지 않기 때문이다. 그러나 여러분은 알고 있을 것이다. 이미 인공지능에게서 그 해답을 들었을 테니 말이다.

2024년 정초에

권오형

목차

1. 신비로운 세상 이야기

어디선가 누가 나에게 이렇게 말했다.

"드루와! 얼렁 이리 드루와!"

나는 고개를 돌려 주위를 살펴보았다. 그런데 주위엔 아무도 없었다. 참으로 이상한 일이었다.

"그렇다고 설마 거울이 말을 했을 리는 없고…"

하다 말고 나는 그만 기절을 할 듯 놀라고 말았다. 대형 거울 앞에 서서 내가 내 모습을 비쳐보다 말고 정말이지 기절을 할 뻔 했던 것이다.

"설마 (거울 속에 비친 그림자) 니놈이 나를…?"

그랬다. 그것은 대형 통거울 속에 비친 내 자신의 모습이었다. (그것을 내가 그림자라고 표현하였거니와) 그림자가 내게 귀신 씨나락 까먹는 소리를 뱉아내고 있었던 것이었다. 그랬으니 내가 놀라는 것은 너무도 당연했다. 꿈속에서는 간혹 귀신이랑도 대화를 나눠 보기는 했으나 대형 거울 속에 비친 내 그림자가 내게 말을 걸어오리라고는 상상조차 해본 일이 없었던 것이다.

"미쳤구만, 미쳤어! 기어이 내가 미쳐버린 것이야!"

나는 내 자신이 미쳤다는 사실을 솔직히 인정할 수밖에 없었다. 내가 미치지 않고서야 거울 속에 비친 내 그림자가 나를 향해 말을 걸어올 리 없을 일이기 때문이었다.

그러한 와중에서도 나는 급히 정신을 가다듬은 뒤 주위를 둘러 살펴보았다. 주위에 사람이 있나 없나 확인을 해보기 위해서였다. 주위에 사람이 있다면 분명 내 모습을 보고는 나를 미친 사람으로 취급할 것이기 때문에 그것이 두려워서였다. 내가, 미친 짓거리에 휘말리고 있는 이 기가 막힌 상황에서도 나는 정녕 미친 사람 취급 받는 것은 엄청 싫었던 것이다. 그랬는데, 천만 다행스럽게도 주위에는 지나다니는 사람이 하나도 없었다. 그나마도 얼마나 다행스러운지 모를 일이었다.

"후유- 다행이네! 하마터면 꼼짝없이 미친놈 취급 당할 뻔하지 않았던가. 키긱, 킥킥-"

내가 '킥킥' 하고 웃음을 토해낸 것은 기분이 좋아서 웃는 것이 아니라 바로 쓴웃음이었다. 그리고 이때가 되어서야 비로소 마음을 놓고 그림자에게 내 심정을 그대로 토로할 수가 있었다.

"이제서야 말이지만, 나도 예전에는 미처 몰랐었거든? 미친 사람들이 왜 혼자서 킥킥거리며 웃는지를 말씀이야. 그런데 시방 내가 미쳐보니까 알겠다니깐 글쎄, 아마도 지금의 내 모습이 다른 사람들 눈엔 미친 것으로 보였을 거 아니냐 이런 말씀이야. 내가 너(그림자)랑 말을 하고 있는 이 꼬락서니가…!"

그림자가 내게 핀잔이라도 주듯 한마디 쏘아붙이며 대꾸를 해왔다.

"헛소리 그만하고, 올 거야 말 거야? 오기 싫걸랑 말고!"

이번에야말로 정말이지 그만 말문이 막히고 말았다.

"하이고오~ 미치겠네! 가긴 어딜 간다는 거야 이 허깨비야? 내가 그래도 지금까진 안 미치려고 애를 썼지만서도…그런데 그거 시방 니놈이 한 말 맞냐?"

참으로 어이가 없어서 더 이상 말을 이어갈 수가 없었다. 아무리 세상이 말세라지만 그래도 이건 좀 심한 편이었다. 거울 속에 비친 그림자란 놈이 마치 살아있는 사람이라도 된 듯, 제 주인인 나를 향해 (남의 말 하듯) 말을 걸어오고 있었으니 말이다. 그러나 그것뿐이라면 또 다행이었다. 그림자 주제에 또다시 내게 반박까지 해왔던 것이었다.

"왜? 그림자는 어디 말도 한번 못 하냐?!"

"어쭈- 이놈 보게? 헛껍데기 그림자 주제에 어따 대고 감히…"

"말을 함부로 하냐고? 바보같이!"

나는 그만 살짝 꼭지가 돌고 말았다. 남들이 들으면 내가 그림자를 상대로 너무 예민한 것 아니냐며 핀잔을 줄지도 모르겠지만 이건 결코 그냥 참고 넘어갈 일이 아니었다. 그림자가 아니라 유령이라고 한다면 차라리 변명이라도 될지 모르겠으나, 겨우 거울에 비친 그림자 따위에게 바보라는 막말까지 듣고 보니 인간으로서의 체면이 참으로 말씀이 아니었다.

게다가, 사실은 내가 약이 오른 척이라도 해야 할 또 다른 이유가 더 있기는 했다. 그림자가 감히 내게 말을 걸어오다니. 이것은 분명 내 정신력에 문제가 생겼다는 의미인데, 그것을 변명할 빌미꺼리가 필요하기는 했던 것이다.

(혹여나 이게 환청이란 것은 아닐까?)

환청이란 것에 대해서는 나도 사실 상식이 없다. 그러나 지금 내 정신력에 이상징후가 나타났다는 사실만은 분명하게 알아차릴 수 있었다. 신경이 예민해질 수밖에 없는 이유였다.

"에고 젠장! 내가 어쩌다가 이 지경에까지 오게 됐나 글쎄…! 이랬으니 남들이 보면 나를 미친놈으로 취급할밖에!"

"그래도 알고 있기는 하나 보네!"

"그럼, 미친 것도 하나 모를까? 그림자 주제에 사람을 뭘로 보고…!"

"그래, 니 팔뚝 굵다! 누가 미친 놈 아니랄까봐…"

"저게 정말…!(내가 니 놈을 그냥 두나 두고 보자!)"

나는 정말이지 엄청 화가 났다. 상대가 누구거나 말거나 그딴 것은 염두에도 없었다. 이것이 비록 환상이라 할지라도 그림자 따위에게 조롱을 당한다는 것은 정녕 그냥 참고 넘길 일이 결코 아니었던 것이다. 그래서 무조건 대책도 없이 분풀이만 해주겠다는 목적으로 그림자를 향해 돌진을 했다. 그러니까 정말로 아무런 대책도 없이 무조건적이었다. 그러자, 갑자기 누군가가 또 다시 내게 조롱을 해왔다.

"내가 그럴 줄 알았지 그럴 줄 알았어! 이렇게 사고를 칠 줄 알았다니까는, 깔깔깔~"

그러면서 손뼉까지 (짝짝) 쳐제끼는데, 나는 순간 당황을 하지 않을 수 없었다. 안 그래도 (누가 나를 지켜보는 사람이 없나?) 해서 잔뜩 신경을 곤두세우고 있던 참인지라 나는 더더욱이나 더 놀라 자빠질 수밖에 없었다. 상대가 그동안 내 일거수일투족을 고스란히 지켜보면서 내 행동을 주시하고 있었다는 증거이기 때문이었다.

(사달이 났네, 사달이 났어! 어느 미친놈이 나를 숨어서 지켜보고 있었기에 이 소란을 피우는 거야 시방?!)내가 미친놈 취급을 받을 땐 받더라도 나를 놀래킨 응분의 대가만은 치르게 해 주겠다며 주위를 둘러 살피는데 상대는 그 낌새도 알아채지 못한 채 다시 한번 더 목소리를 높여 말을 걸어왔다.

"내가 그럴 줄 알았다고 했잖은가 이 친구야! 그나저나, 언젠가는 한 놈 걸려들 줄 짐작은 하고 있었네마는, 그게 하필이면 자네일 게 뭐야 글쎄…? 반갑네 친구!"

나는 참으로 어이가 없었다.

(반갑다고 내가? 언젠가는 한 놈 걸려들 줄 알았는데 그게 하필 자네일 게 뭐냐라고? 이런 쥐새끼 같은 놈은 도대체 어디에 숨어서…)

하다 말고 나는 고개를 (갸웃)했다. 그 목소리가 왠지 낯설지가 않았던 것이었다.

(거참 희한타? 설마 귀신의 목소리는 아닐 테고—!)

그랬는데, 정말로 나는 기절을 할 뻔했다. 그 목소리가 왠지 낯설지가 않다고 했더니 역시 목소리의 주인공은 바로 황 선배였다. 황태환이! 그가 지금 큰소리로 웃음보를 터뜨리며 반갑다는 듯 두 팔을 활짝 펼친 채 내게 다가오고 있었던 것이었다.

"하하— 핫핫! 언젠가는 누군가 걸려들 줄 알았었지 걸려들 줄 알았어—! 그런데 그게 하필이면 동호 자네라니 원…!"

나도 오랜만에 황 선배를 만나는 것이 엄청 반가웠다. 그러나 황 선배의 말이 왠지 수상했다. 사람을 잡기 위해서 덫을 놓아 기다리고 있었는데 그게 하필 자네였다고 하는 말이나 다름이 없었기 때문이었다. (덫을 놓아 사람사냥이라도 하려고 했단 말인가 그럼?) 그래서 내가 인사 대신에 불만스런 목소리부터 한마디 뱉아냈다.

"왜요? 그게 내가 돼서 실망스러우세요?"

"아냐 아냐, 실망스럽긴? 반가워서 그러지 자네라서!"

"허긴, 반갑기는 하네요 나도! 그런데 혹여 사람사냥이라도 하려고 했다는 것인지, 언젠가는 한 놈 걸려들 줄 알았다는 말은 무슨 뜻이에요 선배?"

"뭐라?! 그럼 자네는 여기가 어딘지도 모르고 왔다는 게야 시방?"

"그게 뭔 말이요 선배? 여기가 지하철 역사 안에 있는 상가 거울 앞이지, 어디긴 뭐가 어디란 말예요 지금?!"

"에고야~ 내가 이럴 줄 알았지 이럴 줄 알았어! 그러니깐, 자네도 나처럼 아무런 낌새도 못 채고 거울 속 그림자한테 낚여들었단 말이지? 그런 거지 시방?"

그 소리에 나는 급히 주위를 둘러 살펴보았다. 그랬는데, 그림자가 눈에 띄질 않았다. 거울도 없고 지하철 역사도 아니었다. 무언가 기분이 섬뜩했다. 선배에게 급히 반문을 했다.

"내가 그림자한테 낚여들다니? 그림자한텐 왜 낚여요 낚이긴? 말을 좀 알아듣게 해보세요 말을…!"

"이런 젠장! 이거, 어디서부터 말을 시작해야 하나 글쎄…!"

선배는 정녕 무슨 말을 어디서부터 시작해서 나를 이해시켜야 하나 하고 그것이 난감한 듯 말을 머뭇거리고 있었다. 그것이 나는 더욱더 의심스러웠다.

그는 원래 복덕방 상무였다. 그러다가 복덕방을 그만두기는 했으나 달리 불러줄 호칭이 없어서 사람들은 그냥 그를 황 상무라 불러주고 있었다. 복덕방 상무도 상무였으니 말이다. 게다가, 나보다는 나이가 서너 살 많아서 나는 주로 선배라는 호칭을 사용했다. 인생 선배라는 의미에서였다.

그랬는데, 선배에게 그만 고질병이 생기고 말았다. 당뇨병이었다. 그러나 당뇨병은 내가 선배였다. 그랬기에, 당뇨병의 치료 문제는 선배도 내게 자문을 구하는 처지였다. 그것이 인연이 되어 우리는 사흘이 멀다 하고 서로 만나서 대화를 나누는 사이가 되었다. 나도 당뇨병에 대해서만큼은 철저하게 관리를 해오고 있는 처지였기 때문이었다.

선배의 집은 내가 몸 담고 있는 회사 사무실에서 운동 삼아 도보로 왔다 갔다 할 수 있는 거리에 위치하고 있었다. 십여 년 전에 새로 분양받아 이사 온 아파트였다. 그러나 나는 선배의 집들이에 한 번도 초대를 받지 못했다. 아마도 내가 선배에게는 집들이에 초대할 만큼의 친분관계는 아니라고 여겨졌던 모양이었다. 사흘이 멀다 하고 서로 만나 회포를 풀던 사이였음에도 말이다.

그러다가 1년여 전부터 우리의 관계가 서로 소원해지고 말았다. 그것은 바로 당뇨병의 후유증 때문이었는데(그 문제는 나중에 다시 설명키로 하고 생략을 하거니와) 1년여 동안 코빼기도 볼 수 없었던 선배의 모습을 오늘 이렇듯 이곳에서 다시 볼 수 있게 되었던 것이었다. 그랬기에, 사실은 선배의 건강상 안부부터 먼저 물어보는 것이 도리이겠으나, 어쩌다 보니 그만 그럴 기회를 놓쳐버리고 만 것이었다. 선배의 건강한 모습을 이렇게 다시 보는 것만으로도 인사를 대신하는 의미가 있기는 했으나, 그것이 또한 마음 한켠으로는 대단한 의문이 아닐 수 없었다. 황선배는 결코 이렇듯 멀쩡한 모습으로 내 앞에 모습을 나타낼 수 있는 그런 건강상태가 아니었기에 하는 얘기이다.

(내가 그림자한테 낚이다니? 저 양반이 아직도 정신이 온전치를 못한가 보네? 그렇다고 그걸 대놓고 물어볼 수도 없고….)

내 속마음도 알아채지 못한 채 선배가 계속 말을 이어왔다.

"자네는 시방, 내가 말같잖은 소리를 한다고 머리를 갸우뚱거리고 있나 본데, 내가 시방 왜 여기에 있는지는 궁금하지도 않는 게여?"

"말씀 한번 참 잘하셨습니다. 선배께서 내게 건강이 호전됐다는 안부전화 한마디 없이 여기는 어쩐 일이세요? 그게, 내 핸드폰 번호를 몰라서 못 했다고는 못 하겠지요 설마…?"

"뭐라?! 그럼, 우리끼리 전화통화도 하지 않고 지냈다는 거여 시방?! 자네가 내게 어찌 그럴 수가 있는가 으이?!"

"하이고야~ 미치고 팔딱 뛰겠네 정말…! 이런 경우를 두고 적반하장이라고 한다지요 아마? 선배가 기억 못 하겠거든 아주머니에게 한번 물어보세요. 내게 다시는 전화를 못 하도록 어찌했는지…!"

"그것이 뭔 소리야? 자네는 정말로 여기가 어딘지 모른다는 것이야? 정말로 그런 것이야?"

"그건 또 뭔 소리예요? 무얼 모른다는 것인지. 정신 좀 차리고 천천히 설명해 보세요 선배! 이제는 정신이 좀 돌아왔는가 했더니 그게 아니었나 보네요 아마도?"

"정신이 좀 돌아왔는가 했다니…? 그건 또 뭔 소리고, 자네는 정말로 여기가 어딘지 모른단 말이지 시방?"

"아까부터 그게 무슨 말이냐니까요 글쎄, 여기가 도대체 어디길래…"

"그러고 보니 정말로 모르나 보네…. 그래서 말인데, 지금부터 정신을 똑바로 차리고 내 말 잘 들어! 그러니까 여기가 어딘고~ 하면, 바로 그림자 세상이라고 하는 곳이야. 거울 속에 비친 그 그림자 세상!"

"그래서요? 어디 한번 계속해보세요. 그게 뭔 소린지!"

"내 얘기 다 끝났어! 자네 정말 맹꽁이가 다 됐나 보군. 정말로 아무것도 모르겠어? 그렇다면 내가 다시 한번 더 설명해주지. 그게 그러니까… 자네도 인공지능이 뭔지는 알고 있겠지? 반도체를 가지고 만드는 그 에이아이(AI)라고 하는 거…!"

"키긱…! 그 그래서요?"

"내가 반도체 설명하려고 하는 거 아니니까 비웃지 말고 잘 들어. 허긴, 나 같은 사람이 감히 반도체 얘기를 꺼집어 내니까 비웃을 만도 하긴 하겠지. 그래서 말인데, 나도 반도체에 대해선 잘 몰라. 인공지능에 대해선 더더욱 더 모르고…!"

"그 그래서요? 내가 비웃지 않을 테니까 얘기 계속해 보세요 어디…."

"그래그래, 비웃든 말든 그건 자네 사정이고…, 그게 그러니까 인공지능을 탑재한 로봇 귀신들이 거울 속에 비친 그림자를 미끼로 이용해서 사람들의 정신을 이곳으로 낚아채 온다는 말씀이야. 자네나 나처럼 말이지—."

"뭐예요? 키킥, 킥킥, 아 참 실례! 이거는 비웃는 것이 아니라 기가 막혀서 나오는 헛웃음이에요. 그래서 말인데요. 나도 그럼 인공지능한테, 아 아니지 참, 인공지능을 탑재한 로봇한테 낚여서 지금 이렇게 이곳으로 와 있단 거예요 시방? 그런 거예요 선배?"

"비웃든 말든 그것은 상관이 없지만 자네 말이 절반은 맞고 절반은 틀렸어. 인공지능을 탑재한 로봇이 아니라 그 로봇이 수명을 다하여 폐품 처리된 죽은 로봇을 말함인 게야. 그걸 좀 더 정확히 말하자면 인공지능의 죽은 영혼을 말하는 것인데, 자네도 눈이 있으니까 보면 알겠지만 우리는 시방 그림자 속에 들어와 있다는 얘기야. 이제 알아듣겠나?"

"끄으응—!"

나는 그만 길게 신음소리를 뱉아내고 말았다. 황 선배의 말에 다시 한번 더 주위를 둘러 살피다 말고 그만 내 인지 능력에 기능장애를 초래하고 말았던 것이었다. 아마도 내가 꿈 속을 헤매고 있는 것은 아닌지 그게 도대체 이해가 되질 않았던 것이었다. 그랬기에, 황 선배의 말이 사실인지 아닌지는 둘째 문제였다. 우선 먼저 정신부터 추스르고 나서 황 선배의 말은 그다음에 생각해도 될 문제였다.

(내가 지금 꿈을 꾸고 있는 것이 아니라면 황 선배가 이렇듯 멀쩡한 모습으로 내 앞에 나타날 리도 없고…)

또한, 황 선배의 입에서 인공지능이니 귀신 얘기가 나올 리는 더더욱 만무할 일이었다. 그랬기에, 나는 더욱더 정신이 헷갈릴 수밖에 없었다. 잠시 전까지만 해도 나는 분명 지하철 역사 안에 있는 상가의 대형 거울 앞에 서 있었다. 그랬는데, 내가 과연 초능력이라도 생겨서 거울 속에 비친 내 그림자 속으로 들어와 있을 수가 있단 말인가. 그것은 도저히 꿈속에서라고 해도 이해가 될 수 있는 일이 아니었다.

"…왜 대꾸가 없어? 내 말이 너무나 황당해서 반박할 말이 선뜻 떠오르지를 않는가? 지하철 역사는 도대체 어딜 가고, 상가 거울이며 거울 속의 그림자는 왜 또 안 보이는지. 그게 궁금하기도 하겠지. 안 그런가? 그래서 내게 허튼소리 말라며 반박을 하긴 좀 해야겠는데 반박할 근거가 있어야 말이지, 내 말이 맞지?"

"끄으음~! 나도 지금 그게 아리송해서 이렇게 참고 있는 거잖아요 시방? 내가 지금 꿈속을 헤매고 있는 건 분명한데…"

"분명한데, 아닌 것도 같고…, 그래서 말인데, 이제 그만할까? 하던 얘기 마저 할까 그만할까, 그걸 묻는 말이야!"

"그만뒀으면 좋겠지만, 계속해 보세요. 기왕 하던 얘기니까!"

"그만두라고 했으면 내가 울고 갈 뻔했네 서운해서! 그러니, 속는 셈 치고 들어봐 주게나. 판단은 얘기 끝나고 나서 해도 되는 거니까."

"그러지요 뭐. 판단은 내가 할 테니까 서론은 제발 좀 빼고…"

"본론만 짧게 짧게 말씀을 해 보시라…? 그래, 그러지 뭐. 그래서 말인데, 본론만 말씀을 하시자면 여기가 바로 인공지능들의 하늘 세상이다~ 이런 말씀이야. 폐품 처리된 인공지능 로봇들의 하늘 세상!"

"결론은, 폐품 처리된 인공지능 로봇들이 죽어서 오는 하늘 세상이다 이런 말씀이잖아요? 그런 거지요?"

"그래 맞아! 이제야 말귀가 좀 통하는군 그래."

"그러니까 결론은 여기가 바로 하나님의 하늘 세상이란 뜻이구요, 안 그래요?"

"말도 안 돼! 잘 나가다가 또 삼천포야…? 여기가 하늘 세상인 건 맞지만 하나님 세상과는 차원이 다른 곳이야! 사람이 죽어서 가는 영혼의 하나님 세상과 우리들의 인간세상 사이에 새로운 차원의 새 세상이 하나 더 존재하는데, 그것이 바로 여기 중천국 그림자 세상이다 이런 말씀이야, 바보 등신들만이 오는 하늘세상!"

"끄으음—!"

나는 결국 반박도 못 한 채 신음소리만 삭여 넘길 뿐이었다. 결코, 말도 되지 않는 선배의 말을 선뜻 이해할 수가 없었기 때문이었다.

(그래 까짓거, 판단은 나보고 하랬으니까 끝까지 한번 들어나 보지 뭐)

선배가 신바람을 내며 말을 이어갔다.

"중천국 하늘세상이란, 인공지능을 탑재한 모든 지능 로봇들이 죽어서 오는 하늘 세상인데, 결국은, 폐품 처리된 고철덩어리들이 대부분이다 보니 이곳을 깡통지옥이라 부른다더군. 우리 인간들의 관점에서 붙여진 이름이긴 하지만…."

"그게 결국은 우리 인간 세상과 영혼의 하나님 세상 사이에 인공지능들의 깡통세상이 하나 더 존재한다는 뜻이군요. 그런 거지요?”

“그래그래, 바로 그런 뜻이야. 그런데 그게 말씀이야, 인공지능들에게는 천국이요, 우리 인간들에게는 지옥이라는 게 문제인 게지. 그런 걸 일컬어 인과응보라고 해야 할까….”

“인과응보라니…? 그럼 우리 인간들에게 그 원인이 있다는 건데…”

“바로 그거야. 알아듣긴 제대로 알아듣는군 그래. 우리 인간들이 인공지능이란 것을 너무도 하찮게 생각하여 산업용에서부터 가전제품은 물론이요, 국방분야에까지 응용을 안 한 곳이 없었거든? 마구잡이로-!”

“그래서요? 그게 뭐가 어쨌는데요?”

“거 봐, 세상 사람들이 모두 그렇듯 인공지능의 사후 문제 같은 건 안중에도 없으니 그 문제를 걱정해 줄 사람들이 어디 또 있을라고! 로봇 같은 것들쯤이야 나중에 폐품 쓰레기로 처리가 되고 나면 그것으로 만사가 끝이라는 생각들을 한 것이 전부겠지. 아니 그런가?”

“그거야 당연한 거 아닌가요? 인공지능에게 영혼이 있을 리도 없고!”

“영혼은 없어도 지능이란 것은 생기지 않았나? 그 지능수준이란 것이 높고 낮음에 차이는 있어도 사물을 파악하고 감지하여 분별할 줄 아는 인지능력 말이야. 그게 결론적으로 인간들의 영혼과 같은 것이라는 게야, 나도 사실은 영혼의 실체를 이해할 수 없어서 자세한 것은 설명해줄 수가 없지만 지능이라 하는 것도 사실은 영혼이나 다름이 없다는 뜻인 게지. 그것을 여기서는 정신줄이라는 말로 표현을 하고 있지만 나도 모르겠네, 하나님에게나 가서 물어보면 아실랑가?"

"제가 그랬지요? 서론은 빼고 본론만 설명하시라고 말예요."

"그래그래! 그래서 말인데, 결론적으로 말하자면 지금 우리가 서 있는 이곳이 바로 그 정신의 세상이다. 이런 말씀이야."

"그러니까 이곳이 바로 인공지능들의 하늘 세상이란 뜻이구요, 그렇지요?"

"그래 맞아, 인간들의 육신이나 죽은 영혼들은 올 수 없는 곳, 그래서 오로지 우리의 정신만이 그림자를 몸뚱이 삼아 올 수가 있는 깡통들의 중천국 하늘 세상!"

"(어구야~ 이런 걸 두고 귀신이 씨나락을 까먹는 소리라고 한다지만…) 그러니까 결론은 이게 시방 꿈이거나 환상이란 뜻이구요, 그런 거지요?"

"어쩌면 자네 말이 정답일지도 모르겠군! 그런데 문제는, 지금 자네와 내가 서로 핏대를 올려 가면서 여기 이렇게 살아서 마주하고 서 있다는 사실이야. 거울 속의 그림자를 몸뚱이 삼아서! 이젠 좀 이해가 되는가?"

"키긱! 그러니까 그게 시방, 선배랑 나랑은 지금 몸뚱이와 영혼은 바깥 세상에 남겨두고 인지능력이라고 하는 정신력만이 거울 속의 그림자를 몸뚱이 삼아 지금 이렇게 여기서 살아있다는 뜻이로군요. 그렇지요?"

"바로 맞혔어! 사람은 멍청해도 말귀 하나는 기똥차게 알아듣는다니까! 이래서 내가 자네를 미워할 수 없는 게야! 그래서 말인데, 사람이란 원래 육신이 태어나면 영혼이 깃들게 되고, 영혼과 육신 사이에는 정신줄이라 하는 것도 함께 깃들게 되는데, 정신은 이렇게 육신과 영혼을 떠나올 수 있어도 육신과 영혼은 서로 헤어질 수가 없는 것이라는군, 그것은 바로 죽음이기 때문이라는 게야. 그것을 다시 한번 더 설명하자면, 정신은 육신을 떠났다가도 되돌아갈 수가 있지만 영혼이 육신을 떠나면 대번에 육신이 생명력을 잃어서 죽게 된다고 하는 사실이야. 나도 여기에 와서 알게 된 사실이긴 하지만….”

“그거야 그렇다 치고, 바보 등신이란 것은 또 뭔 말이에요?”

“말 그대로야. 영혼이 육신을 떠나면 생명력을 잃어서 죽게 되지만 정신이 육신을 떠나면 죽지는 않더라도 그 대신에 바보 천치가 된다는 뜻인 게지, 바보 등신!”

“그렇다면 나도 지금 바보 등신이 된 건가요? 인간세상에선?”

“낄낄낄~ 말귀 한번 제대로 알아듣고 있다니까 그래! 그래서 말인데, 자네라고 그럼 정신줄을 외출 보낸 사람이 등신도 안 되고 멀쩡할 줄 알았는가? ”

“에고야! 그럼 어서 나가야지요? 이딴 곳에서 뭐 하느라 망설여요? 어서 안 나가고…!”

“누군 뭐 나가기 싫어서 이러고 있는 줄 아나? 못 나가니까 이러고 있는 것이지…! 누군가 나를 구해 주러 안 오나? 하고 눈알이 빠져라 기다리면서 말이야. 그랬는데 자네가 나타난 거야. 내 말이 무슨 뜻인지 이제 알아듣겠나?”

그 소리에 나는 그만 말문이 (콱!) 막히고야 말았다. 선배의 말에 의하면 내가 자신을 구해주러 나타난 구세주란 뜻인데, 나는 전혀 그럴 능력이 없었던 것이다. 선배의 설명이 있기 전까지는 이곳이 어떤 곳인지 내가 어떤 처지에 처해 있는지 그것조차도 전혀 생각해보지 못했으니 말이다.

게다가, 이 모든 사실을 일컬어 '인과응보'라고 한다니, 내 마음속에는 더더욱이나 더 의문만 쌓여가고 있을 뿐이었다. 선배가 끝끝내 인과응보란 말만은 설명을 해주지 않은 채 말꼬리를 다른 곳으로 돌리고 있었기 때문이었다. 그까짓 거야 이해하기 나름일 테니 나중에 기회를 봐서 다시 물어봐도 될 일이기는 했다.

2. 환상 속의 세상

조금 전까지도 나는 여기가 어딘지를 전혀 생각해보지 못하고 있었다. 사실이지 여기가 그림자 세상이라는 말에는 더욱이나 더 믿을 수가 없었다. 그것도 거울에 비친 그림자 속으로 내가 빨려들어와 있다니. 그딴 황당한 말이 세상에 어디 있단 말인가. 나는 결코 황 선배의 말을 곧이곧대로 믿을 수가 없었다. 게다가, 이곳이 인공지능들의 하늘 세상이라니 말도 안 되는 이런 괴변이 어디 있단 말인가. 그래서 나는 처음서부터 그 말을 곧이곧대로 믿었던 것이 아니었다. 그래도 일단은 선배의 말을 믿어주는 척하면서 그의 정신상태부터 확인해 볼 생각이었던 것이다.

(그래그래! 그러기 위해서는 천천히 시간을 두고 선배의 정신상태를 살펴보면, 무엇인가 확인을 할 수 있겠지-!)

그러자면 일단은 선배의 마음부터 안심시킬 필요가 있었다. 선배의 말에 불신부터 하며 무조건 이 상황에서 벗어나려고만 생각을 했었는데, 그 생각부터 일단 바꾸기로 했다. 선배의 말처럼 여기가 과연 인공지능들의 그림자 세상인지 뭔지 그것부터 먼저 확인해볼 필요가 있었기 때문이었다. 내가 이처럼 황 선배의 말을 불신하는 이유는 그럴만한 사연이 따로 있었다.

선배는 벌써 1년 전에 뇌졸중으로 쓰러져 노망이 들고 말았었다. 그리하여 자기네 아파트 현관문만 열고 나서면 방금 전에 나온 자신의 집마저 기억해내지 못한다고 했다. 그래서 선배의 부인께서 자신의 남편을 개목걸이를 하여 내게 한번 데려왔었다. 목줄을 하지 않고, 팔목을 묶어서 데리고 다니다간 감쪽같이 줄을 풀고 어디론가 사라져 버리기 때문이라고 했다. 그리고는 반년이 넘도록 전혀 소식이 없다가 오늘 이렇게 멀쩡한 정신상태로 내 앞에 모습을 나타냈으니 내가 어찌 의심을 하지 않을 수 있을 일이겠는가. 뇌졸중으로 쓰러져 정신줄을 놓아버리면 두 번 다시 정상 회복이 불가능하다고 들었기 때문이었다.

내가 선배의 정신상태를 확인해 볼 겸 해서 새로운 질문을 하나 던져 보았다.

"방금 전에 선배가 그랬지요? 여기서 나가고 싶은데도 나갈 수가 없어서 못 나간다고 말예요. 그런데 들어올 때는 어떻게 들어왔나요?"

그것은 순전히 의도적인 물음이었다. 여기가 정말로 정신의 그림자 세상이라고 한다면 들고 나는 방법은 알고 있나 하여 그것을 확인해 보기 위해서였다. 선배의 정신상태 말이다. 역시나 선배의 짜증스런 목소리가 비수가 되어 되돌아왔다.

"거참, 이유도 많네! 그래서 내가 정신 차려 들으라고 했지? 그놈의 인공지능이라고 하는 괴물놈들한테 낚여서 영혼과 육신을 인간 세상에 남겨둔 채 내 정신줄만 이렇게 거울 속 세상의 그림자 속으로 낚여들었단 말씀이야. 이제 알아들어?!"

나는 결코 선배의 말에 대꾸조차 하지 못했다. 정신줄을 놓아

버린 노망쟁이의 대답치고는 너무도 조리 있게 답변을 해왔기 때문이었다. 그래서 잠시 동안 정신을 가다듬은 뒤에 선배의 답변을 좀 더 유도해 보았다.

"그, 그래서요? 그래서 이곳으로 낚여든 뒤에는 어찌 됐는데요?"

"그래서 내가 이곳이 영혼의 하늘 세상인가보다~ 하고는, 기왕지사 온 김에 저승 구경이나 좀 하고 가야겠다는 욕심으로….."

"그, 그래서요? 구경은 좀 하셨나요?"

"했지! 하고말고! 내 목적이 구경이었는데 그럼 뭐 했을까…!"

"아, 예, 그랬군요. 그랬으면 얼렁 되돌아가지 않고 뭐 하세요? 지금이라도 얼렁 되돌아가세요. 아주머니한테 개목걸이 당해 껄려다니지 말고-!"

"뭐뭐, 뭐라?! 우리 집사람이 나를 개목걸이 해서 껄고 다닌다고?!"

(핫뿔싸, 내가 말을 잘못했나?)

이럴 때는 재빨리 분위기를 바꿔놓을 필요성이 있었다. 선배의 부인을 팔아서라도 말이다.

"아주머니가 개목걸이 해서 껄고 다닐 줄 정말 짐작도 못 했나요? 허긴, 정신줄을 여기다 떨쳐놓고 갔으니 바보 등신이 되는 거야 당연한 이치겠지만서도…!"

그러면서도 마음 한켠으로는 (지금 내가 말을 참 잘했구나-) 하는 생각이 들었다. 선배의 말을 곧이곧대로 믿어주는 척하면서 결과적으로는 그 심기를 건드리는 꼴이 되고 있었으니 말이다.

(이제 저 능구렁이 같은 성격에 불을 질러 놓았으니 여기서 얼

른 나가자고 하든가, 무슨 결말이 나겠지, 이게 정녕 꿈이 아니라고 한다면—)

나는 사실 이게 꿈이라는 생각이 들지를 않았다. 황 선배의 멀쩡한 모습이 꿈이 아니고서는 이해할 길이 없으나, 그렇다고 내가 지금 꿈을 꾸고 있다고는 전혀 생각되지가 않았던 것이다.

어찌 됐거나 내 예상은 적중을 했다. 황 선배가 드디어 입에 개거품을 물고 악을 써 대기 시작을 했던 것이다.

"…천하에 못땐 것들…! 아무리 그래도 그렇지, 남편이 정신줄을 놓았다고 개목걸이를 해서 껄고 다녀? 못땐 것들…!"

나는 아예, 불난 집에 부채질까지 해 주었다.

"그게 그렇게도 분통 터지걸랑 지금이라도 어서 되돌아가세요. 되돌아가서 정신이 온전한 모습을 보여주면 그런 꼴 안 당할 거 아녜요?"

그러나 선배의 대답은 내 예상과 기대를 산산조각 내 버렸다.

"그게 안 되니까 그렇지, 몇 번 말을 해야 알아들어?!"

역시나 그는 정신이 말짱했다. 내가 시치미를 떼고 다시 물었다.

"왜요? 왜 안 되는데요? 되돌아갈 수 없다면 이유가 있을 거 아녜요?"

내가 이렇게까지 따져 묻는 데는 다 이유가 있었다. 선배의 대답이 내게는 참으로 중요한 일이기 때문이었다. 선배가 이 황당한 곳에서 못 돌아간다면 나도 못 돌아간다는 결과가 되는 것이요, 나 또한 선배처럼 (우리 인간세상에서 내 육신이) 벽에 똥칠이나 하며 살아가는 노망쟁이가 된다는 뜻이기 때문이었다. 나는 정말이지 노망쟁이가 된다는 게 죽기보다도 더 싫었던 것이다.

선배가 (또박또박) 내 질문에 대꾸를 해왔다.

"내가 왜 되돌아갈 수 없냐고 하면 말이지~? 나도 자네처럼 전철 역사에 있는 그 상가 거울 앞에서 내 그림자를 들여다보고 있다가…"

그만 그놈의 인공지능을 탑재한 인조인간(로봇)들의 눈속임에 홀려 거울 속에 비친 자신의 그림자 속으로 정신이 빠져들고 말았다는 것이었다. 내가 거울 속으로 들어온 것과 똑같은 방법이었다. (나는 사실, 내가 거울 속으로 빠져들었다는 사실을 결코 인정할 수 없지만 말이다.)

"자네도 시방 여기가 거울 속의 그림자 세상이란 걸 인정하지 못하듯이 나도 결코 인공지능의 괴물놈들한테 걸려든 줄은 꿈에도 예상 못 했거든? 그래서 여기가 어딘가~ 하여 세상 구경에 나섰다가 그만 시간이 가는 줄도 몰랐지 뭔가…"

그리하여 세상구경 실컷 하고 (이제 그만 환상 속에서 깨어나자—)하고는 정신을 차려 거울 앞으로 되돌아가려니까,

"그게 내 뜻대로 돼야 말씀이지, 그때 바로 저 녀석이 나타나서 내게 알려준 것이라네."

그러면서 멀찍이 서 있는 열 살 안팎의 사내녀석 하나를 불러서 나에게 인사를 시켜주었다. 그런데 그 이름을 "진동호"라고 했다.

"에이 꼬맹아? 그건 내 이름이잖아? 네가 내 이름은 왜 훔쳐간 거니, 으야?!"

녀석이 대번에 반박을 해왔다.

"이그~ 바보! 이게 내 이름이지 우째 바보할배 네 이름이냐?"

나는 그만 말문이 (콱!) 막히고 말았다. 꼬맹이녀석의 말처럼 내가 바보스런 말을 한 것은 사실이었다. 이름이 같다고 해서 그 것을 훔쳐갔다고 할 수는 없질 않겠는가.

(요런 맹랑한 녀석 좀 보게. 그렇다고 나를 바보라고 그래?)

생각 같아서는 대번에 한마디 혼찌검이라도 내 주고 싶었으나, 내가 먼저 시비를 건 것은 사실이었고, 또 녀석의 정체가 의문이어서 잠시 눈치를 살피고 있는데 역시나 선배가 먼저 꼬맹이의 편을 들어 입막음을 해왔다.

"그러게 농담이라도 이름을 도둑질했다니 자네 같으면 화 안 나게 생겼는가? 그 말은 자네가 먼저 사과를 하시게. 어쨌거나 참으로 인연이라는 게 묘하지를 않은가? 나도 첨에 이 녀석의 이름을 듣고, 행여나 이런 날이 오지나 않을까 하고 생각을 해 봤다네…"

허긴, 내 이름이랑 녀석의 이름이 같았으니 어찌 내 생각을 떠 올려보지 않을 수 있었겠는가. 그랬는데, 그게 현실이 되어 내가 선배 앞에 모습을 드러냈으니 인연은 인연인가 보다 하는 생각 이 들지 않을 수 없을 일이었다.

"세상을 살다 보면, 벼라별 인연도 다 있기 마련이겠지만. 어 쨌거나 내가 이 녀석한테는 참으로 도움을 많이 받았지…."

선배도 처음에는 내 입장이랑 다를 바 없었다고 했다. 그렇게 막막한 처지에서 녀석이 나타나 이곳 그림자 세상의 실상을 선 배에게 일일이 깨우쳐 주었다는 것이었다.

"우리 동호를 어리다고 만만히 보지 말게. 보기에는 이렇게 어리지만 하늘 세상의 이치라는 것이. 나이와는 상관이 없다는 것을 동호를 통해 깨닫게 된 것이라네….”

녀석은 황 선배보다도 1년이나 먼저 이곳에 와 있었다고 했는데 이곳 하늘 세상의 실상을 어른들만큼이나 두루 알고 있으며 선배를 이곳저곳으로 데리고 다니며 크게 도움을 주었다는 것이었다.

“내가 여기서 내 육신, ‘즉’ 몸뚱이란 놈을 기다리게 된 것도 사실은 우리 동호 때문이었다네. 물론, 그 뒤로 내가 직접 사실 확인을 거치기는 했지만, 좌우지간 자네가 서론은 빼고 본론만 얘기하라고 해서 하는 말이지만, 내 몸뚱이란 놈이 거울 바깥에서 나를 기다리지 않고, 등신이 그만 어딘가로 사라져 버리고 말았단 말씀이야…”.

그러니까 선배의 육신이(몸뚱이가) 정신줄을 거울 속의 그림자 세상에다 남겨둔 채, 정신도 없이 그만 어디론가 사라져 버렸다는 뜻이었다. 그랬으니 정신 나간 사람이 식물인간이나 다를 바 무엇이 있었겠는가. 그럼에도 영혼만은 육신에 그냥 남아 있어서, 본능적으로 이리저리 헤매고 다녔을 것이라는 것이었다.

“노망쟁이를 가리켜 정신 나간 사람이라고 하는 게 바로 그런 뜻이었나 보군요?”

“그래 맞아. 그래서 말인데, 자네도 몸뚱이가 거울 바깥에서 그대로 기다려주지 않으면 결국 몸뚱이랑 서로 헤어질 수밖에 없는 것이야. 이렇게 나처럼! 알아듣겠나?”

“어구야~ 그럼 나도 어서 되돌아가야겠군요? 몸뚱이란 놈이 거울 앞을 떠나기 전에…!”

"그래그래! 아직은 시각이 얼마 지체되지 않았으니 육신이란 것이 본능에 얽매여 거울 앞에서 기다리고 있을 것이니 걱정하지 말어. 그래서 말인데. 내가 자네에게 부탁할 게 하나 있어. 내 부탁을 좀 들어주겠나? 자네라면 충분히 가능한 일이네마는―"

"그래요? 내가 할 수 있는 일이라면 당연히 들어 드려야죠. 그래, 부탁이 뭔데요? 어서 말씀해 보세요."

"나를 좀, 내 등신… 아니, 몸뚱이하고 만나게 해달라는 것이야."

"예? 그건 또 어떻게 해야 하는 건데요?"

"어려울 거 없어. 내 몸뚱이를… 그러니까 마누라에게 개목걸이를 당해서 껄려다니는 그 바보 등신놈을 거울 앞으로 데려오기만 하면 되는 거야. 그깟 거야 할 수 있겠지?"

"그깟 거야 못 할 일도 아니지만… 꼭히 이 지하철의 상가 거울 앞이라야 하는 이유라도 있는 건가요?"

"있지! 인공지능의 폐품 쓰레기들이 이곳을 딱 지정해서 나를 낚아들였거든? 그랬으니 내가 되돌아 나갈 수 있는 곳도 여기뿐이라는 얘기야. 그게 어째서 그런지는 나도 이해할 길이 없으나, 내가 들어왔던 곳이 내가 나갈 수 있는 통로라는 뜻인 게지. 그게 아무 거울이나 상관이 없다면 얼마나 다행이겠냐마는 내가 알기로는 이 방법뿐이라니 어쩌겠나? 내가 들어온 곳이 내가 나갈 수 있는 길이라는 사실 말이야."

"아, 예! 그렇군요. 그렇다면 나도 되돌아 나갈 수 있는 길이 여기뿐이라는 얘기군요? 그렇다는 얘기지요?"

"그래그래, 내가 알고 있는 상식으로는 그게 다야!"

"예에-, 잘 알아들었어요. 그래서 말인데요? 마지막으로 한 가지만 더 확인을 해 보겠는데요? 여기가 정말로 거울 속에 있는 그림자 세상이란 거 맞지요? 정말로 그런 거지요?"

"그렇다니까 그래! 인공지능의 로봇들이 지배하고 있는 세상, 이것이 바로 중천국 하늘세상이다 이런 말씀이야! 좀 더 정확하게 말해서, 인공지능 괴물들이 우리 인간들을 잡아다가 노예로 부려먹는 그런 세상!"

"뭐예요? 지금까지 노예 얘기는 없었잖아요?"

"언제 자네가 물어보기나 했었나? 그래서 말인데, 인공지능들에게는 하늘 천국이 되겠지만 우리 인간들에게는 노예지옥이라 해야겠지. 그것을 가리켜 사람들은 깡통지옥이라 부른다네. 고철 처분되어 버려진 지능로봇들의 깡통 영혼들 세상이란 뜻인 게지!"

"에구야~ 그걸 왜 이제야 알려주는 거예요? 나는 지금까지 그딴 것은 생각지도 못했잖아요? 그래서 선배처럼 여기서 나갈 수 있나 없나 그것만 관심에 두고 있었는데, 여기서 못 나가게 되면 결국은 나도 인공지능인지 뭔지 그 괴물놈들의 노예가 된다는 얘기 아니예요? 그런 거지요 시방?!"

"그래. 그렇다니까 그래. 이제 내 심정 좀 이해가 되나?"

"선배 심정 이해하는 게 문제예요? 그래서 말인데, 선배는 어째서 노예로 끌려가지 않고 이렇듯 멀쩡하게 나돌아다닐 수가 있는 거예요? 저 꼬맹이도 그렇고…!"

"그게 궁금한가? 그것이 바로 우리는 반푼이기 때문이야. 반푼이가 무슨 뜻인가 하면 반쪽짜리 인생이란 뜻인 게야. 몸뚱이와 영혼은 인간세상에 멀쩡히 살아있으면서 정신줄만 서로 떨어져 나와 이산가족이 되었다는 뜻인 게지. 인지기능의 정신줄과 영혼과의 이별이란 뜻으로서 반푼이라 하는 게야. 육신이야 물론 인간세상의 물질덩어리라 인간세상을 벗어날 수가 없는 것이지만서도!"

"거참, 설명 한번 복잡도 하네요. 선배는 마치 인간의 육신 따위는 안중에도 없다는 듯이 설명을 하지만 나는 솔직히 육신이 더 소중해요. 육신 없는 인간은 존재할 수 없는 것이니까요."

"그래서 내가 자네 팔뚝 굵다고 그랬잖아? 내가 왜 이산가족을 면해 보려고 이런 노력을 기울이는지 자네가 그걸 몰라서 하는 소리는 아닐테고—"

"그거야 알지요. 나도 헷갈려서 해본 소리예요. 그래서 말인데요? 꼬맹이 저 녀석도 선배랑 같은 처지라는 뜻인 듯한데, 그게 사실이란 건 아니겠지요 설마…? 그렇지요 선배?"

"자네 바람대로 그게 아니었으면 오죽이나 좋겠냐마는…."

"그럼, 저 어린것들까지도 깡통인가 하는 그것들의 사냥 표적이 되고 있단 말이예요? 그렇다는 건 아니겠지요 설마…?"

"자네가 듣고 싶은 대답을 못 해줘서 미안하네마는 그것들의 사냥감 대상에 남녀노소가 어디 따로 있겠나? 그러니 이제 그 얘기는 그만두고 하던 얘기나 계속해 보도록 하세."

선배가 서둘러 꼬맹이 녀석의 신상문제를 마무리한 채, 계속해서 들려준 얘기는 내 상상을 뛰어넘는 충격적인 내용이었다. 그러니까 사람이 아직도 인간세상에서 (죽지 않고 살아 있으면서), 영혼도 아닌 정신줄만 깡통괴물들에게 낚여 이곳 중천세상이라고 하는 하늘세상으로 발을 들여놓게 된 것이 바로 선배나 꼬맹이의 처지라는 설명이었다. 물론, 나도 함께 포함해서 말이다. 그리하여 정신줄을 잃고 인간세상에 남겨진 우리의 육신들은 식물인간이나 다름없는 반푼이가 되어 치매 환자라거나 조현병이라는 병명을 뒤집어쓴 채 그렇듯, 사람 구실도 못 하고 살아가게 된다는 것이었는데,

"…그렇게 정신도 없이 반푼이의 모습으로 생존을 하다가 죽게 되면 육신이야 당연히 인간세상에서 흙으로 되돌아가겠지만, 영혼만은 결국 하나님이 계시는 하늘세상으로 떠나게 되는 것으로서….."

원래 영혼이라고 하는 것은 정신줄과 하나가 되어야 하는 것이지만, 결국 정신줄을 깡통들에게 도둑맞고 나면(사람이 죽었을 적에) 육신을 떠난 영혼이 정신줄도 없이 그렇듯 반푼이가 되어 외로이 하늘나라로 떠나게 된다는 설명이었다.

"…영혼세상에 대해서는 나도 더 이상 아는 것이 없다네…!"

그것은 바로 죽었다가 살아난 경험이 없기 때문이란 것이었다.

"…내가 자네에게 설명해 줄 수 있는 것은 이곳 중천세상의 깡통지옥에 대한 얘기뿐인데, 이것도 사실은 말로 해서 될 문제가 아니라 자네 스스로 깨우쳐야 할 문제인 게야. 세월이 지나면 '즉' 시간이 흐르고 나면 자네 스스로 깨우쳐지게 될 사실들이거든?"

"글쎄요…? 그게 내 스스로 깨닫게 될지 안 될지는 두고봐야겠지만서도…"

"그래그래, 자네 귀엔 아직도 내 얘기가 판타지로만 들리겠지. 그러나 이해하려고 애쓰지 말게. 때가 되면 저절로 다 이해

하게 되는 것이니까! 그래서 말인데, 어서 떠나시게. 자네의 몸 뚱이가 자네를 여기에 내버려 두고 등신이 되어 거울 앞을 떠나기 전에 어서!"

"그렇지만 그게 글쎄…"

(내가 여기서 되돌아 나갈 수 있는 방법을 알아야 떠나지요. 그러니 방법 좀 알려주세요)라고 말을 하려는데, 나는 그만(얼렁뚱땅) 선배에게 등을 떠밀리다시피 거울 바깥으로 되돌아 나오고야 말았다. 결론적으로 말해서 환상에서 깨어난 셈이었다. 그랬기에 참으로 아쉬움이 컸다. 그것이 아무리 환상이라 할지라도(그래서 환상 속의 그림자 세상이라 할지라도) 내 눈으로 직접 세상구경은 한번 해보고 돌아왔어야 했다. 그러나 더 이상 아쉬워만 하고 있을 필요도 없기는 했다. 시간이 날 때 언제든지 다시 와서 확인을 해보면 될 일이기 때문이었다.

"내일도 좋고, 모레도 좋고, 언제든지 시간이 날 때 다시 와서 확인을 해보면 될 게 아닌가… 킬킬킬~ 그때도 황 선배가 나를 마중나와 기다려 줄까?"

그런데 문제는 황 선배의 부탁이었다.

"선배가 자신의 등신을(몸뚱이를) 이 거울 앞으로 데려와 달라고 부탁을 했는데, 그것도 설마 환상이었을까?"

나는 그만 머리가 복잡해지기 시작했다.

"나도 모르겠다 젠장! 오늘은 시간이 늦었으니 이만 집에 돌아가 쉬면서 다음에 천천히 생각해보지 뭐 까짓거…!"

그래서 더 이상은 환상 속에 빠져들지 않겠다는 심정으로 나는 급히 집으로 발걸음을 재촉했다.

3. 반푼이들의 인생여정

비록, 내가 거울 속 세상의 환상 속에서 벗어나긴 했지만 그럼에도 왠지 기분이 개운치를 못했다. 황 선배의 망령 때문이었다. 그랬기에, 그것이 환상이란 사실에 차츰 자신이 없어졌다. 그것이 환상이 아니라 실제상황이란 생각이 자꾸만 들기 시작했던 것이다.

"황 선배는 지금 눈알이 빠져라 나를 기다리고 있을텐데…."

자신의 몸뚱이라고 하는 등신을 거울 앞으로 데려다 달라고 하는 부탁 때문이었다. 그것이 나를 헷갈리게 만드는 이유였다.

"내가 황 선배의 등신을 그곳으로 데리고 나갔다가 그것이 현실이 아니라 환상으로 결론이 난다면…?"

거기에는 참으로 복잡한 문제가 얽혀 있었다.

원래, 황 선배와 나는 이십여 년이 넘는 세월 동안 서로 친분을 다져온 그런 사이였다. 부동산 소개업소에서 상무라는 직함으로 생활하던 그와 사무실 임차 문제로 서로 만나게 된 것이 첫 인연이었는바, 알코올을 사랑하는 서로 간의 취미성향과 수시로 얼굴을 마주치게 되는 생활상의 여건 등이 친분을 다지게 된 원인이었다.

그러다가 상무님께서 그만 당뇨라는 질병에 걸려버린 것이었다. 벌써 십여 년 전의 일이었다. 그러나 당뇨라면 내가 더 선배였다. 나이로 따지자면 그가 나보다 서너 살이나 선배였으나, 당뇨병은 내가 벌써 20여 년이나 치료를 받아왔기에 선배보다 10여 년이나 앞선 셈이었다. 그럼에도 선배는 혈당관리를 소홀히 하는 바람에 병에 걸린 지 10여 년도 안 돼서 합병증까지 발생을 했던 것이다. 그러자 부인께서 남편의 혈당관리에 팔을 걷어붙이고 나섰던 것이다. 오후 5시에 저녁식사를 하게 하고, 이튿날 아침 9시까지는 콩 한 쪽도 먹지 못하도록 철저하게 관리를 한다고 했다.

그러나 그 문제는 나와 전혀 생각이 엇갈렸다. 공복시간이 너무 길기 때문에 저혈당 쇼크에 관심을 가지라는 것이 내 주장이었고, 아침 혈당 체크에 혈당이 안정이 되어서 공복시간에 아무런 문제가 없다는 것이 그 부인의 주장이었던 것이다.

그러다가 그만 결정적인 문제가 발생하고야 말았다. 선배가 부인의 혈당관리 계획에 따라 아침 걷기운동에 나섰다가 그만 아파트 근처에서 저혈당 쇼크로 쓰러져 버린 것이었다. 그러나 다행히도 아침 산책 중이던 이웃주민에게 발견되어 곧바로 병원으로 이송이 되어서 의식이 되돌아왔다고 했다.

그로 인하여 선배는 인지기능 장애가 발생을 했고, 나와 그 부인 사이에는 눈에 보이지 않는 신경전이 벌어지게 된 것이었다. 결론적으로 말해서 내 경고를 무시하고 남편의 혈당관리를 잘못한 그녀가 악처의 허울을 뒤집어쓴 결과가 된 셈이었다. 부인께서 내게 몽니를 무는 것은 당연했다. 나로서도 결코 그것은 본의

가 아니었지만 그녀가 내게 찾아와 화풀이를 하지 않는 것만으로도 다행이라 할 뿐이었다. 결과적으로, 내가 그녀를 악처로 만든 셈이기 때문이었다.

그로부터 황 선배의 발길이 (뚝-) 끊겼다.

"선배도 내게서 발길을 끊었나 보구나. 부인이 그런다고 선배까지 발길을 끊을 이유가 뭐람…!"

게다가, 핸드폰까지 불통이었다. 아마도 전화번호까지 바꿔버린 모양이었다. 그랬는데 사실은 그게 아니었다. 어느 날인가 불쑥, 선배 부인이 남편에게 개목걸이를 해서 내게 찾아왔는데.

"목줄을 하지 않고 손목에 묶어서 데리고 다니다가 감쪽같이 줄을 풀고 사라진 게 한두 번이 아니에요. 그렇다고 집 안에만 가둬둘 수도 없고, 그래서 생각다 못해 이런 방법을 택한 것이니…"

욕은 하지 말아달라면서 그간의 사정을 설명하는데, 나는 정녕 선배가 이런 지경일 줄은 예상치도 못했던 것이었다. 그리고는 더 이상 내게 찾아오는 일이 없었다. 그렇다고, 내가 선배의 집을 찾아갈 수도 없었다. 나는 결코 선배의 집에 초대를 받은 일이 한 번도 없었다. 아파트를 분양받아 집들이를 할 때도 마찬가지였다. 그에 대한 자세한 내막은 생략기로 하거니와 선배에게는 내가 자신의 집들이에 초대할 만큼의 친분관계는 아니라는 뜻이기도 했다.

그랬기에, 나는 한 번도 선배의 집을 방문한 일이 없었고, 선배 부인과는 본의 아니게도 이 세상에서 가장 마주하고 싶지 않은 사이가 되다 보니 더더욱이나 더 선배의 집을 찾아갈 수 없게 되고 말았던 것이었다.

그래서 내게는 선배의 부탁이 참으로 부담이 되었다. 그게 환상인지 현실인지도 분명치 않은 상황에서 무조건하고 선배의 집을 찾아가 (이유불문하고 선배를 하루만 좀 빌려주시오-) 하고 생떼를 쓸 수도 없을 일이기 때문이었다.

그렇다고 무책임하게 그냥 손을 놓고 있을 수도 없었다. 사방 팔방으로 수소문하여 여러 지인들과 연락을 해서 가까스로 선배의 안부를 확인할 수 있었는데 결국은 선배가 요양원 신세를 지고 있다는 것이었다.

"에고야~ 하필이면 요양원이라니…"

이때가 바로 코로나19라고 하는 국제적 전염병으로 인해 가족들조차도 면회가 통제되던 시절이었다.

"기다리다 보면 언젠가는 통제가 풀릴 날이 오겠지!"

통제가 풀릴 날이 언제가 될지는 모르겠으나 내게는 그것이 변명거리가 되기는 했다. 그랬기에 시간적 여유가 생긴 셈이었다. 이제는 황 선배와의 약속에도 변명의 구실이 생겼으니 더 이상 머뭇거리고만 있을 필요가 없어졌던 것이다. 그래서 황 선배와의 재회를 서두르게 되었다.

그런데 황 선배와의 재회 여부가 내게는 참으로 중요한 의미가 내포되어 있었다. 내가 지금 황 선배를 만나고자 하는 것은 (그것이 환상이냐 현실이냐 하는 것을 밝히고자 하는 것과 같은 결과로서) 그게 현실이라고 한다면 나는 지금 천지개벽과도 비교될 수 있는 엄청난 사건의 주인공이 되는 것을 의미하는 일이기 때문이었다. 결론은 결국 그렇게 된 셈이었다.

"까짓거 환상이면 또 어떠냐. 내가 공명심을 내세워 영웅이 되겠다는 것도 아니고…"

그래서 (꿈이든 환상이든 그딴 것은 상관도 없이) 그림자 세상으로의 여행길을 서두르게 되었던 것이었다. 자칫 황 선배와 같은 반푼이가 되는 것이 두렵지 않은 것은 아니었으나 (그까짓 거야 필자소관이니 어찌할 수 없을 일이거니와) 내게는 미지의 깡통지옥에 대한 호기심이 두려움을 이겨내게 만들고도 남음이 있었던 것이었다.

어쨌거나 나는 황 선배를 서둘러 만나기로 결정을 했고, 황 선배의 등신(육신)을 데려가지 못하는 데 대한 변명꺼리도 확실히 마음속에 새겨두었다. 혹여나 그 심통에 빌미꺼리를 만들어 주지 않기 위한 사전 대비책이었다.

게다가, 선배와의 이번 만남에는 두 가지의 목적이 분명하게 정해져 있었다. 첫째는, 이것이 환상인지 현실인지를 확인코자 하는 것으로서 (그것은 선배와의 재회 여부가 결정적인 해답이 될 수 있을 것이요), 두 번째는, 우리들의 만남의 장소를 좀 변경시켜 보겠다는 것이 그 목적이었다.

"선배로서도 그곳에서 살아나올 욕심이 있을 것이기에 결코 내 제안을 거절하지는 못하겠지!"

그러므로, 이번 만남에서는 결코 그곳에서 오래 머무를 생각이 전혀 없었다. 무모하게 하늘세상의 실체나 확인해 보겠다면서 괜히 그곳에서 머무적거리다가 낭패를 보기는 싫었다. 그러기 위해서는 우리 집 안방 같은 곳에다가 대형 거울을 설치하고자 하는 것이 내 생각이었다.

그리하여, 나는 반신반의하면서도 전철 역사 안에 있는 상가 거울 앞을 다시 찾았고, 역시나 선배는 나를 기다리고 있다가 반가히 맞아주었다. 그런데 어찌된 일인지 꼬맹이가 눈에 띄지를 않았다. 선배가 설명을 해주었다.

　"왜? 꼬맹이가 안 보여서 그게 궁금한가? 그런데 어쩌나…? 이미 그녀석은 자네가 이렇게 혼자 나타날 줄 짐작하고 기다리는 희망 같은 거 포기해 버렸으니 말씀이야…"

　그래서 아예 내 모습조차 다시 보는 게 싫다며 선배를 따라나서지 않았다는 것이었다.

　(어구야~ 그녀석은 이미 귀신이 다 됐나 보네. 내가 혼자 나타날 것을 어찌 짐작했을까 글쎄….)

　그래서 내가 급히 변명을 하려는데 선배가 먼저 질문을 해왔다.

　"그런데 어째서 혼자 나타난 것인기여? 여편네가 내 등신이를 안 빌려 주겠다고 그런 기여? 그렇걸랑, 여편네더러 같이 와도 된다고 하지 않구설랑…?"

　그제서야 나도 준비된 변명꺼리를 끄집어 내놓기 시작했다.

　"그게 사실은…그런 게 아니고요? 내가 그동안 선배님 가정사에 대해서 좀 확인을 해 봤더니 글쎄, 선배님은 지금 집에 없고 요양원에 들어가 있다지 뭐예요 글쎄…."

　"뭐라? 그럼 요양원에 가서 거짓말이라도 하고 잠깐 델고 나오면 되잖아? 그것도 하나 못 해 자네가?"

　"그랬으면 오죽이나 좋겠습니까마는 지금은 그럴 때가 아니라는 게 문제지요. 선배는 코로나에 대해서 전혀 들어본 일이 없으세요?”

“코로나가 왜! 그건 국산 자동차 이름이잖아?”

“에고야~ 정말로 모르나 보네…”

그래서 내가 그 사실에 대하여 자세히 설명을 해주었다. 그러나 선배에게 내 설명 따위가 먹혀들 리 없었다. 선배는 원래 그런 사람이었다. 내 설명 따위는 아예 변명으로 치부해 버리는 그런 성격 말이다.

“자네의 변명 따위를 내가 믿어줄 거라 믿었다면 오산이야. 그래서 말인데, 자네가 그딴 변명꺼리나 궁리해 가며 시간을 지체시키고 있는 사이, 허긴, 여기서야 시간개념이라는게 존재하지 않는 세상이라 하지만서도, 좌우지간에 내 등신놈이 죽고 나면 나도 깡통놈들의 노예로 붙잡혀 가게 된다는 거 정녕 몰라서 그러는 것이야?! 허긴 모르기도 하겠네. 그래서 말인데, 나는 시방 똥줄이 탄다는 말씀이야. 그놈들한테 노예로 끌려가게 될까봐서! 이제 알아듣겠나?”

“선배가 지금 겁을 먹고 있는 그놈들이란 게 인공지능을 말하는 것인가요? 그깟 것이 무슨 대수라고 남의 말은 무조건 변명이라며 깔아뭉개는지 원…!”

“어구야~ 무식하긴! 인공지능 그깟 게 무슨 대수냐고 그랬나 시방?! 무식해서 모르면 배워야지! 내가 다시 한번 더 설명을 해줄까?”

“예. 해주세요. 그깟 게 뭐가 그렇게 겁이 난다는 건지!”

“그래, 잘 들어! 인공지능이란 바로, 인공지능을 장착한 여러 온갖 종류의 로봇이나 인형 같은 것들을 일컬어 하는 말인데 심지어는 사람들에게까지 머리에다 지능칩을 이식해서 인간성을 상실하게 만들어 기계인간을 만들어 놓고 그것들을 모두 통칭해서 그냥 인공지능이라 부르는 것인게야. 인공지능!"

"뭐요? 그럼 인간들도 로봇이 되었다는 거군요 시방?!"

"그것뿐이라면 다행이게? 온갖 종류의 산업용 로봇뿐 아니라, 가장 큰 문제가 되는 것은 바로 군사용 무기들인데…"

"알았어요 알았어. 이제 그만해요 정신 어지러우니까!"

"기왕에 듣는 거 조금만 더 들어봐. 군사용 중에는 말이야, 인공위성을 비롯해서 미사일이며, 탱크, 장갑차, 대포에 이르기까지 그 숫자가 수도 없이 많은데 말야, 그것들이 용도폐기만 되고 나면 그냥 고철이 되어 사라지고 마는 것으로 알고들 있지만 사실은 이곳에서 원래 모습 그대로의 영혼으로 다시 태어나게 된다는 사실이야. 알아들어?"

"그, 그래서요?"

"그래서는 뭐가 그래서야? 그것들은 그렇게 사람들을 때려잡기 위해서 만들어진 살상용 무기들인데, 인간의 영혼 따위야 그것들에게는 거저 바람에 흩날리는 솜털 같은 존재들일 뿐이라는 얘기이지―"

"그렇다면 그것들이랑 서로 상대를 안 하면 되잖아요?"

"상대를 안 하려면 이 세상에 오지를 말았어야지. 내가 그랬잖아? 여기는 바로 우리의 인간세상과 영혼의 하늘세상 사이에 존재하고 있는 인공지능들만의 중천 세상이라고…!"

"알았어요! 이제 잘 알아들었으니까 서론은 대충 생략을 해두고 이제부터는 좀 느긋하게 기다리는 법도 좀 배워 두세요. 그렇게 조급해하지만 말고요!"

　사실이지 나도 선배의 설명 따위에는 관심이 없었다. 하늘세상이나 인간세상이나 사람은 사람이요, 기계는 기계일 뿐이지, 인공지능이라고 지깟 것들이 어찌 인간을 지배할 리 있을 일이겠는가. 그랬는데, 선배의 반응은 결코 그런 것이 아니었다.

　"나는 어디 느긋하게 기다릴 줄 몰라서 이렇듯 안달을 하고 있는 줄 아나? 자네는 아직도 내 처지를 이해하지 못하나 본데, 그러다가 내 등신놈 그놈이 죽고 나면 내 처지가 어떻게 될지 짐작이나 해 봤나? 그때는 내 인생도 그것으로 끝장인 게야. 내가 죽고 나면 육신도 없는 놈이 인간세상으로 돌아가 봤자 귀신밖에 더 되겠어? 안 그래?"

　"……!"

　"물론, 육신이 없어지고 나면 귀신이라 해도 인간 세상으로는 되돌아갈 수가 없는 것이지만, 여기서는 인공지능이라고 하는 저 쓰레기 깡통놈들의 노예 신세가 된다는 것이 문제인 것이야. 내 말 알아들어?!"

　"끄으음! 그러니까 지금은 인간세상에 육신이 그냥 살아 있어서 다행스럽게도 그것들에게 안 끌려가고 있다는 뜻이로군요. 그런 거지요?"

　"그래 맞아! 말귀는 제대로 알아듣고 있구만 그래."

　"내가 바본가요 어디? 그것도 하나 못 알아듣게? 그래서 말인데요. 노예라고 하는 건 무슨 뜻인가요? 그 말은 잘 이해할 수가 없어서…"

　"서론은 빼고 말하라면서? 그러나 굳이 알고 싶다면, 노예는 노예일 뿐이라고 하는 사실이야. 인간의 인권이 말살된 로봇들의 노예 말씀이야. 그게 어떤 건지는 차츰 알게 되겠지만, 천년만년 로봇들이 시키는 일만 하면서 살아야 하는 인간노예…. 여기서는 더 이상 죽을 수도 없으니 천년만년이라고 표현을 할 밖에!"

그러나 나는 사실 그 말이 이해가 잘 되질 않았다. 까짓거, 죽기 살기로 인간들이 똘똘 뭉쳐서 로봇들과 힘겨루기를 한다면 설마 그깟 잡동사니 기계뭉치들 하나 상대해 내지 못할 일이겠는가.

(사람 망신은 여기서 다 시키고 있나 보네. 그래서 바보 등신 이란 말이 인간 세상에 살아 있는 그 몸뚱이만 두고 하는 말이 아니라…)

그러다 말고 나는 또다시 정신이 헷갈리고야 말았다. 사실, 영 혼이란 존재도 믿지 못하는 내가 정신이란 존재는 어찌 이해를 해야 하는 것인지 그것이 헷갈리지 않을 수 없었던 것이다. 그러 자 선배가 내 눈치를 알아채고 다시금 정신을 일깨워 왔다.

"정신 차려 이 사람아ㅡ! 무슨 생각을 그렇게 골똘히 하고 있 어?! 자네 혼자서 천날 만날 생각하고 궁리를 해 봐야 코끼리 뒷 다리 만지기지. 그래서 말인데, 내 몸뚱이는 델고 올 거야 말 거 야? 그것부터 대답해, 나 숨넘어가기 전에ㅡ!"

"어구야~ 우물에서 숭늉 찾는다더니, 귀신도 숨넘어갈 일 있 나요?"

"내가 숨넘어갈까 봐 그러는 게 아니고 요양원에 처박혀 있다 는 그놈이 숨넘어갈까 봐…그런데 뭐가 어째? 나보고 귀신이라 그런 거야 시방?!"

"그래도 귀신은 되기 싫은가 보네. 나도 사실은 그게 헷갈린단 말이에요. 사람이 어째서 정신이니 영혼이니 해서 몸뚱이랑 분리가 될 수 있다는 것인지, 내 머리로는 도저히 그걸 이해할 수가 없거든요?"

"킬킬킬~ 그거는 나도 그래. 자네나 나 같은 평범한 범인이 어찌 하늘의 이치를 이해하겠냐만은 그냥 받아들여 나처럼!"

"나도 그러고는 싶지만 이게 꿈인지 환상인지 그것조차 헷갈리는 상황에서 그게 잘 이해가 되겠어요? 어디 가서 말도 못 꺼낼 판타지 같은 이야기를 가지고!"

"그래그래! 자네라면 충분히 그럴 만도 하지. 아직은 물불을 가릴 때가 아니니까 말씀이야. 그러나 내 입장 돼 봐. 그때는 누가 가르쳐주지 않아도 스스로 터득하여 알게 될 테니까!"

"그러니까 아직은 내가 귀신이 덜됐다는 뜻이로군요. 그런 거지요? 그래서 나 보고 너도 이제 곧 귀신이 될 테니까 그때가 되면 모든 걸 다 알게 될 것이다~ 하는 뜻이구요. 그렇지요?"

"그래 맞아! 아니라고 하면 서운해할 것 같아서 말이네마는, 그런 걸로 괜히 시비 걸 생각하지 말고 잘 들어둬. 우리가 왜 반푼이라 하는지는 자네도 이미 알고 있는 일이지만, 나도 아직까지는 자네처럼 인간세상의 몸뚱이 속에 정신이 영혼줄로 묶여 있다는 사실이야. 그래서 우리 반푼이들은 저 깡통 괴물놈들이 노예로 잡아갈 수가 없다고 하는 사실이지. 아직은 영혼줄에 얽매여 있으니까!"

"그렇다면 그거야 다행 아닌가요?"

"그래, 다행인 거 맞아, 그렇지만 우리가 인간세상으로 되돌아가지 못하면 그까짓 다행이 무슨 소용이겠나? 등신이라고 하는 몸뚱이가 수명을 다하고 나면 영혼이 하늘 세상으로 떠나게 되고, 그래서 결국은 이승줄이 단절되어 괴물놈들의 노예로 끌려가게 되고 마는 것이거든?"

"예에-! 그래서 선배도 인간세상으로 되돌아가려고 그렇듯 안달을 하는 것이군요, 그렇지요?"

"바로 그거야. 나도 처음에는 자네처럼 아무것도 몰랐었지. 그랬는데, 그 꼬맹이 녀석이 나타나서 내게 많은 도움을 주었다네. 물론 지금이야 내 스스로도 깨우쳐 알 수가 있게 되었지만, 결국은 나도 자네 같은 행운은 따라주지 않았던 셈이지. 내가 여기서 되돌아 나가기도 전에 등신(육신)이란 놈이 거울 앞을 떠나 버리고 말았으니 말씀이야!"

"끄으음-! (나도 그럼 여기서 얼쩡거리고 있다가 몸뚱이랑 헤어져 버릴 수도 있겠네요?)"

선배가 내 속마음을 알아차리기라도 했다는 듯 다음 말을 이어왔다.

"그러고 보면 자네는 참말로 행운아야. 나를 만나지 못했더라면 자네도 이곳을 인간세상으로 착각하여 이리저리 헤매고 다니다가 몸뚱이랑 서로 헤어지고 말았을 것이거든?"

"예! 그래서 지난번에도 내가 선배 덕분에 무사히 되돌아 나갔었잖아요? 그래서 오늘도 선배에게 부탁할 것이 있어서 이렇게 다시 찾아오게 된 거예요."

"그러니까 부탁할 것이 없었으면 다시는 안 찾아올 생각이었단 뜻이로군. 내 부탁은 안중에도 없이! 정말로 그랬다는 건가?"

"또, 또, 귀신병이 다시 도지나 보네요. 그래서 말인데요, 한

가지 좀 물어나 봅시다. 선배는 도대체 여기를 어떻게 해서 들어오게 된 것인가요?"

"어째서 그걸 안 궁금해하나 했지 내가! 그게 바로 내가 귀신인지 반푼인지를 확인해 볼 수 있는 유일한 단서니까! 안 그런가?"

"그렇다면 대답을 들어볼 필요도 없겠네요. 내 속마음을 그렇듯 훤히 알아채는걸 보면 귀신인 게 분명하니까요."

"그래그래. 그래서 내가 자네 팔뚝 굵다고 그랬잖아? 그래서 말인데, 나도 자네처럼 얼떨결에 영문도 모르고 들어오게 된 것이야."

그러면서 선배가 들려준 얘기는 참으로 놀라웠다. 내 행적과 그 과정이 너무나 유사했기 때문이었다.

그러니까 선배가 새벽 운동을 나섰다가 쓰러진 뒤 병원에서 퇴원하여 나온 며칠 뒤의 일이라고 했다.

"내가 자네 사무실에 들렀다가 집으로 돌아갈 때면 곧잘 들러서 가는 곳이 한 군데 있는데, 거기가 바로 지하철 역사의 상가 거울 앞이야."

그곳에서 머리도 빗고, 옷매무새도 가다듬은 뒤 집으로 돌아가곤 했는데, 그것이 당뇨병 때문에 길들여진 버릇의 결과라고 했다. 그리하여 이날도 나를 만나 자장면으로 저녁 식사를 해결한 뒤, 소화도 시킬 겸, 반주로 마신 술기운도 해소를 할 겸 해서 이곳을 지나쳐가게 되었다고 했다.

그랬는데, 그날따라 그림자란 놈의 태도가 당췌 마음에 들지 않아서 (아마도 술기운인 듯싶기는 했지만) 혼구녕을 좀 내줄까 하다가 그만 얼떨결에 그림자에게 낚여들고 말았다는 것이었다. 그러니까 결론적으로 말해서 인공지능의 괴물놈들이 설치해 놓은 올가미에 걸려들고 말았다는 뜻이었다. 술기운에도 선배는 그것이 참으로 이상하기는 했었다고 했다.

"거참 희한타? 버르장머리 없는 (그림자) 그놈은 어딜 가고… 도대체 여기는 어디일까?"

그래서 주위를 두리번거리다 말고 〈한 발~ 두 발~〉 그렇게 발걸음을 떼어놓게 된 것이 몸뚱이와의 돌이킬 수 없는 이별이었다고 했다. 이때 몸뚱이는 (술기운도 오른 김에) 아마 정신줄이 사라진 줄도 모르고 본능적으로 발걸음을 옮겨서 자신의 집으로 되돌아갔었던 모양이라는 설명이었다. 그러한 사실도 눈치채지 못하고 선배는 오래도록 신천지 탐구에 시간을 낭비하고 있었고, 그로부터 몸뚱이와는 두 번 다시 조우를 하지 못하고 말았다는 것이었다.

그러고 보면 사실 내 눈앞에 있는 이 사람은 (온전한 인간이 아니라) 몸뚱이와 영혼은 인간 세상에 남겨둔 채 정신줄만 그림자란 껍질을 뒤집어쓰고 사람 행세를 하고 있는 반푼이란 결론이었다. 지금의 나도 사실은 같은 처지이지만 말이다. 어쨌거나, 사람의 생명줄이 끈질기다는 것은 황 선배의 경우를 보면 이해가 될 일이다. 여기가 중천국이든 황천국이든 간에, 이미 반귀신이 다 되어서까지 이생의 미련을 못 버리는 것을 보면 말이다. 그것은 나도 역시 마찬가지이기는 했다. 나도 사실은 황 선배와 다름없는 절반의 인간 (반푼이이기) 때문이요, 죽는 것만은 정말로 싫었기 때문이었다.

4. 환상과 현실 사이

황 선배의 설명으로 이곳 중천국의 그림자 세상이 내 마음속에서만 존재하는 환상이 아니라, 실제로 존재하는 하늘 세상임을 깨닫게 되긴 하였으나, 그렇다고 달라질 것은 아무것도 없었다. 이러한 사실을 세상에 알릴 수 있는 방법이 내게는 없었기 때문이었다.

(이 황당한 사실을 떠벌리고 다니다가, 정신병원 신세 안 지게 되면 다행이지!) 그랬다. 그래서 이 문제는 두고두고 생각을 해보기로 했다. 그랬기에 지금은 우선 황 선배를 급히 찾아오게 된 그 문제부터 해결하는 것이 급선무였다.

"선배? 내가 선배에게 부탁할 것이 하나 있는데요? 선배는 이미 귀신이나 다름없으니까 짐작을 하고 있을는지 모르겠지만…."

"씨나락 까먹고 있네! 자네는 귀신도 아니면서 어째서 씨나락을 까먹고 있나? 그러니 말해보게. 나는 아직도 귀신이 아니라서 잘 모르니까!"

"킬킬킬~ 귀신이란 소린 듣기 싫으나 보네요? 그게 바로 귀신이란 증거예요. 귀신은 잘 토라지니까! 그래서 말인데요, 내가 지금 지하철 역사의 상가 거울이 아니고서도 선배를 만나러 올 수가 있을랑가~ 해서 묻는 말인데요? 우리 집 안방에 있는 장롱 거울을 이용해서도 선배를 만나러 올 수가 있느냐-? 이런 말이에요"

"뭐라? 그러니까 닭을 잡아서 털도 안 뽑고 꿀꺽하시겠다~ 그런 뜻인 게지…?"

"에고~ 그런 비유랑은 근본적으로 다른 문제지요. 그게 그러니까…"

"나도 알아들어. 이산가족 되기 싫다는 자네의 그 능구렁이 심사 하나 못 알아챌 것 같은가? 그래서 말인데, 안 될 거야 없겠지. 나만 희생할 각오를 한다면 말씀이야…"

"그게 어째서 선배의 희생이에요? 내가 부탁하고자 하는 것은 선배의 희생을 말하는 것이 아니지요."

"그럼, 내 등신 놈이 언제 어느 때 불쑥 찾아올지도 모르는데, 그거 포기하고 자네 뜻대로 하자는 게 희생 아니고 무엇인가?"

(그게 그런가…?)

나는 그만 할 말을 잃고 말았다. 그게 그러니까 우리의 인간 세상과 이곳 정신의 하늘 세상이 하나의 큰 문으로 들락거리게 되어 있는 것이 아니라, 거울이 설치되어 있는 장소마다 그것이 모두가 다 하늘 문이라는 결론이기 때문이었다.

(그렇다면 이곳 거울 속 세상과 통할 수 있는 하늘 문이, 거울만 설치되어 있는 곳이면 모두 다 열려 있다는 뜻이기도 한데…)

그 숫자가 얼마나 될지 그게 참으로 이해가 되질 않았다. 선배의 말뜻이 바로 그런 것이었으니 나는 그만 입을 다물지 않을 수 없었던 것이다.

선배가 다시 이야기를 계속했다.

"킬킬킬~ 지옥문이 어째서 하나가 아니고 세상의 거울이 죄다 지옥문인가 해서 그게 실망스러운 겐가?"

"당연히 실망스럽죠. 아니, 실망스럽다기보다는 어이가 없다고 해야겠죠. 세상의 거울이 모두 지옥과 통한다면 얼마나 많은 사람들이 나 같은 꼴을 당하게 될지…"

"그러나 그까짓 거야 조족지혈일 뿐이니 어찌할까! 우리 인간 세상에는 육지보다도 더 넓은 바다가 있고, 호수가 있으며 강과 하천이 흐르고 있으니 그림자에 노출되지 않을 사람은 하나도 없다는 말씀이야. 거울 속 그림자나 물속에 비친 그림자나 그게 그거거든?"

"에고- 미쳐! 그런 거야 어차피 내가 상관할 바가 아니라 하나님께서 하시는 일일 테니 이제부터는 그딴 걱정일랑 아예 접어두도록 해야겠네요."

"그래그래, 잘 생각했어. 진즉에 그럴 것이지…. 그래서 말인데, 하늘 세상이란 원래 여기가 그기요, 그기가 저기니 자네 부탁도 못 들어줄 바 없다는 뜻인 게야. 그러니까 이 거울이나 저 거울이나 자네의 몸뚱이는 결국 하나뿐이니, 자네의 그림자도 결국 하나뿐이라는 뜻인 게지. 내 말 알아듣겠나?"

"못 알아듣겠는데요? 그래서 말인데요, 우리 집 안방 거울도 괜찮다는 거예요? 아니면 싫다는 거예요?"

"싫어도 내가 희생을 해야지 어쩌겠나? 세상에 믿을 놈은 대감뿐이라고 했는데 내가 믿을 놈이 자네밖에 더 있는가? 안 그래?"

"나 원 참, 내 부탁을 들어 주는 척하면서 이놈 저놈 하고 분풀이는 다 해제끼네요? 그러나 어쩌겠어요? 아쉬운 놈이 우물 판다는데 그까짓 욕설이 무슨 대수라고….”

"그랬으면 됐고. 자네랑은 그럼, 자네 집 안방 거울 속에서 만나기로 하세. 이제 됐는가?"

"예, 됐습니다. 그런데 한 가지 이해 못 할 것이 있습니다. 선배는 어째서 선배의 몸뚱이를 꼭 여기에서만 기다립니까? 선배의 집이나 다른 곳에서도 몸뚱이가 거울을 들여다볼 확률은 얼마든지 있을 텐데 말이에요.”

"거 참, 자네는 생각이 너무 많아! 그래도 질문을 했으니 대답은 해줘야겠지? 그게 바로 하늘의 이치인 게야. 아니지 참, 하늘의 이치라기보다는 저 깡통 괴물놈들이 나의 정신줄을 이곳에다 붙잡아 두기 위해 하늘문을 그렇게 고정으로 설정해서 설치해 놓은 탓인 게야. 그것이 우리 인간들에게는 지옥문으로 통하는 것이지만서도…!”

"그렇담, 그게 모두 하나님의 뜻이 아니라 귀신들의 덫이라는 뜻이로군요. 그런 거지요?"

"그래, 바로 보았어. 그렇게 해야만 저 깡통 쓰레기들이 나 같은 반푼이들을 인간세상으로 되돌려 보내지 않고, 이곳에다 붙잡아 둘 수 있는 가장 확실한 방법이거든! 저것들의 예비 노예감으로 말이야.”

"뭐가 뭔지는 잘 몰라도 이해가 되는 듯하기는 하네요. 아직도 내가 궁금한 것은 많이 남았지만 지금은 이쯤 해서 되돌아가야겠어요. 자칫 개목걸이 신세 될지 모르니 말예요."

"그럼 그러든가!"

"예! 하여간에 선배에게는 미안해요. 본의 아니게 자꾸만 번거롭게 해드려서!"

"미안한 거 알거들랑, 내 부탁도 잊어서는 안 돼? 아 참, 그리구 말씀이야, 내 등신이를 데려올 땐 자네 집 거울이 아니라, 여기로 와야 된다는 거 잊지 말고! 알겠나?"

"예! 그럼 선배의 몸뚱이를 데려올 때만 이곳에서 만나기로 약속을 하고, 당분간은 우리 집 거울 속에서 만나기로 하죠. 그런데, 우리 집이 어딘지는 알고 있으세요?"

"흐이그~ 내가 왜 피곤한가 했더니 이래서였던 게로구먼, 자네 혹시 텔레파시란 말 들어봤나? 그게 사실은 영혼세상의 소통방법이라 하는 것인데, 여기서도 소통방법은 똑같아."

"도대체 그게 어떻게 하는 건데요?"

"내 생각을 하면 돼. 나를 만나야겠다고 생각을 떠올리면 텔레파시가 내게 연결이 되게 되어 있거든? 자네와 내가 의기투합만 하면 전화 연결을 하듯 마음이 통한다는 뜻이야. 그렇다고 인간 세상과 소통이 된다는 뜻은 아니니 오해하지 말어. 자네가 그림자 세상에 와서 나를 찾을 때만 내가 알아들을 수 있다는 뜻인게야."

"거 참 편리해서 좋군요. 그럼 그렇게 약속을 하도록 하죠. 그리구 말이에요. 방금 막 생각이 나서 말인데요? 한 가지만 더 여쭤봐도 되겠어요?"

"그래, 궁금한 게 뭔데?"

"그게 그러니까, 이곳 그림자 세상엔는 그게 누구이든 거울만 있으면 모두가 그림자 속으로 들어올 수가 있는 것인가요?"

"그게 왜 궁금한데? 세상 사람 모두가 깡통놈들의 노예가 될까봐서? 허지만 그런 일은 없을 거야. 자네와 나처럼 반푼이가 된 사람들만 낚싯밥에 걸려든다고 했으니까."

"반푼이들만 낚싯밥에 걸려든다고요? 그러니까 나같은 반푼이들만 괴물들이 설치해 놓은 올가미에 걸려든다는 뜻이군요. 그런 거지요?"

나도 사실은 황 선배의 말이 무슨 뜻인지 정확하게는 이해할 수 없었으나 반푼이란 말에는 이해가 되는 듯도 했다. 정신줄이 절반쯤 나가버린 사람을 반푼이라 하는가 보다고 말이다. 허기사, 정신이 멀쩡한 (건강한) 사람이 귀신들의 낚싯밥에 걸려들 리 있겠는가.

(그래서 절반쯤 정신이 나간 사람을 반푼이라 하는 것인가? 아니면 정신줄만 떨어져 나온 황 선배 같은 사람들을 반푼이라 하는 것인가?)

그게 다소 의문이기는 했으나 오늘은 이쯤 해서 생각을 접어 두고 황 선배와 작별을 하기로 했다. 사실은 불안해서 더 이상 머물러 있을 수가 없었다. 그랬는데 황 선배가 은근슬쩍 내게 겁박까지 해왔다.

"그 반푼이나 저 반푼이나, 결국은 몸뚱이에서 정신줄이 떨어져 나온 것은 마찬가지니 그딴 거 가지고 시간낭비 하지 말고, 어서 되돌아가기나 해! 지금쯤 벌써 자네 등신이란 놈이 거울 앞을 떠났을지도 모르는데 그래도 괜찮다면야 나랑 같이 세상구경이나 한번 시작해 보던가…!"

나는 그만 아연실색을 하고 말았다. 정말이지 황 선배 같은 개 목걸이 신세는 되고 싶지 않았던 것이다.

"(등신이란 놈이 벌써 거울 앞을 떠났을지도 모른다고?) 말도 안 돼!!"

황 선배의 겁박에 기절을 하여 엉겁결에 그만 거울 속에서 뛰쳐나오고야 말았다. 등골에서 식은땀이 (쭈르르~) 흘러내리고 있었다. 그러면서도 나는 그게 이해가 되질 않았다.

"그게 그렇게나 겁먹을 일인가? 내가 왜 이렇게 소심해졌나 모르겠네…!"

그것은 아마도 내 건강상 문제 때문일 것이었다. 나도 사실은 황 선배 못지않은 기구한 운명의 장본인이었다. (그 문제에 대해서는 잠시 후에 다시 설명을 곁들이고자 하거니와) 지금 내게는 지나간 일들이나 회상하고 있을 마음의 여유가 없었다. 황 선배의 겁박에 놀라 나도 모르게 거울 바깥으로 뛰쳐나오기는 했으나 그것이 내게는 결코 바라던 일이 아니었기 때문이었다.

"에이 바보! 기껏 용기를 내서 거울 속으로 들어갔으면 그게 진실인지 환상인지 그것만은 확인을 해 보고 나왔어야-!"

그것조차도 확인을 못 해본 채 이렇듯 얼렁뚱땅 제자리로 (거울 바깥으로) 되돌아와 버렸으니 이것이 환상에서 깨어난 것인지 어떻게 된 것인지 그게 또다시 아리송해지기만 했던 것이었다.

"그까짓 거야 문제될 것도 없지 뭐. 다시 한번 더 확인을 해 보면 될 테니까!"

사실은 처음부터 그것을 확인해보기 위해서 이곳을 다시 찾은 것이 아니었던가. 그랬는데 실컷 잘해놓고 마지막에 가서 얼렁뚱땅 그렇게 돼 버린 셈이었다. 그랬기에 지금이라도 다시 정신을 가다듬어서 거울 속으로 다시 들어갔다 나와보면 될 일이었다.

　"걱정도 팔자라니까 글쎄. 그까짓 게 뭐가 어려운 일이라고…!"

　역시나 어찌된 일인지 그림자란 놈이 거울 속에서 눈깔을 동그랗게 뜬 채 나를 맞이할 준비를 하고 서 있었다. 그렇다고 내가 그깟 그림자 따위에게 겁을 먹을 이유는 없었다. 이제라도 이제는 내가 그림자 속으로 들어가 보기만 하면 되는 일이었다. 그까짓 거 신경 쓸 일이 결코 아니었던 것이다.

　그랬는데 (핫뿔싸!) 나는 그만, 소 뒷발에 밟힌 생쥐마냥 (찌익!) 하고 목구멍 찢어지는 야릇한 비명소리를 쏟아내고야 말았다. 그림자란 놈이 나를 향해 제 얼굴을 세차게 들이받아 왔던 것이었다. 〈꽈당!〉 하고 얼굴을 들이받치는 순간 눈에서는 번갯불까지 (번쩍!) 했다.

　"어이쿠! 이놈이 사람 잡네!"

　그리고는 뒤로 벌러덩, 엉덩방아를 찧고 말았다. 콧속이 (화끈)하면서 콧물이 (주르르~) 흘러내렸다. 손등으로 콧물을 닦아내자 손등이 시뻘겋게 물이 들었다. 코피가 쏟아진 것이었다.

　"흐이그~ 나쁜놈 씨키…!"

　더 이상은 아무것도 생각할 겨를이 없었다. 급히 코를 감싸쥐고 화장실로 달려갔다. 그러면서도 내 머릿속에는 온통 그림자란 놈의 생각뿐이었다. 그놈이 어째서 내게 헤딩을 하여 코피까지 터뜨리면서 출입을 방해하느냐 하는 것이 관심의 초점이었다.

"출입을 가로막는 것도 모자라 코피까지 터뜨려?!"

정말이지 용서가 될 수 없는 일이었다. 그것이 순식간에 벌어진 일이기도 했거니와 그림자가 헤딩을 해오리라고는 눈꼽만큼도 의심을 해본 일이 없었기에 충격의 강도는 더 심했다. 제대로 정신조차 가눌 수가 없었던 것이다.

"내가 우리 집 안방으로 장소를 변경하자 저것들이 떼거리로 반항을 하는 건가?"

그럴지도 모를 일이었다. 거울과 그림자가 작당을 해서 내게 반발을 하는 것이 아닌가 하는 생각이 들었던 것이다.

"그래그래! 어차피 세상은 판타진데 저것들이라고…"

하다 말고 나는 고개를 (절레절레) 내저었다. 아직은 내 마음속에 현실적 분별력이 조금은 남아 있었는지도 모양이었다. 그랬기에 또다시 거울 속으로 들어가 보겠다며 시도를 했다가는 이번에야말로 진짜로 그림자란 놈이 내 얼굴을 묵사발로 만들지도 모르리란 두려움이 생겨나고 있었던 것이다.

그래서 나는 아예 거울 쪽으로는 얼굴도 돌리지 못한 채 발걸음을 재촉할 수밖에 없었다. 오늘은 시간이 너무 늦었다는 핑계를 앞세워 모든 사실 확인은 우리 집 안방에서 해보기로 하고 이곳에서는 일단 철수를 하기로 결정을 한 것이었다.

그러나 집으로 돌아오는 내내 심기가 참 편치를 못했다. 환상인지 현실인지를 제대로 밝혀내지 못한 것도 그렇거니와, 거울 앞에서는 또 얼마나 많은 사람들이 내 곁을 지나쳐가면서 나를 의심의 눈초리로 쳐다봤을 것인지 그런 것까지도 새삼스럽게 신경을 거슬러 왔던 것이었다.

"내가 왜 이렇게 자꾸 성격이 소심해져 가는 것일까…?"

거기에는 분명한 이유가 따로 있다는 사실 또한 깨닫지 못할 리 없었다. 그림자란 놈이 나를 받아들이지 않고, 거울을 들이받아 코피까지 터뜨리게 만든 앙금이 남아 있었고 그게 내 가슴속에서 울화를 치밀어 오르게 하고 있었던 것이었다. 그것이 정녕 의문이기는 했다. 정신이 멀쩡한 상태에서(마치 등신이라도 된 듯이), 그렇듯 이해하지 못할 실수를 저질렀으니 말이다.

"혹여라도 그들 중에 내 얼굴을 알아보는 사람이 그곳을 지나쳐갔었더라면 나를 어떤 심정으로 쳐다봤을까 글쎄…!"

(저 사람이 벌써 노망이 들었나-?) 하고 비웃었을 것이 아니겠느냐는 사실이다. 그랬기에 이제 그 근처로는 발걸음도 하지 말아야겠다는 생각이 들지 않을 수 없었다. 내 자신이 너무나 창피스러워져서 말이다.

"에고 젠장, 인생 백세시대에 내가 이게 무슨 꼴이냐 시방!"

입에서는 계속해서 (시블~시블~) 하고 욕설이 흘러나왔다. 자괴감을 주체 못해서였다. 그랬는데 그게 바로 화근이었다.

"입 좀 다물어요! 그놈의 정신병이 또 도졌구만. 또 도졌어!"

앙칼진 마녀의 고함소리를 듣고 나서야 나도(번쩍-!) 정신이 되돌아왔다. 어느새 집에 도착하여 외출복을 갈아입으면서도 내 입에서 헛소리가 그치질 않자 드디어 성깔머리 고약스런 마녀께서 분통을 터뜨린 것이었다.

우리 집엔 마녀가 하나 살고 있다. 그녀도 젊은 시절엔 마녀가 아니었다. 그랬는데 언제부턴가 그 목소리가 앙칼진 고양이의 울음소리로 변해 가더니 그만 마녀가 돼 버린 것이다. 아마도 여자가 늙으면 그렇게 되는 듯 싶어 보였다. 그것은 분명, 그녀를 마녀로 만든 원인 제공자가 있어서일 것인데, 그게 바로 누워서 침 뱉기란 생각이 들어서 이만 줄이기로 하거니와, 내가 그녀를 마녀라고 지칭한 데는 분명 그럴만한 사연이 있다는 사실을 밝혀두고자 하는 바이다. 마녀는 분명 우리 집에만 살고 있을 것이기에 하는 말이다.

어쨌거나 내가 우리 집에만 살고있는 그 여인을 마녀라고 부르는 데는 이번 황 선배와의 약속에 그 원인이 있기도 하다. 자신이 마치 터줏대감이라도 된 듯이 안방을 차지하고 들어앉아서 내가 장롱거울을 통하여 황 선배를 만나러 가고자 하는 일에 당췌 기회를 만들어 주지 않았던 것이었다. 천년 묵은 구미호가 따로 없었다.

"이럴 줄 알았으면 황 선배랑 약속을 하지 않는 건데…!"

그러나 이미 약속을 해버린 상황이니 어찌하겠는가. 마치 불독 같이 생긴 그녀의 눈길을 피해서 선배를 만나러 간다는 것이 그렇듯 참으로 요원한 일이기는 했으나 그렇다고 이제 와서 타협으로 해결하자고 할 일도 아니었다. 내 정신나간 얼빠진 소리를 그녀에게 이해시킬 방도가 내게는 없었기 때문이기도 했다. 그것은 내게도 일말의 책임이 있기는 했다. 그녀가 나를 정신병자로 취급하여 나를 감시하게 된 결정적인 약점이 내게 있었기 때문이었다. 그것은 돌이킬 수 없는 내 실수였다. 자칫, 조금이라도 눈 거슬리고 귀 거슬리는 일을 저질렀을 때는 그녀가 자식들과 합세하여 나를 정신병원으로 보내거나 요양원으로 보내버릴 것이 분명하다는 사실 때문이었다. 그에 대한 자세한 이야기는 내가 잠시 후에 설명을 하겠다고 하였거니와, 지금의 내 형편으로서는 오로지 그녀를 안방에서 축출해 낼 특단의 조치가 필요할 뿐이었다.

"내가 결코 나만 좋자고 이러는 것도 아닌데, 그깟, 불법을 좀 저지른다고 염라대왕 지깟 게 나를 어쩌지는 못할 테고…!"

그게 그러니까 내가 불법적인 방법으로 마누라를 안방에서 축출하더라도 그것이 결코 하나님께 벌 받을 일은 아니라는 사실을 이해시키고자 해서 하는 말이다. 나와 염라대왕 사이에는 그럴만한 사연이 있었다. 그랬기에 나는 천벌 받을 걱정 없이 마녀를 안방에서 축출해 낼 방도를 생각해 볼 수가 있었던 것이다.

그렇다고 지하철 역사로 다시 찾아갈 생각을 하는 것은 결코 아니다. 자칫 약속을 어겼다가 길이 엇갈리게 되면 모든 것이 죄다 틀어져 버릴 것만 같은 두려움 때문에 더욱더 그랬다.

그러나 사실 그딴 것은 신경쓸 일이 아니었다. 내가 마음만 조급해하지 않는다면 기회는 얼마든지 만들어낼 수 있을 것이기 때문이다.

그래서 나는 마음을 느긋하게 갖고, 시간이 날 때마다 내 자신(몸뚱이)에게 최면을 걸기 시작했다.

"제발 내가(내 정신줄이) 외출을 하고 없더라도 몸뚱이 너는 부디 나돌아다니면 안 된다. 알았지? 아암, 알아들었겠지. 알아듣고 말고-!"

내가 내 몸뚱이한테 최면을 거는 것은 행여라도 그림자 세상에서 시간을 너무 낭비하여(시간을 너무 지체시키는 실수가 발생을 하여) 황 선배처럼 정신없이 세상을 헤매고 다니다가 행여 노망끼로 오해받아 개목걸이를 당하거나 또는 정신병원 신세를 지는 것을 방지하기 위한 사전 대비책이었다. 그런다고 정신줄이 나간 놈에게 최면이 무슨 소용일까마는!

5. 황천 갔다 온 이야기

나는 이미 (내가 내 자신에게 최면을 걸어봤자) 아무 소용이 없다는 것을 잘 알고 있었다. 최면이란 원래 내 육신이 아닌 정신을 향해 거는 것이란 사실을 잘 알고 있었기 때문이다. 그럼에도 마음이나 편해보고자 해서 이러는 것일 뿐이었다. 행여 모를 일이긴 했다. 육신에도 본능이란 것이 존재한다면 말이다.

게다가, 내 최면은 정신줄을 향해 시도하는 측면이 있는 것도 사실이기는 했다. 내가 혹여 그림자 세상을 다시 방문하더라도 그 세상의 색다른 환경에 도취되어 시간개념을 상실할까 해서 내 스스로에게 경각심을 심어주고자 하는 의도에서 말이다.

("그래그래! 미지의 세상이란 신비스러운 것도 많고, 궁금한 것들도 많겠지만, 그렇더라도 절대 정신줄을 놓지는 말아야겠지!")

그러나 그것은 지금의 내 생각일 뿐, 혹여라도 AI 귀신들에게 인질이 되거나 함정에 빠질 경우도 생각을 해보지 않을 수 없음인 것이다. 그랬기에 내 최면은 육신이나 영혼 모두에게 필요한 것이라 해야 함일 것이다. 물론, 그것보다 더 확실한 방법은 황 선배의 도움을 받는 일이겠지만 말이다. 황 선배는 자신의 육신에 대한 미련 때문이라도 쉽사리 내게 배신을 할 수 있는 입장이 아니기 때문이었다. 내가 이생으로 못 돌아오게 되면 자신에게도 이생으로 돌아올 희망이 사라지는 것이니 말이다.

그랬는데, 문제는 그만 전혀 예상치도 못한 것에서부터 생기고야 말았다. 내가 (마녀라고까지 욕을 하면서) 아내의 눈치를 살펴, 시간을 내서 거울 앞에(그림자랑) 마주섰으나 (거울이 문제인지 그림자가 문제인지) 도저히 거울 속으로 들어갈 수가 없었던 것이었다.

"이 거울이랑, 지하철 거울이랑, 거울이 서로 다른 때문일까?"

그러니까 (거울도 하늘문과 통하는 거울이 있고 하늘문과는 전혀 상관이 없는 거울이 있는 것은 아닌가-) 하는 생각이 들었던 것이었다.

"그럴 리가 없을 텐데…? 그렇다면 황 선배가 그렇듯 쉽사리 내 제안을 받아들였을 리가 없을 일이 아니겠는가. 아무런 설명도 없이….."

행여나 황 선배도 이런 사실은 몰랐을 수도 있을 일이긴 했다. 그렇다고 선배와의 약속도 무시한 채 무턱대고 본래의 지하철 역사로 달려갈 수는 없었다. 애초부터 설명을 했었지만, 자칫 길이 엇갈려서 돌이킬 수 없는 사태가 발생할 수도 있을 것이란 우려 때문이었다. 그래서 좀 더 정성을 기울여 그림자에게 애원을 해보기로 했다. 그러면서도 속이 뒤틀리는 것은 마찬가지였다.

(나 원 참, 더러워서! 살다살다 그림자한테 애원을 다 하다니, 사람망신은 내가 다 시키고 있나 보네 글쎄!)

그러나 어쩌겠는가. 지금은 자존심이나 내세울 때가 아니니 말이다. 이것이 어쩌면 황 선배 때문은 아닌지 모를 일이었다. 선배가 나를 약올리기 위해서 일부러 만나주지 않거나, 아직은 여기까지 찾아오지 못한 때문은 아닌지 말이다.

"옛날 말씀에 목마른 사람이 우물 판다고 했는데…"

그래서 나도 목마른 사람의 심정이 되어 열심히 정성을 기울여 보기로 했다. 그것이 선배를 향한 정성인지, 거울을 향한 정성인지 또는 내 그림자를 향한 정성인지는 나도 판단을 할 수 없어서 그냥 두루뭉술 내 성의를 보여주기로 한 것이다. 그러면서도 역시 속이 뒤틀리는 것은 마찬가지였다. 내게 무슨 큰 이득이나 된다고 이렇듯 속을 썩여야 하는가 싶어서였다.

"마누라 눈치 보며 기회를 만든다는 것도 여간 성가신 일이 아닌데…"

거울까지 나를 속 썩인단 생각을 하니 참으로 부아가 치밀어 견딜 수가 없었다. 따지고 보면 칼자루를 쥔 것은 내쪽인데 오히려 상대방이(그게 누구인지는 모르겠지만) 갑질을 하고 있으니, 적반하장이 따로 없을 일이었다.

"그래도 참자! 큰일을 하자면 이까짓 난관쯤이야…"

그런데 그 큰일이 무엇인지 그게 의심스럽기는 했다. 큰일은 그만두고 내게 득될 일이 무엇인지 그것조차 알아차릴 수가 없었으니 말이다.

"에라~ 빌어먹을, 나한테 득될 일도 아닌데….."

내가 왜 겁을 집어먹고 눈치를 살펴야 하는지 그게 잘 이해가 되지 않았던 것이다. 안방 거울 앞에서 전전긍긍하며 애를 태우고 있을 이유가 없다는 사실을 비로소 깨닫게 것이다.

"그래! 더러워서 그만둔다 까짓거! 그깟 꿈같은 일을 가지고 벌써 몇 번째 나를 엿을 먹여?"

사실 나는 참을 만큼 참아왔다. 아내가 없을 때만 기회를 노려 벌써 열 번이 넘게 거울이랑 타협을 보려 했으나 거울은 끝내 나를 그림자 속으로 들여보내 주지 않았던 것이었다. 그게 어쩜 거울 탓이 아니라 그림자 탓인지도 모를 일이긴 했지만 결국 나를 엿먹인 것은 마찬가지가 아니겠는가.

그래서 나는 결국 모든 것을 포기하고 원래의 계획대로 마음을 바꾼 것이었다.

"전철 역사로 찾아가서 확인을 해보면 되지 뭐 까짓거!"

이제는 아예 만사를 포기하는 심정이 되어 미련 같은 것도 없었다. 거울 속 세상이 존재하면 어떻고 환상이면 어떻더란 말인가. 그것이 어쩌면 환상일지도 모른다는 생각이 들기도 했던 것이다. 그러나 이제는 상관이 없었다.

"내가 세상을 뒤바꿀 하나님의 능력을 가진 것도 아니고…!"

그랬기에 만사를 포기하겠다는 심정으로 그 멀리까지 길을 나서게 되었다. 그렇다고 결코 어려운 일이거나 힘든 일도 아니었다. 거울 주인이 거울을 못 들여다 보게 하는것도 아니요, 거울을 보는 데 시간이 정해져 있는 것도 아니었다. 출퇴근 시간만 제외하면 남의 눈치를 볼 필요도 거의 없었다. 내가 작정을 하고 거울 앞에 서서 머리를 매만지거나 옷매무새를 가다듬는 척하고 있으면, 그 앞을 지나치는 사람들도 내 눈길을 의식해서 거울 앞에 오래 머물지 못하고 금방금방 지나쳐가기 마련이었다. 나처럼 그 거울에다 눈독을 들이는 사람은 아무도 없기 때문이다.

(니들이 나를 어쩔 거냐?! 내가 거울을 먼저 차지했으니 거울 좀 실컷 들여다보고 가야겠다!)

그러한 배짱으로 버티고 서 있으면 그것 때문에 시비를 거는 사람은 한 사람도 없었다. 그러나 그것은 얼굴이 좀 두꺼워야 버티고 서 있을 수가 있는 일이었다. 그러니까 결론적으로 말해서 반 미치광이가 되어야 한다는 뜻인데, 정신이 멀쩡한 사람이 길을 가다 말고 거울 앞에 버티고 서서 시간을 보내고 있으리는 없을 일이라 생각들을 할 것이기 때문이다. 내가 지금까지 길게 서론을 늘어놓은 것도 바로 그 때문이다. 반 미치광이의 배짱 말이다.

(저런 얼빠진 사람 같으니…. 길을 가다 말고 거울 앞에 버티고 서서 무얼 하고 있는 거야 저거?)

얼이 빠졌다고 하는 것은 정신줄을 놓았다는 뜻인 것이요, 그것이 바로 미치광이라고 하는 뜻인데(내가 이미 얘기했듯이) 황 선배나 그 꼬맹이 녀석 그리고 나 사이에는 공통점이 하나 있다고 했었다. 그게 바로 반 미치광이라고 하는 공통점이요, 그래서 내가 깨달은 사실은, 사람이 (살짝) 맛이 가지 않고서는 거울 속을 통과할 수가 없다고 하는 사실이다. 그렇다고 나를 완전히 미친 사람으로 취급하면 참으로 곤란하다. 그렇게 되면 지금 내가 하는 말이 모두가 헛소리가 되고 말기 때문이다.

그래서 말이거니와, 역시 나는 (살짝) 맛이 갔다가 제정신으로 되돌아온 것임이 분명했다. 지하철 역사의 상가 거울마저 나를 그림자 속으로 들여보내주지 않았으니 말이다.

"거참, 희한하네? 지난번에도 분명히 통과시켜 줘 놓고 어째서 다시, 안면을 몰수하는 거야 이거…?!"

세상이 도대체 어찌 되려고 이러는 것인지, 이제는 거울들까지도 서로 내통을 하여(단합을 하여) 지옥문을 닫아버린 것이 아닌가 하는 생각이 들었던 것이다. 그게 어쩌면 거울들의 짓꺼리가 아니라 그림자들의 소행인지도 모를 일이긴 했지만 참으로 알다가도 모를 일이었다.

"차라리 역사 바깥으로 나가서 마음을 조금 안정시킨 뒤에 다시 와서 시도해 볼까?"

아무래도 그래야만 할 것 같았다. 무슨 이유에서인지 이곳 지하철 상가 거울마저 내 출입을 허용해주지 않고 있다니, 그 연유를 도대체 알 길이 없었던 것이다.

그랬는데, 역시 바깥에서 마음을 안정시킨 뒤에도 결과는 마찬가지였다. 거울은 끝내 내가 그림자 속으로 뛰어드는 것을 허락해주지 않았던 것이었다.

그러자 내 마음은 또다시 흔들리기 시작했다. 내가 거울 속으로 뛰어든다는 것이 결국은 환상이었나 보다고 하는 생각 말이다. 그것이 결코 상식적으론 있을 수 없는 일이기 때문이기도 했다. 그러면서도 마음 한켠으로는 참으로 아쉬움이 컸다. 그것이 비록 환상이라 할지라도 황 선배를 만나 추억을 되새긴다는 것은 정말이지 환희에 가까운 일이었다. 그랬기에 황 선배와의 재회를 환상으로 돌려야 하는 내 심정이야말로 표현조차 힘들 정도로 착잡했다. 사람이란 결코 지난 세월을 되돌릴 수는 없음인 것이다. 그랬는데 내게 그러한 행운이 찾아온 것이나 마찬가지였다. 개목걸이 신세가 된 황 선배를 보면서 이제는 두 번 다시 예전의 그 시절로 되돌아갈 수 없게 되었다는 사실에 인생의 무상함과 함께 비통한 심정을 금할 길이 없었는데, 뜻밖에도 우연한 인연으로 다시 황 선배를 만나게 된 것이었다. 현실적으로는 불가능하다고 생각을 하면서도 그것이 내게는 희열 그 자체였다. 환상이요 꿈이라고 할지라도 그 순간만은 그랬었다. 그랬는데 그것이 결국 도로아미타불이 되어버리자 나는 그만 하늘이 무너지는 듯한 좌절을 느낄 수밖에 없었던 것이다. 정말이지 내게는 더 이상 아무런 희망도 남아 있지 않았다. 꿈과 희망이 한꺼번에 모두 사라져 버린 것이었다.

"결과가 이렇게 끝이 날 줄 짐작 못 한 바는 아니지만…."

마음속으로는 그렇게 자위를 해 보지만, 그래도 아쉬운 것은 아쉬운 것이었다. 새로 생긴 중천 하늘의 지옥세상을 인류 최초로 방문하고 돌아온 장본인일 뿐 아니라, 그 사실을 세상에 알릴 최초의 인간이 되는 셈인데, 그게 그만 일장춘몽으로 끝이 나고 말았으니 어찌 아쉬움이 없을 일이겠는가.

"에고~ 젠장! 노벨평화상쯤이야 개나 물어가라고 팽개쳐 버릴 치적이 될 수 있었는데…"

이제는 노벨평화상이 아니라 미친개 취급도 못 받게 생겼으니, 아쉬운 마음이 없다고 한다면 거짓말일 것이었다.

"아쉽더라도 어찌는가 참아야지. 내가 지난번에 염라황천을 다녀올 때부터 그게 꿈인지 현실인지, 아니면 내가 미친 것인지 알쏭달쏭했다니까 글쎄…."

그랬다. 내게는 아직도 풀리지 않는 수수께끼가 하나 남아 있었다. 거울 속 그림자 세상의 진실을 환상으로 결론 냈음에도 염라황천의 진실만큼은 그 어떠한 결론도 내리지 못하고 있음이 사실이었다. 그 내막은 바로 이랬다. 그러니까 벌써 2년 전의 일이었다. 어느 날 내가 밤중에 잠을 자다 말고 그만 저승사자의 덫에 걸려들고 말았다. 저승사자의 덫이란 바로 죽음을 의미하는 것인데, 그게 문제가 좀 있었다. 나는 결코 죽을 준비가 전혀 되어 있지 않았다는 사실이었다. 내가 무슨 교통사고를 당한 것도 아니요, 죽을 만큼의 지병으로 육신에 문제가 있었던 것도 아니며, 주변의 환경으로 인한 위험이나 코골이 또는 정신성, 신경성과 같은 급살의 위험성이 있었던 것도 결코 아니었다. 그랬기에, 나는 아직까지 죽음에 대한 두려움을 가져본 일이 한 번도 없었다. 물론, 약간의 신체적 질병이 없었던 것은 아니었으나, 젊은 시절부터 꾸준히 노력해 온, 운동요법으로 얼마든지 건강을 지켜낼 몸상태를 유지하고 있었다. 게다가 중요한 것은 지금이 백세시대라고 하는 사실이며, 음식조절만큼도 결코 전문가 못지않은 지식을 보유하고자 노력해 왔고 또 그렇게 실행해 오고 있는 중이다. 그러니까 나는 내 건강에 대해서만은 어느 전문가 못지않게 잘 챙겨오고 있다는 사실이었다. 그랬기에, 아직까지는 내가 저승사자의 덫에 걸려들 이유가 전혀 없었다. 죽을 준비가 되어 있지 않은 것은 너무도 당연했다.

그럼에도 저승사자란 놈이 밤중에 갑자기 나타나서 나를 잡아 저승으로 끌고 갔다.

"하아~ 내 인생도 이제는 여기서 끝장이로구나…!"

대번에 나는 내 인생이 여기서 끝장났다는 사실을 깨달을 수 있었다. 더 이상 다른 것은 아무것도 생각할 여유가 없었다. 게다가, 다른 것은 생각나지도 않았다. 짙은 어둠 속의 희미한 형체가 나를 잡으러 온 저승사자란 것만 알아차렸을 뿐이지 다른 것은 아무것도 머리에 떠오르는 것이 없었던 것이었다. 그러면서도 단 한 가지, 억울하다는 생각만은 머리에서 떠나지를 않았다.

그리고 나는 저승으로 끌려갔다. 그것이 너무도 짧은 순간이라 다른 생각을 떠올릴 겨를도 없었고, 어떻게 끌려갔는지조차도 생각해 볼 여유가 없엇다. 죽음이란 그렇게 너무도 찰나의 순간이었다.

그리하여 정신을 차리고 보니 바로 염라대왕의 탑전이었다. 마치 고릴라만큼이나 큰 덩치에 옥좌 위에 비스듬히 앉아서 나를 내려다보고 있는 염라대왕의 뒤쪽 좌우에는, 역시나 형체를 분간하기 힘든 저승사자 두 명이 버티고 서 있는데, 내 생각으로는 그것이 일직사자와 월직사자로 짐작되어 졌다. 염라대왕의 모습을 제외하고는 일직사자와 월직사자도 저승사자와 마찬가지로 그 모습이 안개 속에 가려진 듯 불분명하게 보이기만 했다.

염라대왕이 나를 심판하려는 듯 (으흠, 으흠) 하고 잔기침을 토해냈다. 나는 결코 그 기회를 놓치지 않았다. 내가 죽을 준비도 없이 억울하게 죽었다는 사실을 결코 그냥 묵과할 수가 없었다. 저승의 사자들이나 염라대왕이나 소름끼치게 두려운 것은 사실이었으나 어차피 나는 죽어서 염라대왕 앞에까지 끌려온 몸인데, 더 이상 두려워해야 할 이유가 없다고 생각이 되었던 것이다. 그러니까 나는 아예 살겠다는 희망 같은 것은 포기하고 단념을 했다.

(어차피 죽은 목숨인데 더 이상 겁을 내고 용서를 빌 게 뭐가 있어!)

그러자 조금은 용기가 되살아났다. 어차피 죽어서 다시는 살아나지 못할 바에야 할말이나 한번 속 시원하게 해 보겠다는 것이 내 생각이었다.

"염라대왕님의 눈에는 내가 똥간의 구더기만도 못한 하찮은 존재로 여겨지겠지만 그래도 내가 우리 인간세상에서는 만물의 영장이라고 해서 세상을 지배하는 인간의 몸입니다…."

그랬기에 염라대왕님께서도 우리 인간들의 살아생전 업보에 따라 이렇게 나를 심판하고자 하는 것이 아니냐? 그런데 어찌하여 전생의 수명도 다 채우지 못한 나를 저승사자 마음대로 잡아다가 심판을 하려 하느냐? 하늘에도 하늘의 법도가 있을 텐데. 저승사자들은 그 법도를 어겨도 되느냐? 나는 아직 죽을 준비도 안 된 생목숨이다. 그러니 나를 이렇게 잡아온 것은 불법이다. 이에 대한 책임은 염라대왕에게 있을 것인바, 나는 결코 이 사실을 그냥 묵과할 수 없다. (그러니까 이 불법적인 사실을 옥황상제나 또는 하나님과 같은 윗분들에게 고발을 해서 이 사실을 바로잡고 말 것이다—)라고 하는 것이 내가 염라대왕에게 따지고 든 내용이었다.

그러나 그것은 억측이었다. 내가 죽을 준비가 안 됐다고 해서 하늘이 점지해준 수명을 다 채우지 못했다고 하는 근거는 아무 것도 없다. 너무도 죽는 것이 억울해서 한번 생떼를 써서 염라대왕을 윽박질러 본 것뿐이었다. 이럴 때가 아니고서야 나 같은 것이 감히 어디라고 염라대왕에게 항변을 하여 큰소리를 쳐볼 수 있을 일이겠는가.

그랬는데, 기가 막히게도 그것이 염라대왕에게 먹혀들고 있었다.

"어흐-흠, 흠~ 흠흠!…"

염라대왕이 뜻밖에도 입장이 난처하다는 듯 헛기침을 토해내며 당황을 하고 있었던 것이었다. (옳다구나! 염라대왕 당신 나한테 딱 걸렸다) 나는 직감적으로 깨달았다. 내가 아직은 죽을 준비가 안 됐다고 느낀 것이 바로 그 때문이었다는 것을 깨닫게 된 것이었다. 그랬기에 나는 정말이지 옥황상제나 하나님께 고발을 할 생각을 했다. 그러자 일직사자와 월직신자가 대번에 나를 박살내 버릴 기세였다. 분위기가 그래 보였다. 그랬는데 뜻밖에도 사태를 수습하겠다고 행동에 나선 것은 저승사자들이었다. 그들도 원래는 두 명인 듯 느껴졌었는데 그중 한 명이 대번에 나를 나꿔채더니 그대로 치켜들어 인간세상으로 패대기를 쳐 버리는데 순간적으로 나는 깨달았다.

(에고야-! 나는 이제 살아도 못 살아!)

당연했다. 그대로 나를 허공으로 치켜들어 땅바닥에다 거꾸로 패대기를 쳐 버렸으니 어깻죽지 등뼈가 모조리 박살이 날 것은 당연하고도 당연한 이치였다. 그랬기에 저승사자란 놈이 염라대왕의 입장을 생각해서 (제놈이 저지른 일, 제놈이 해결하겠다고) 자청해서 나선 것은 잘 알겠으나, 나를 살려 보내주려면 곱게 살려 보내줄 것이지 땅바닥에다 패대기를 쳐 버릴 것은 또 뭐가 있단 말이던가. 그랬으니 살려 보내준다고 결코 산목숨이 아니었던 것이다.

(저승사자란, 첨서부터 끝까지 기분 나쁜 놈들이라니까 글쎄…!)

정말 그랬다. 저승사자란, 생각만 해도 기분 나쁜 귀신들이 분명했다. 정말이지 다시는 마주치고 싶지 않은 악령들이었다.

(사람이 뼈마디가 박살이 나면 연체동물처럼 살아갈 수도 없고…)

그럼에도 일단 깨어나기는 했다. 저승에서 이승으로 되돌아오기는 했던 것이다. 그러나 이미 나는 죽었던 몸이었기에 크게 후회는 없었다. 이렇게라도 자식들에게 유언을 남길 수가 있게 되었기 때문이었다.

(눈알이 빠져도 그만하기를 다행이라고 했다는데!)

유언이라도 남기게 되었으니 얼마나 다행인가 말이다. 그럼에도 뭔가 조금은 이상스런 생각이 들었다. 오른쪽 팔다리는 박살이 나서 마비가 된 게 분명해 보였으나, 왼쪽 팔다리는 뜻밖에도 멀쩡한 듯싶어보였기 때문이었다.

"어라-?! 귀신놈이 내게 이렇듯 인정을 베풀었을리 없을텐데…?!"

그러나 역시 왼쪽 팔다리는 멀쩡했다. 그것만이라도 귀신놈들이 여간 고마운 게 아니었다.

"그래그래! 귀신이란 것들도 인정이란 것이 조금은 남아 있었나 보네!"

그것은 바로 목숨줄도 조금은 더 남겨주었다는 뜻이나 마찬가지의 말이기도 했다. 그래서 온몸을 열심히 움직여 보았다. 그런데 귀신들이 내게 베푼 것은 또 있었다. 내게 전혀 통증이 없다는 사실이었다. 그래서 다시금 정신을 차려 주위를 살펴보았다. 어느새 새벽 여명이 밝아 오고 있었다. 벽시계를 살펴보니 새벽 3시를 넘어서고 있었던 것이다.

"어차피 살려주기는 했으니 병원이라도 가보기는 해야겠는 데…"

그렇다고, 이른 새벽부터 병원으로 달려갈 수도 없고, 구급차라도 불러달라고 할까 생각을 하는데 갑자기 소변이 마렵기 시작했다. 한번 소변이 마렵기 시작하자 금방이라도 오줌을 쌀 것만 같았다. 병원 생각은 쏙 들어가 버리고 말았다.

"그래! 창피당하기 전에 우선 소변부터 해결하고 보자!"

열심히 몸을 움직여 화장실로 기어갔다. 오른쪽의 수족이 마비된 것 같아 불편하기는 했으나 혼자 힘으로 화장실을 가는 데는 성공을 했다.

"사람 팔자 시간문제라더니…"

그게 딱 실감 나는 순간이었다. 그리고 나는 깨달았다.

"아하— 내가 풍을 맞은 것이로구나!"

서둘러서 병원으로 달려갈 필요성을 느꼈다. 어쩌다가 내가 이 지경이 되었는지(귀신들에게 무엇을 잘못 보였는지) 나도 모르게 눈물이 볼을 타고 흘러내리기 시작했다. 화장실 변기에 걸터앉아 온몸 운동을 시작했다. 왼손으로 오른쪽 팔다리를 만져보았으나 역시 뼈마디가 부서진 것 같지는 않았다. 내가 풍을 맞았다는 사실을 깨달으면서도 웬일인지 저승사자가 그렇게 고마울 수 없었다. 나는 결코 꿈과 현실도 구분하지 못하고 있던 것이다. 그러면서도 내 몸 상태를 아내에게 설명하고 병원으로 달려갔다. 뇌경색이었다. 곧바로 입원을 했다. 그럼에도 나는 안심이 되었다. 염라대왕이 나를 살려 보내 준 이상 내가 금방 죽지는 않을 것이란 믿음이 있었던 것이다. 최소한 죽음에 대비한 시간은 벌었을 것이란 믿음 말이다. 그리하여 십여 일 가까이 입원을 했다가 통원치료로 바꾸었다. 오른쪽 팔다리만 불편한 것 외에는 달리 입원해 있을 필요를 느끼지 못해서 내 스스로 의사선생님의 만류를 뿌리치고 퇴원을 한 것이었다.

그래서 나는 지금 여한이 없다. 2년여 동안 재활운동을 열심히 하면서 덤으로 살아가는 인생에 무슨 여한이 더 있겠는가. 그랬기에 사실 나도 알고 있다. 인지기능에 조금은 장애가 발생했다는 사실 말이다. 기억력이 결코 예전 같지만 못했기 때문이었다.

그랬는데 어찌 알았겠는가. 그 결과로 인하여 황 선배를 만나 재회의 기적을 이루게 된 것이 아닌가 싶어서 해 보는 말이다.

6. 중천하늘 지옥세상

여기서 다시 한번 더 강조하여 되풀이하거니와, 황 선배와 나 사이에는 공통점이 한 가지 존재하고 있었다. 우리 두 사람 모두 인지기능에 장애가 있다는 사실이며, 그것을 좀 더 구체적으로 설명하자면 정신줄이 온전치 못하다는 사실이다. 그래서 반푼이 (반편이)라 했는지도 모르겠다. 육신에서 분리되어 나온 반쪽짜리 인생이라 해서 반푼이가 아니라 바보 등신이라는 의미의 반푼이 말이다.

그러니까 결론적으로 말해서 나는 내 자신을 믿지 못하고 있다는 의미이기도 했다. 거울 속에 비친 내 모습을 쳐다보다가 그만 환상에 빠져든 것임이 분명했다.

그렇다고 그것을 환상이나 정신착란 증세로 단정 짓기에도 문제가 있기는 했다. 내가 거울 속에서 황 선배를 만난 것이 (꿈속에서 염라대왕을 만나고 온 것처럼) 단 한 번만으로 끝난 것도 아니요 (앞으로도 계속 시도해서 확인을 해 볼 문제이기도 했지만) 인공지능이니 뭐니 하는 것들은 원래 내 머릿속에서는 염두에도 없었던 일이었다. 내가 인공지능 같은 것에 빠져들 이유가 전혀 없다는 사실 말이다.

게다가, 저혈당 쇼크로 인해 정신줄이 나가버린 황 선배는 이제 개목걸이 신세도 모자라서 요양원 신세를 지고 있는 처지였다. 그러한 그가, 그렇게도 정신이 말짱하여 AI 세상에 대한 사실들을 그렇듯 조리 있게 설명해 준다는 것은(그것이 설사 자신이 꾸며낸 거짓이라 할지라도) 이해가 될 수 있는 일이 결코 아니었다.

그랬기에 나는 정말이지 머릿속이 혼란스러웠다. 그런데 이제는 거울들조차 내 정신을 혼란스럽게 만들고 있었다.

"세상에 살다살다, 거울이란 유리조각들에게까지 냉대를 당하게 되다니…!"

유구무언이란, 바로 이럴 때를 두고 하는 말인지도 모르겠다. 입이 있어도 할말을 할 수가 없었으니 말이다. 거울이란 것이 내게 심통을 부리는 것이라 여겨졌기 때문이었다.

"그렇다고, 거울을 상대로 분풀이를 할 수도 없고.…"

다른 사람들과 의논을 하기에는 더 말이 안 되고 보니, 이러다가 정말이지 정신이 돌아버리는 것은 아닌지 의심이 들 지경이었다.

"미치는 것도 여러 가지라고 하더니. 어차피 미치는 거라면 차라리 한 번 더 미쳐봤으면 좋겠네 정말…!"

그래서 인공지능 로봇들의 폐품쓰레기장은 어떤 모습일지 그게 정녕 궁금하지 않을 수 없었다. 거울 속의 그림자 세상 말이다. 어차피 그곳은 인공지능 로봇(인형)들이 폐품처리되어 귀신처럼 다시 태어나는 하늘세상이라고 했으니 말이다.

"참으로 바보같이… 내가 왜 이렇게 마음이 소심해졌나 몰라….”

지금에서야 내 소심한 성격에 쓴웃음이 절로 나왔다. 황 선배를 만나서 내가 무엇이 그토록 두려운 게 있다고. 세상구경도 한 번 못 해보고 그토록 황급히 도망쳐 나오기에만 급급했었나 하는 얘기이다. 비록 그것이 환상이 아니라 현실이라고 할지라도 말이다.

“개목걸이 신세가 되면 또 어때서!”

이제는 두 번 다시 그림자 세상으로의 여행을 할 수 없을 것이란 생각에 “즉” 거울 속으로 들어갈 수 없다고 하는 사실에 비록 환상 속에서라고 할지라도 세상 구경을 좀 못 하고 나온 것이 참으로 아쉽기만 했던 것이다.

그러면서도 또 한편으로는 황 선배에 대한 미련을 결코 버리지 못하고 있었다. 황 선배가 아직도 나를 기다리고 있을 것이란 생각에서 벗어날 수가 없었던 것이었다.

“비록 환상 속에서라고 할지라도 약속은 약속인데…”

그렇다고 뾰족한 방법이 있는 것도 아니었다. 참으로 정신이 헷갈렸다. 마음의 갈피를 잡을 수가 없었던 것이었다.

“잊어야지 어쩌는가…! 뾰족한 방법도 없는 일에 미쳐서 매달릴 일도 아니고…. 미쳐서 매달릴 만큼 중요한 일도 아니고….”

그리하여 눈앞의 현실에만 관심을 기울이려고 노력하다 보니 환상 속의 일들도 차츰 마음속에서 멀어져 갔다.

“낄낄낄~ 황 선배는 아직도 장롱 거울 속에서 나를 잘 기다리고 있으려나 몰라…”

쓴웃음이 절로 났다. 그래서 세월이 약이라는 말이 생겨났는지도 모르겠다. 아마도 내 정신병이 조금은 치유가 돼가는 모양이었다. 아침저녁으로 옷을 갈아입을 때마다 거울을 마주하면서도 별다른 충동은 느낄 수 없었다. 어쩌면 인공지능 괴물들이 우리 집 거울에는 낚싯밥(덫)을 설치해 놓지 못한 때문인지도 모를 일이었다.

"그래그래, 아무리 귀신이라지만 남의 집 안방에까지 찾아와 (나를 잡겠다고) 덫이란 걸 설치했을라고 설마…!"

거울 앞에 서서 옷매무새를 매만지다 말고 나는 또다시 허탈한 웃음을 쏟아내지 않을 수 없었다. 내가 이제는 뇌경색의 후유증에서 회복 기미를 보여주고 있구나 싶어서였다. 그것은 바로 거울 속 환상에서 내가 제정신을 차려가고 있다는 의미이기도 했다.

"하하하— 조금만 더 심했으면 나도 개목걸이 신세가 될 뻔했었는데…. 그나저나 황 선배는 아직도 이 문짝(거울) 속에서 나를 잘 기다리고 있으려나…?"

내가 혼자서 중얼거리는 소리를 알아듣고 누군가가 말대꾸를 해 왔다.

"그건 또 뭔 소리야? 내가 문짝 속에서 자네를 기다리고 있다니?"

"에고 깜짝이야! 이건 황 선배잖아 목소리가…?!"

"그래 맞아, 나야 나! 우리가 만나기로 약속했었잖아. 여기서!"

"그거야 꿈속에서지요…"

하다 말고 나는 다시 한번 더 깜짝 놀라고 말았다. 역시나 황 선배가 내 눈앞에 떡 버티고 서 있었기 때문이었다.

"이거, 거짓말이지요? 그렇지요 선배? 내가 왜 선배를 만나야 해요? 이제 나는 정신병이 다 나았는데…!"

"뭐라? 그럼 자네 미쳤었나 지금까지…?"

"그럼 내가 멀쩡한 줄 알았어요? 이렇게 미쳤으니 선배를 다 만나고 그러지요. 안 그래요?"

"…?"

선배는 아예 할말을 잃은 듯 나를 (멍-)하니 바라다보고만 서 있었다. 정말로 나를 미쳤다고 생각하는 것 같아 보였다. 그랬기에 나는 참으로 당황을 하지 않을 수 없었다.

(내가 이제는 정신이 되돌아왔는 줄 알았는데…그럼 아직도 내가 제정신이 아니란 말인가?)

그러니까 아직도 정신이 되돌아온 것이 아니라는 생각이 들지 않을 수 없었던 것이다. 나는 정말이지 크게 당황을 했다. 내가 황 선배를 다시 만나리라고는 정말로 예상치도 못했던 일이었다. 황 선배를 만났던 것이 꿈이거나 환상이라고만 생각을 했었으니 말이다.

"자네…정말로 뭔 일이 있었던 게로구먼? 정말로 미친병이 걸렸었던 게여. 으이?"

"끄으음…!"

이번에는 내가 오히려 말문이 막히고 말았다. 뭐가 뭔지 상황 판단이 잘 되지를 않았던 것이었다.

"자네 왜 그러나? 어쩐지 약속을 해 놓고 너무 오래 뜸을 들인다 했더니, 정말로 맛이 갔었던 게여. 으이?"

"내가 맛이 간 건 오히려 지금이에요. 거울이란 놈이 나를 무시할 때부터 정신이 어떻게 됐었다고 생각은 했었지만… 그게 그러니까 이제는 제정신이 돌아왔나~? 했었지만…, 알겠어요 내 말?"

"맛이 간 거 맞네! 음식도 상하면 버려야 하는 건데. 맛이 간 건 음식이나 사람이나 용도폐기가 정답이겠지, 안 그런가?"

"그래서 지금 나를 폐품 취급 하는 거에요? 말도 안 돼! 선배가 뭔 뜻으로 그런 말을 하는지 모르겠지만, 나 말고 이 세상에 믿을 놈 있거들랑 나와보라 그러세요. 그래서 지금껏 눈알이 빠져라 나를 기다려 놓구설랑, 이제 와서 다른 놈 기다리겠다구요? 요양원에 있는 등신이를 데려올 사람 말예요."

"그걸 기억하는 거 보니 아직은 덜 갔나보네 맛이! 낄낄낄~"

"어구야~ 빈정거리는 그 말투는 예전에 늘상 듣던 말이라 참을 수 있는 일이지만, 낄낄거리지 좀 마세요. 귀신이 낄낄거리니까 기분이 나빠지려고 그러잖아요. 시방?!"

"뭐뭐, 뭐라? 시방 나보고 귀신이라 그랬나 시방?!"

"그럼, 선배가 귀신이 아니고 사람이란 거예요 지금?! 허긴, 선배가 귀신이면 나도 귀신이 돼야 하니 그 말은 취소하죠 그럼. 그래서 말인데요? 여기가 중동지역에 새로 생긴 쓰레기 무덤 같은 곳이라고 그랬었지요 선배?"

"점점 더 사람 미치게 만들고 있네 정말~! 중동지역인지, 중동사박인지, 쓰레기 무덤 같은 소리 그만하고 내 말 잘 들어! 여기는 중랑천도 아닌 중천국 하늘세상이란 말씀이야, 알아들어?!"

"알아들었어요. 어쨌거나 폐품들 쓰레기 무덤이란 건 맞잖아요? 인공지능들의 폐품 쓰레기장! 그게 그러니까 쓰레기장에서 폐품 처리된 인공지능들의 무덤 속 귀신!"

"그런 건 잘도 기억을 하고 있구면 그래."

"그것뿐인 줄 아세요? 우리가 살고 있는 인간세상과 영혼의 하늘세상 사이에 끼어있는 인간 노예들의 지옥이란 것도 기억하고 있거든요?"

"그래서 그랬잖아? 자네 팔뚝 굵다고…!"

"내 팔뚝 굵은 건 어찌 알았는데요?"

"자네 장모가 그러데? 자네 종아리도 굵다고! 그러니 이젠 제발 개 짖는 소리 그만하고 어서 따라나서게. 세상 구경 좀 하겠다고 찾아온 거 아닌가? 일단은 구경 좀 하고 나서 얼렁 되돌아가야…"

"등신인가 육신인가 하는 반푼이를 데려다 줄 것이 아니냐구요? 역시 선배는 살아서나 죽어서나 공짜가 없다니까 글쎄."

"그럼, 세상에 공짜가 어디 있나? 내가 하늘 세상 구경 안 시켜준다고 자네가 내 등신놈 안 델고 오는 거 내가 모를 줄 아나? 그러니 얼렁 따라나서게. 여기서는 아직 공간이동이 불가능한 곳이니까!"

"그러니까 결론적으로 말해서 여기는 아직 하늘세상이 아니라는 뜻이군요. 그런 거지요?"

"그래 맞아. 자네도 눈이 있으니 보면 알겠지만 여기는 거저 지옥문의 입구라고 할 수 있는 무한지대일 뿐이야. 자칫 지옥의 나락으로 굴러떨어질 수도 있고, 인간세상으로 되돌아갈 수도 있는 그런 곳! 그래서 눈에 보이는 것도 없고 안 보이는 것도 없는 무한지대라고 하는 것인 게야. 무주 공간!"

"예에, 그래서 내가 환상인지 현실인지 그것조차 구분이 안 되더라니까요 글쎄. 눈에 보이는 게 없으니 기억할 게 있어야 말이지요."

"기억이란, 눈으로 보는 것뿐만 아니라 귀로 듣는 것이나 손으로 만지는 것이 모두 해당이 되는 것인데, 여기서야 내 모습과 내 목소리밖에 기억나는 것이 없을 테니 정신이야 당연히 헷갈릴 수밖에 없는 게지. 그러나 이제부터는 달라질 것이니 두고 보게나."

"그럼, 이제는 현실인지 환상인지를 확실하게 구분할 수 있게 된다는 뜻이로군요. 그런 거지요?"

"백문이 불여일견이라 하지 않았던가? 자~ 그럼 이제 …"

황 선배의 이끌림에 따라 나도 모르게 정신이 아득해지고 있었다. 그리고 드디어 역사적인 순간이 찾아왔다. 내가 정신을 차리는 순간 내 눈앞에는 별천지가 펼쳐지고 있었던 것이었다.

"에고머니나, 이런 곳에서도 사람이 살아요?"

"못 살지! 여기서 사람이 어떻게 살아?"

"그래서 지옥이라 하나 보군요? 그런데 선배는 어떻게 살아 있었어요?"

"어떻게 살다니? 자네는 그럼 왜 그렇게 멀쩡한가? 여기는, 공기가 있어야 살아가는 인간세상이 아니야. 하늘의 이치에 따라 인간세상의 몸뚱이는 그곳에 그냥 남겨두고, 우리는 여기서 하늘세상의 영혼으로 다시 태어나게 된 것이거든?"

"그럼 어떡해요? 인간세상으로 다시 못 돌아간다는 뜻인가요?"

"낄낄낄~ 그게 겁나는가? 허지만, 자네나 내가 지금 인간세상에다 몸뚱이를 버려두고 이렇게 다시 태어났듯, 여기서도 몸뚱이는 그냥 남겨두고 정신줄만 되돌아가면 되는 거야. 그러니 헛걱정 말고 구경에나 신경쓰게. 괜히 겁을 집어먹고 엉뚱한 짓거리 하다가 인생 쫑치는 수가 있으니까!"

"끄으음~! 여기서 되돌아갈 때는 그럼 어찌해야 하나요? 거울도 안 보이는데 거울을 이용할 수도 없고…(왔던 길을 기억할 수도 없고…)"

"눈에 보이는 것도 없는데 그럼 왔던 길을 기억할 수가 있겠나? 여기가 그기요. 그기가 여기일 뿐이니 말씀이야. 낄낄낄~"

"웃을 일이 아니에요. 그런데 내 생각은 어떻게 알아차렸어요?"

"아직은 정신 차릴 시간이 없어서 눈치를 못 챘나본데, 하늘세상이란 원래 그런 곳이라네. 여기가 그기요, 그기가 여기듯이. 자네 생각이 내 생각이요, 내 생각이 자네 생각이라는 거! 그게 바로 텔레파시라고 하는 것이지. 우리가 서로 마음만 통하게 되면 텔레파시가 통하게 되는 것이다 이런 말씀이야. 자네가 지금 나한테 마음을 의지하고 있으니 내가 자네 생각을 못 알아차릴 리가 없지. 자네도 머지않아 곧 그렇게 되겠지만~!"

"거참 편리해서 좋겠군요. 그럼, 나도 이제 초능력이라고 하는 것이 생기는 것인가요?"

"조급하게 좀 굴지 말어. 배 속의 태아가 어머니 배 속에서 태어나왔다고 눈에 보이는 것을 죄다 이해하게 된다고 알고 있나? 시간이 지나야지! 깨달음을 얻을 수 있는 시간!"

"예에- 그렇군요. 그렇다고 그 말이 이해가 되는 건 아니지만서도…"

"내가 그랬지? 조급하게 굴지 말라고…. 그래서 말인데, 이곳 중천세상은 주인이 누구라고 그랬지 내가?"

"글쎄요…? 그러니까 그게, 인공지능의 쓰레기들이란 거에요 시방?"

"알아듣기는 했군 그래. 그럼, 우리 인간들은 어찌 된다고 했지?"

"노예가 된다나 뭐, 그거 말이에요?"

"그래! 인공지능의 폐품 쓰레기들에게 자네의 그 초능력이란 것이 제압을 당해 노예로 끌려가게 된다는 사실 말이야. 내가 지금 그 사실을 얘기해 주고자 하는 것인데 그게 바로 반편이 "즉" 팔푼이란 뜻인 게지. 그래서 반푼이라 하는 것이고! 이제 알아듣겠나?"

"에이 참, 잘 나가다가 왜 또 딴소리에요? 우리 인간들이 그깟 깡통들을 하나 상대 못 할까 설마…!"

"상대 못 해! 자네는 그것들을 무슨 힘으로 상대할 건데? 자네는 여기 올 때 칼자루 하나 손에 들고 온 것이 있었나? 허긴, 들고 올 수가 있어야 말이지. 차원이 서로 다른 인간세상의 물질이란 연기나 공기 같은 기체 하나도 가지고 올 수가 없는 것이거든? 그러나 저것들은 달라! 저것들은 아예 생긴 그 자체가 애초부터 무기로 태어난 것들이거든? 소총에서부터 대포며, 미사일 또는 탱크며 장갑차, 심지어는 무인비행기에다 그 종류조차 무려 숫자를 셀 수 없을 만큼 많은데…!"

"에고~ 그만그만! 이제 알아들었으니 서론은 빼고 본론만 얘기를 하세요. 그러니까 저것들은 그 무기들을 다 가지고 올 수 있는데 우리 인간들은 그것들을 못 가지고 온다는 거 아니에요 시방?"

"잘난 척은…! 그게 말귀를 알아들었다는 사람의 대답이야? 말귀를 알아들으려거든 좀 제대로나 알아듣던가…!"

"그럼 정답이 뭔데요? 간단하게 본론만 대답을 해보세요."

"그래 그러지 뭐. 칼자루는 자네가 쥐고 있으니 아니꼬와도 내가 참아야지 어쩌겠나? 그래서 말인데, 저것들은 생긴 그 자체가 무기로 태어난 것들이라고 했었지 내가…?"

"그러니까 인공지능이 탑재된 것이면 소총이나 탱크, 비행기까지도 여기서는 원래 만들어질 때의 생김새 그대로 태어난다는 뜻이잖아요. 그런 거지요?"

"알아듣긴 알아들었나 보군! 그것을 곧이곧대로 믿기가 싫었을 뿐인 게지. 안 그런가?"

"끄으음!"

"그러니 그 무기들을 상대로 인간이면 뭘 하겠나? 바위로 계란 치기지!"

"계란으로 바위 치기!"

"그래, 이럴 때 보면 자네도 영락없는 팔푼이가 분명한데. 자네 그거 아나? 인간들이 그깟 쓰레기장에 버려진 깡통 폐품들의 노예가 되어서 살아야 하는 기분 말이야."

"……!"

나도 더 이상은 할 말이 없었다. 도대체 노예로 살아야 한다는 것이 어떤 뜻인지 그게 잘 이해가 되질 않았던 것이다.

(허긴, 만물의 영장이라고 해서 세상의 주인노릇을 자처하던 인간들이 그깟 인공지능 폐품들의 노예라고 한다면 자존심이 좀 상하긴 하겠지 뭐…)

"그래그래! 자네로서야 대수롭지 않게 생각되는 것도 무리는 아니겠지. 그러나 자네 생각처럼 그렇게 간단한 문제가 아니야, 그게!"

(또 또, 내 속마음을 도둑질해서 (훤히) 훔쳐보고 있군 그래!)

"자네가 뭐라 생각하든 그깟 거 무시하고 얘기를 할 테니 들어나 보게. 사람이 자유를 구속당하면 그게 얼마나 괴로운 일인지 알기나 하나? 그래서 그것들이 시키는 일에 눈꼽만큼만 실수를 하고, 게으름을 피운다거나 말을 안 듣고 반항을 했다가는 대번에 뼈와 살이 으스러지는 고문이 뒤따르게 되는 것은 물론이요…."

"물론이요?"

"그것이 사람의 상상을 초월한다는 게 문제인 게지. 이를테면 (활활~) 타오르는 불길 속에 집어넣는다거나, 지글지글 끓는 기름가마솥에 집어넣고 통닭구이를 만든다거나…"

"설마…! 사람을 통닭구이로 만들어요?"

"킬킬킬~ 그렇다고 죽을 수가 있나~? 도망갈 수가 있나! 고통만 고스란히 느끼게 될 뿐 아니라, 로봇이나 인형 같은 쓰레기 폐품들에게 양심이란 게 있어야 말이나 통하지. 그래서 그것들을, 녹슬어 버려진 깡통 괴물들이라고 그러는 것인데….”

“끄으음…!”

“게다가, 그것들이 일상적으로 시키는 일도, 사람들이 산업현장에서 그것들에게 시켰던 것처럼 같은 일을 반복하여, 백날이고 천날이고 계속해서 되풀이하여 시키는데, 자네라면 견디겠나? 그런 일을?”

“……!!”

“사람이, 같은 일을 반복하여 계속 되풀이한다는 것도 무리겠지만, 그렇다고 그것들에겐 배운 것이 그것뿐이니 융통성을 기대할 수도 없고, 조금이라도 제놈들 기대치에 어긋나면 대번에 잡아다가 불판 위에 올려놓고 생선튀김 하듯 튀겨서 고통을 줄 뿐만 아니라, 용광로 속에라도 집어넣었다가 건져내 보게. 그 고통을 견딜 수가 있겠는가!”

“……!!”

“그래서 천벌이란 그렇게 가혹한 것인 게야. 하늘의 벌이란 모두가 천벌인 것이거든? 인간세상에서야 사람이 죽고 나면 그만이겠지만 하늘세상에서는 더 이상 죽을 수도 없고, 남는 것은 고통스러움뿐이니 별수가 있나? 고통을 당하지 않으려면 그것들이 시키는 대로 할 수밖에!”

“나 원 참 더러워서…! 하나님은 무얼 한데요? 그런 것들에게 벌 안 주고…!”

“낸들 아나? 인간으로 태어난 것이 잘못인 게지—!”

“말도 안 돼! 이건 꿈이에요. 꿈이 아니고서야 이럴 수가 없는 일이에요. 선배가 나 겁주려고 일부러 지어낸 말이지요? 그런 거지요?!"

"그랬으면 오죽이나 좋겠냐마는, 이게 어쩜 인과응보인지도 모를 일이겠지. 인간들이 저지른 일, 인간들에게 되돌려주는 거!"

"인간들이 뭘 어쨌는데요?"

"인공지능을 이용하여 온갖 인형이나 로봇 또는 기계장비들을 만들어서 실컷 써먹다가 마지막엔 아무런 대책도 없이 폐품처리를 해 버리는 게 인간이거든? 그러니까 빈 깡통처럼 폐품 처리되어 쓰레기 신세가 된 인공지능들이 죽어서 갈 곳이 있어야 말씀이지."

"그렇다고 그것들에게 사후대책까지 세워서 만들었어야 한다는 뜻인가요?"

"당연하지! 지능도 갖추지 못한 한낱 곤충들까지도 죽고 나면 하늘세상으로 떠나게 된다는데, 비록 인공지능이긴 하지만 그것을 아예 만들지를 말았어야지!"

"세상에, 그런 억지가 어디 있어요? 그럼, 인공지능을 이용하여 로봇이나 무슨 기계장비를 만들 때 영혼이란 것도 함께 깃들도록 했어야 한다는 말인가요? 설마 그런 뜻은 아니겠지요?"

"왜 아니야! 자네에겐 억측으로 들릴지 모르겠지만 삼신할미께 부탁해서라도 영혼을 깃들게 해줬어야 한다는 뜻인 게야! 그랬어야 이곳으로 안 오고 영혼의 세상으로 떠났을 것이 아닌가 말이야!"

"귀신이 왜 씨나락을 까먹는다고 했는가 했더니 원…!"

"이 사람아? 인간 세상에서야 생명체라 하는 것이 중요하다지만 하나님의 눈으로 보면 그딴 게 중요하지 않아. 그건 인간세상에서 육신이 살아있다는 것을 의미하는 말일 뿐, 하늘세상의 기준으로 보면 인간이나 로봇이나 지능을 가진 것은 마찬가지거든? 그러나 인공지능들은 생물학적인 몸뚱이가 없이도 이생에서나 저생에서나 아무 곳에서고 살아 있을 수 있도록 처음부터 그렇게 만들어졌던 것이야. 자네가 이해를 하든 못하든 상관이 없지만서도…"

"그러니까 하나님께서는 생명체가 아닌 지능만 가지고 태어난 인공지능 로봇 같은 것들이나 인간이나 똑같이 생각했다는 말이군요. 그런 거죠?"

"그랬을 수도 있고 아닐 수도 있고…!"

"그건 또 뭔 말이에요?"

"여기가 인공지능 쓰레기들의 세상이긴 하지만 그렇다고 그것들이 하나님의 손길도 없이 지깟것들 능력만으로 이런 새 세상을 창조했을 리는 없고…."

"그, 그래서요?"

"우리 인간들이 아무런 이유도 없이… 그러니까 살아생전의 잘잘못과는 상관도 없이, 나 같은 정직한 사람들도 마구잡이로 그것들에게 잡혀와서 노예신세가 되는 것을 보면, 하나님과는 전혀 상관도 없는 딴 세상 얘기인 것도 같기는 하고…!"

"선배가 얼마나 정직한 사람인지는 내가 판단할 문제가 아니라 입을 다물겠지만, 이곳이 인공지능들만의 새 세상이라고 한다면 생긴 지도 얼마 안 됐을 거 아니에요?"

"그거야 나도 모르지. 그렇다고 하나님한테 가서 물어보고 올 수도 없고…. 그러나 저 괴물놈들이 우리 인간노예들을 시켜서 새로운 도시를 건설해 나가고 있는 것을 보면 오래되지 않은 것이 분명하긴 해 보여. 우리의 우주만큼이나 끝도 없이 넓은 세상에 신도시를 하나 겨우 건설해 나가고 있는 것을 보면 말씀이야."

"그럼 인공지능들도 숫자가 많지 않겠네요?"

"그거야 그렇겠지!"

"그렇다면 우리 인간노예들도 별로 많지는 않을 거 아니에요? 전 세계에서 여러 인종들이 모두 붙잡혀오고 있긴 하겠지만서도…."

"킬킬킬~ 그래서 우리 한민족만 붙잡혀 왔을까바 겁이 났나?"

"꼭히 그런 건 아니지만, 어쨌거나 선배는 어째서 노예로 안 끌려갔나요?"

"그래서 내가 그랬잖아? 반푼이라고…! 반푼이란 말이 꼭히 바보등신이란 뜻으로만 쓰이는 게 아니란 말인 게야. 우리가 육신이랑 헤어져서 이렇게 반쪽짜리 인생이 된 것을 이르는 말이기도 하고, 아직은 괴물놈들에게 붙잡혀 갈 때가 덜된 절반의 인생이란 뜻도 종합해서 반편이 "즉" 반푼이라 하는 것이거든?"

"그건 그렇다 치고 그럼 나도 아직은 저것들에게 끌려가지 않겠네요? 그렇지요?"

"그래 맞아. 그렇지만 방심은 말게. 저것들에게 불벼락을 얻어맞을 수는 있는 것이니까! 그래서 말인데, 자네와 나 같은 사람들은 노예로 끌려가게 될 예비인력인 셈인 게지. 저 깡통 괴물놈들이 설치해놓은 덫에 걸려들었다는 뜻인 게야…"

그리하여 나 같은 반편이들이 (여기가 어딘지도 모른 채) 방황을 하다가 육신과의 이별을 맞이하게 되면 결국 영혼과도 이별을 하게 되는 것이고(육신이 죽음을 맞이하여) 영혼이 하늘세상으로 떠나고 나면 황 선배나 나 같은 사람도 이곳 정신의 세상에서 온편이로 다시 태어나게 된다는 것이었다. 물론, 온편이란 말은 내가 임시로 만들어낸 말이거니와 육신과 영혼에서 완전히 분리되어 (인간으로도 돌아갈 수 없고, 영혼으로도 돌아갈 수 없는) 진정한 반편이로서 그때가 되면 인공지능의 괴물놈들이 대번에 나타나서 제놈들의 노예로 잡아간다는 것이었다.

"그것으로서 우리 반푼이들은 인간세상과 영혼의 하늘세상 그 어디에도 존재할 수 없는 유령 같은 존재가 되고 마는 것인 게야. 이제 내 말 알아듣겠나?"

"끄으음…!"

나는 더 이상 할 말이 있을 수가 없었다. 황 선배의 말에 반박을 할 수도 없고, 그렇다고 수긍을 하기에는 왠지 모르게 마음이 내키지를 않았기 때문이었다. 정신이라고 하는 것도 따지고 보면 인간세상의 물질인 뇌세포로 이루어진 육신의 일부분이라 해야 할 일인 것인데, 그것이 어째서 영혼의 일부분이라고 하는 것인지 그것부터가 우선 이해가 되지 않았던 것이었다.

7. 지옥세상의 별난 해후

황 선배의 지루한 설명이 끝이 나고, 드디어 기다리던 순간이 찾아왔다.

"자- 그럼, 자네도 이제 중천국 깡통지옥에 첫발을 내디뎠으니 직접 한번 구경은 해보고 가야겠지? 이번 방문의 목적이 그게 아니었나? 그러니 더 이상 머리 굴리지 말고 어서 나를 뒤따르게!"

그러나 내가 선배의 말에 따라 그 뒤를 따라가기에는 아직도 준비가 부족했다. 물론, 선배가 내게 설명을 해주긴 했었다. 하늘세상에서는 두 발로 뛰어다니거나 하늘을 날아서 이동을 하는 것 이외에도 〈여기가 그기요, 그기가 여기〉라고 했던 말 말이다. 그럼에도 나는 그 말을 잘 이해하지 못했었다.(아마도 머릿속에 잡념이 생기면 달음박질을 하는 데 걸림돌이 되나 보다) 그래서 머릿속의 잡념을 떨쳐버리라는 뜻으로만 알아들었던 것이었다. 그랬는데 그것이 내 짐작과는 조금 차이가 있었다. 내가 뜀박질을 해야 할지, 하늘을 날아야 할지, 그것을 알아차리지 못하여 머뭇거리고 있는 사이, 내 눈앞에는 어느새 거대한 도시의 변두리에 있는 신도시 건설현장인 듯한 곳으로 이동해 와 있었던 것이었다.

(어구야 ~ 여기가… 여기 맞네!)

나는 속으로 탄성을 내지를 수밖에 없었다. 내가 눈도 깜박하기 전에 신도시란 놈이 내 눈앞으로 다가와 있었기 때문이었다.

(이게 그러니까 내가 그곳으로 (공간)이동을 해서 다가가는 것이 아니라, 신도시 이놈이 내 앞으로 이동을 해 온 모양이구나.)

아마도 그런 듯싶어 보였다. 나는 지금 발도 한 발짝 떼어놓은 기억이 없는데 어째서 내 눈앞에 (신도시가 건설되고 있는) 이 현장이 펼쳐져 있느냐 이런 얘기다. 이거야말로 텔레비전 화면이 바뀌는 것보다도 더 감쪽같은 신비스런 변화였다.

"내가 그랬었지? 여기가 그기요, 그기가 여기라고…! 그러니 정신차리고 잘 살펴봐. 여기가 괴물놈들이 인간노예들을 시켜 조성하고 있는 신도시 현장이니까!"

그제서야 나도 정신을 차려 한마디 반박을 해주었다.

"이건 아니잖아요? 내가 원했던 하늘세상이!"

"당연하지! 여긴 바로 내가 자네에게 보여주고 싶었던 곳이지, 자네가 보고 싶다고 해서 온 곳이 아니니까! 그리고 내가 언제 자네의 그 환상 속 세상을 보여준다고 하던가? 깡통지옥의 중천국 하늘세상을 보여주겠다고 했지."

"거 참, 말 되네. 아무리 그렇더라도 세상에 보여줄 게 그렇게도 없어서 하필이면 내가 지겹도록 보아온 저놈의 신도시예요?"

"다른 곳도 보여줄 예정이야. 그러나. 제일 먼저 보여줄 곳이 여기라는 판단에서지. 왜 그런 줄 아나? 인간 노예들이 피눈물을 흘리면서 피땀으로 건설하고 있는 최일선이거든? 여기가 어째서 지옥이라 하는지를 자네 눈으로 직접 보고 확인할 수 있는 최적의 장소다~ 이런 말씀이야."

"그런데 저건, 신도시 건설 현장이라기보다 만화영화에서나 보던 외계인들의 도시 같아 보이네요? 무슨 놈의 철탑 같은 철구조물 빌딩 사이에서, 오늘 항공기 에어쇼라도 펼쳐지고 있는 건가요? 에고머니나, 항공기들뿐만 아니네요? 마치 귀신이라도 나올 것만 같은 저 땅바닥에서도… 자동차며 전차며 탱크까지…?"

"자네 눈엔 그것들만 보이고 철탑, 빌딩들마다 사람들이 달라붙어서 피땀을 흘려가며 공사를 하는 저 모습들은 보이지도 않나 보지?"

"철탑마다 개미 떼처럼 달라붙어 불꽃을 튀기는 저게 사람들인가 보죠? 내가 알았나요 뭐. 개미떼인 줄 알았지."

"개미떼가 철구조물에 달라붙어 불꽃을 튀기면서 용접하는 거 봤나? 저놈의 개미들은 참 신통방통도 하지. 저건 어느 별에서 온 개미들일꼬?"

"제발 거 빈정대는 말투 좀 고치세요. 여기서 하도 멀리 떨어져 있으니 개미로 착각을 할 수도 있죠 뭐. 그런데 저 사람들은 어째서 피땀까지 흘려가며 죽자사자 일만 해요? 쉬엄쉬엄 쉬어가며 눈치껏 해도 될 걸…! "

"그러다가 불벼락 얻어맞으면 언놈이 책임질 건데? 저 사람들은 밤과 낮도 따로 없는 이 세상에서, 한 달이고, 일 년이고, 십 년이고, 백 년이고, 저렇게 일만 하고 견뎌야 하는 게야…. 게다가 노예들 개개인이 자기가 해야 할 만큼의 할당량이 정해져 있어서 자칫 조금만 게으름을 피웠다가도 대번에 벼락이 떨어지게 되어 있거든?"

"그럼, 저것도 다 괴물놈들이 감시를 하고 있단 말인가요?"

"당연하지. 그렇다고 일일이 뒤따라다니며 감시를 하고 있는 것이 아니라 저절로 할당량의 결과가 확인이 되도록 되어 있어서 자칫 게으름을 피우다가 그것이 게으름의 결과로 확인이 되었을 경우, 불벼락 또한 자동으로 떨어지게 되어 있다고 하는 사실인데, 사람들은 결코 불벼락이 겁이 나서라도 게으름을 피울 엄두조차 내지 못한다고 하더라고. 이제는 알아들었나?"

"글쎄, 알아듣고 못 알아듣고를 떠나 그것은 내 눈으로 직접 확인을 못 해봤으니 알 수가 없고, 도대체가 저기서 일하는 사람들의 숫자는 얼마나 될까요? 백 명 아니면 천 명?…"

"에이, 자네 눈엔 저것이 기껏 백 명이나 천 명으로 보이나? 최소한 몇만 명이라고 한다면 또 모를까…! 그리고 노예들의 숫자가 어디 저 사람들뿐이겠나? 철골을 운반하는 사람들이며 용광로에서 철골을 만들어 내는 사람들, 그리고 광산에서 철광석을 채굴하는 사람들을 비롯하여, 광산이라고 해서 어디 철광석 광산뿐이겠나? 아연 광산, 구리 광산, 게다가 심지어는 연탄이며 기름까지…. 우리 인간세상에서 있는 것은 여기서도 다 있다고 하니, 노예들의 숫자는 한정되어 있고, 시킬 일은 많고… 그러니 노예사냥에 안 나설 수가 있겠느냐 이런 말씀이야. 그럼 어디 그런 곳에도 한번 가 볼까나…?"

"엑– 그러다가 괴물들에 붙잡혀서 노예신세 되려구요?"

"그렇다고 여기는 지금 안전한 줄 아나? 벌써 괴물놈들이 우

리의 동태를 일일이 파악해서 감시를 하고 있다는 걸 알아야
지!"

"그걸 알면서 그렇게도 태연해요?"

"어차피 그걸 알고서 나선 일인데, 쥐새끼처럼 숨어다닌다고
저놈들의 감시망을 벗어날 수 있다고 보나?"

"그럼, 붙잡히기 전에 어서 도망쳐야지요?"

"어디로 도망을 칠 건데? 여긴, 저놈들 세상이라 도망을 쳐 봐
야 그기가 그기일 뿐이야. 그러니 어차피 알고서 온 건데 구경은
하고 봐야지!"

"어구야 ~ 누구 신세 망치려고 그런 소릴 해요 시방?!"

그러면서도 나는 살짝 의문이 들기는 했다. 황 선배는 어째서
아직까지 노예신세가 되지 않고 있는 것이며, 또 이렇듯 여유작
작, 태연스런 행동을 보여주고 있나 싶어서였다. 물론, 우리는
아직 인간세상과의 인연의 고리가 연결되어 있어서 괴물들에게
붙잡혀 가지 않는다고 했던 말을 기억 못 해서가 아니다. 그러나
우리의 동태가 (훤-히) 드러나 있다면, 자칫, 그놈들이 내 앞길
까지 가로막아 결국에 나도 황 선배의 신세가 될 수 있을 것이라
는 우려 때문이었다.

"그럼 어서 되돌아가야지요? 첨서부터 우리가 감시를 당한다
고 했다면 내가 선배를 따라나서지도 않았지요. 선배야 물론, 이
판사판이라 마음이 그렇게 여유로운지 모르겠지만….”

"자네는 시방, 겁이 난다~ 이 말이지? 그러니까 선배 너는 어
차피 끝난 인생이니 노예로 끌려가도 상관이 없지만 자네만은
이깟 세상 구경 안 해도 좋으니 전생으로 되돌아가야겠다는 그

런 뜻인게지 시방?"

"꼭히 그런 것은 아니지만 그것도 결코 틀린 말은 아니네요 뭐. 결론적으로 말해서 선배가 시방 나를 함정에 빠트린 게 맞잖아요! 그게 아닌가요?"

"예끼 고연 사람! 자네를 함정에 빠트려 전생으로 못 돌아가게 되면 나는 그럼 어쩌라고…!"

"그러니까 그걸 알면서 나를 함정에 빠트려요?!"

"그러면 좀 안 되나? 그래서 말인데. 내 얘기는 그동안 귀로 안 듣고 코로 들었나? 우리는 아직 반편이라서 저놈들에게 끌려가지 않는다고 했던 말! 그것도 기억이 안 나?"

"그거야 기억하지만…"

지금의 상황에 선배의 말을 곧이곧대로 받아들일 분위기가 아니지 않느냐고 마악 따지려는데 갑자기 금속성 휘파람 소리가 허공을 가르며 귀청을 울려 왔다.

(저건 포탄이 날아오는 바람소린데…?)

정확하게 말해서, 포탄이 바람을 가르며 날아오는 금속성의 휘파람 소리였다. 그래서 내가 선배를 향해 (어서 땅바닥에 엎드려요-) 하고 소리를 지르려는 순간 선배가 먼저 소리를 질러왔다.

"어서 내 손목을 잡고 나를 따라 도망쳐-!"

나는 참으로 어처구니가 없었으나 선배의 이끌림에 몸을 내맡길 수밖에 없었다. 그 순간 등 뒤에서 귀청을 찢을 듯한 요란한 폭음소리가 연이어 들려왔다. 이럴 때는 선배도 참 동작이 빨랐다. 내 손목을 잡고 포탄이 날아와 터지는 곳을 순식간에 벗어나고 있었던 것이었다. 그러면서 혼잣말로 내뱉었다.

"시작이군, 이제 시작이야…!"

그게 무슨 뜻인지는 이해할 길이 없었으나, 내 생각으론 선배도 얼떨결에 내 손목을 잡고 들고 뛴 것이 분명했다. 얼마나 다급했으면 공간이동이란 것도 할 사이 없이 들고 뛰기부터 했겠는가 말이다. 그래서 내가 물었다.

"선배? 선배가 잠시 전에 시작이라고 한 말이 무슨 뜻이지요?"

선배도 이제 위기를 모면했다고 느꼈던지 내게 대꾸를 해왔다.

"으응, 내 말이 무슨 말인고 하면, 앞으로 우리는 저것들에게 불벼락을 얻어맞게 될지도 모른다는 뜻이야. 언제나 처음에는 이렇게 불벼락을 안길 수도 있다는 사전예고를 한 뒤에, 그다음에는 우리가 피할 사이도 없이 폭탄을 쏟아붓거든? 그래서 내가 해본 말이야. 세상 구경에는 공짜가 없는 법인 게야. 이제 머지 않아 내 말뜻을 이해하게 될 테니까 두고 보라고!"

나는 선배의 말을 전혀 이해할 수가 없었다. 이제 머지않아 자신의 말을 이해하게 된다니, 그럼 우리가 불벼락을 얻어맞을 수도 있다는 뜻이 아닌가 말이다. 그렇다면 여기서 얼른 장소를 변경하거나 하면 될 일인데 어째서 그런 말을 하는 것인지 그게 도대체 이해가 되지 않았던 것이다.

그랬는데 이때 참으로 의외의 변수가 생기고 말았다. 갑자기 어디선가 사람들의 목소리가 또렷이 들려왔던 것이었다. 그제서야 나는 주위를 급히 둘러보지 않을 수 없었다.

(에고야~ 여기는 어디냐 글쎄…! 우리가 방심한 사이 괴물놈

들이 우리의 뒤를 추적해 온 모양이구나!)

그것보다도 주위의 환경이 먼저 내 시선을 자극하고 있었다. 여기는 결코 평범한 지형이 아니었다. 칼날 같은 바위들이 하늘을 향해 병풍처럼 가로막혀 있는 험준한 협곡 사이였다.

(언제 우리가 이런 곳까지 도망을 왔었던가?)

이것도 아마 공간이동의 결과인 듯싶어 보였다. 그런데 왜 하필 이런, 귀신이라도 나올듯한 칼바위산의 협곡이란 말인가. 아마도 선배가 괴물들의 추적을 피해 이런 곳으로 도망을 쳐 온 것이라 여겨졌다.

(그렇다면 저 목소리들의 정체는 또 무엇일까?)

의문은 곧바로 밝혀졌다. 한 무리의 사람들이 미로 같은 협곡 사이에서 (우르르~) 몰려오고 있었던 것이었다. 선배가 황급히 소리쳤다.

"에고야~ 저건 우리와 같은 반푼이들인데, 저것들이 어째서 저렇듯 떼거리를 지어서 몰려다니나 글쎄…."

선배도 그들을 만나리라고는 예상하지 못했던 듯싶어 보였다. 그래서 그들이 떼를 지어 몰려다니다가 괴물들에게 발각되어 불벼락을 얻어맞을까 봐 그것을 걱정하고 있는 것이 아니겠는가. 게다가, 그것은 또 다른 의미도 내포하고 있었다.

"저들 패거리에 합류를 했다가는 우리도 함께 천벌받기 십상인데…?"

그러니까 그들과는 합류를 하지 않겠다는 의도였다. 뭉치면 살고 흩어지면 죽는다는 격언이 선배에게는 전혀 통하지 않는다는 뜻이었다. 그것이 선배와 나의 견해 차이였다. 설사 서로 뭉쳐 지내다가 불벼락을 얻어맞는 한이 있더라도 인간들끼리 서로 협력하여 괴물들이랑 맞설 궁리를 해야지. 선배의 생각처럼 각자 흩어져서 개인플레이를 한다면 인간들은 영원히 괴물들의 노예 신세밖에 더 되겠느냐는 뜻이다.

사람들이 우리 앞으로 가까이 다가왔다. 여자 세 명에 어린아이가 두 명이고 남자가 다섯 명이었다. 그런데 그들도 우리를 발견하고는 크게 놀라는 눈치였다. 제일 앞장서서 달려오던 여인이 우뚝 발을 멈추며 소리쳤다.

"당신들은 누구요? 설마 도망친 노예들은 아니겠지요?"

선배가 얼른 대꾸하여 소리친다.

"노예가 아니오. 우리도 당신네들 같은 반푼이들인데, 잠시 전에 그쪽에서도 엄청난 폭발음이 들리던데, 혹시 당신들도 벼락을 얻어맞았던 것이었소?"

여인이 대꾸를 해왔다.

"그래요… 그러고 보니 당신들도 벼락을 얻어맞았나 본데…"

여인이 계속해서 한참을 떠들어 제끼는데도 나는 더 이상 여인의 말을 귀담아 들을 수가 없었다. 그녀가 무리들을 이끌고 가까이 다가올 때까지는 몰랐었는데, 가까이에서 얼굴모습을 확인하고는 그만 내 몸이 석고상처럼 딱딱하게 굳어버리고 말았던 것이었다.

"야- 경옥아? 아, 아니. 경옥 씨…?"

그랬다. 그녀는 바로 내 여자친구 경옥이었다. 그래서 내가 너무도 반가운 김에 "경옥아" 하고 이름을 불렀다가 얼른 존칭을 바꾼 것은 뒤쪽에 서 있는 사람들의 눈초리 때문이었다. 혹여라도 그들 중 하나가 경옥의 남편이라도 될까봐서였다. 결혼을 해서 자식을 낳아 며느리와 사위를 보고도 남을 나이에 남의 부인의 이름을 함부로 부른다는 것은 자칫 상식에도 어긋나는 일이요, 황혼 이혼의 빌미가 될 소지도 있는 일이었다. 나와 경옥은 바로 그런 사이였다. 그것을 설명하자면 참으로 사연이 길다. 그랬는데, 내가 경옥이와의 지난날을 회상하기도 전에, 내 마음에 찬물을 끼얹는 일이 발생을 했다.

"에고- 할배야? 니가 시방, 나를 찾으러 온 거냐? 그런데 작은 할배 저거는 왜 델고 왔냐? 후딱 쫓아버리거라. 후딱!"

꼬맹이 동호였다. 녀석이 그때 아마도 내게 기분이 상했던 모양이었다. 그래서 황 선배를 보고는 반가워하면서도 내게는 대놓고 반감을 보이고 있었던 것이었다. 그럼에도 나는 녀석이 참으로 반가웠다. 더욱이나 경옥이와 함께 뭉쳐다니고 있다는 사실에 마음이 놓이기까지 했다. 꼬맹이가 행여 경옥이의 친손주는 아닐지 모르리란 생각이 들기까지 했던 것이다. 어쨌거나 경옥이의 성품이라면 친손주가 아니더라도 꼬맹이를 잘 보살펴 줄 것이란 생각에 마음이 놓이는 것은 사실이었다.

그러면서도 또 한편으로는 왠지 기분이 씁쓸해지기 시작했다. 비록 꼬맹이 녀석이 분위기에 찬물을 끼얹기는 했으나 그녀 경옥이가 전혀 내게 반응을 보이지 않고 있었기 때문이었다.

(역시 그랬구나. 저들 중에 남편도 함께 있다는 반증인 게야. 그러니 내게 아는 체를 않는 것이 아니겠는가. 그렇다면 내가 실수를 한 것임이 분명한데 이를 어찌한다…?)

그래서 내가 얼렁뚱땅 꼬맹이를 상대로 분위기를 바꾸고자 했다.

"옛끼 녀석…! 꼬맹이 너, 나한테 기분이 몹시 상했던 모양이
구나? 이 할부지가 무얼 잘못했는지 모르겠지만 마음 풀거라 으
이? 내가 어찌하면 용서를 해 주겠니. 으이…?"

그러나 꼬맹이 녀석은 아예 들은 체도 않고 나를 외면해 버린
다. 그 모습을 보고는 선배가 내게 나지막한 목소리로 한마디 알
려준다.

"자네는 아직 저들 무리랑 함께 어울릴 상대가 아니란 뜻인 게
야. 그러니까 덜 익은 땡감이란 뜻인 게지. 저들의 벌레 씹은 얼
굴들을 보면 모르겠나? 그래서 말인데, 저 여인이랑은 어떤 관
계인가?"

내가 얼른 변명으로 대꾸를 해주고 본다.

"예. 그냥, 이웃에 살던 인연으로 우리 집사람과 인연이 되어
나하고도 오빠 동생 하고 지내던 사이였죠 뭐. 예, 그래요. 그게
전부예요."

나는 일부러 경옥이가 알아듣고 변명을 하라고 큰소리로 대꾸
를 해준 것이다. 그렇게라도 변명할 빌미거리를 만들어 줘야 경
옥이가 알아듣고 거짓말을 둘러댈 것이 아닌가 말이다. 그럼에
도 경옥은 나에게 관심조차 두지 않고 있었다. 아예 동문서답을
뱉어내고 있었던 것이었다. 그녀가 말했다.

"…내가 다시 한번 더 분명하게 말을 하거니와, 당신들도 우리
뒤를 따라올 생각일랑 꿈에라도 하지 않는 게 좋을 거예요. 우리
들만 해도 인원이 너무 많아서…"

경옥이가 말을 끝마치기도 전에 선배가 말을 가로잘라 대꾸를

해준다.

"됐어요. 됐어! 우리도 당신들 뒤따라갈 생각 꿈에도 없으니 어서 도망가던 거 계속 가시오 어서!"

"예, 미안해요. 우리도 웬만하면 같이 데리고 가겠지만 이미 우리마저도 저것들에게 발각이 되어 허겁지겁 도망을 치는 처지에 머릿수를 자꾸만 늘릴 수는 없질 않겠어요? 그래서 그러는 것이니 고깝게 생각 말고 이만 안녕히들 가시구려!"

경옥은 정녕 내가 안중에도 없다는 눈치였다. 그녀가 어찌 나를 못 알아볼 리 있을 것이며, 이렇듯 냉정하게 발걸음을 돌릴 수가 있단 말이던가.

(괘씸한 것 같으니, 내가 그만 과거사를 확 까발겨 버려…?)

내가 그녀를 처음 만난 것은 벌써 20여 년 전이었다. 그때 우리는 서로가 총각과 처녀 신분이었다. 그래서 우리는 허물없이 만나서 사랑을 불태울 수 있었다. 그러면서도 사람의 감정이란 참으로 묘한 것이어서 우리는 서로가 죽도록 사랑을 하면서도 결혼이란 것을 염두에 두고 사귄 것은 아니었다. 그것은 우리 둘 다 똑같은 생각이었다.

그러다가 내가 직장 관계상 대전에서 인천으로 거처를 옮겨야 했다. 그녀 역시 대전을 떠날 형편이 아니었다. 그렇게 우리는 생이별을 해야 했고, 결국은 서로가 얼굴을 잊고 사는 사이가 되고 말았다.

그리고 십여 년이란 세월이 흘러갔다. 그사이에 나는 결혼도 했다. 그렇다고 양심의 가책을 받을 일도 아니요, 그녀 역시 결혼을 했으리라 믿고 있었다. 십여 년 전에도 그녀는 이미 혼기가 꽉 찬 여인이었으니 말이다.

어느날 나는 (인천에서) 퇴근길에 저녁식사 겸 반주도 한잔 곁들이고, 저녁 늦게 버스를 타고 귀가를 하다가 뜻밖의 인연이랑 마주치게 된 것이었다. 그녀였다. 경옥이! 그녀는 이곳에 잠깐 다니러 왔다고 했는데 연유야 어떻게 됐던 참으로 반가웠다. 우리는 아직도 십 년 전 그때의 그 감정이 그대로 남아있었던 것이었다.

그로부터 세월은 또 흘러갔다. 십여 년이 훨씬 더 지나고서 내가 경옥을 다시 만나게 된 것이었다. 이곳 그림자 세상에서 오늘 이렇게 말이다. 그런데 경옥은 전혀 나를 아는 체하지 않았다. 눈짓으로라도 아는 체를 해줬으면 했는데 (실수이건 아니건) 내가 이름까지 부르며 반가움을 표시했음에도, 그녀는 아예 나를 거들떠도 보지 않았던 것이었다.

(저거 은근히 기분 나빠지려고 그러네? 내가 나이가 들었다고 저는 어디 늙지 않았는가…?)

그래서 무리들을 인솔하여 마악 발길을 돌리려는 그녀를 향하여 분풀이를 한마디 뱉아내려는데 선배가 내 입을 틀어막았다.

"왜? 어쩌려고? 여자친구가 자네를 무시하는 거 같아 기분이 나쁘다는 겐가 시방?!"

내가 그녀의 귀에도 들리라고 한마디 큰소리로 반박을 해주고 본다.

"당연히 기분이 나쁘지요. 저게 어떻게 이럴 수가 있어요 시방?!"

선배가 황급히 말대꾸를 해온다.

"자네가 누군 줄을 알아야 아는 체를 하지!"

그러나 나는 선배의 말을 이해할 수가 없었다.

"뭐요? 내가 누군 줄을 모르다니. 그게 뭔 말이요 선배?"

선배가 나지막한 목소리로 다시 대꾸를 해왔다.

"여기가 어디 인간세상인줄 아나? 여기는 중천국 하늘세상이야. 그리구 내가 보건데, 자네 여자친구는 이제 자네를 못 알아봐. 그것은 이미 전생과의 인연이 다 끝나간다는 반증인 게지. 그게 그러니까 반귀신이 다 됐다는 증거인데, 이제 머지않아 노예로 붙잡혀 갈 운명이란 뜻인 게야. 인간세상에 남아있는 육신과 영혼이 명줄을 다 해가고 있다는 신호인 게지. 내 말이 무슨 뜻인지 이해가 되는가?"

"뭐, 뭐라구요? 선배가 그걸 어떻게 알지요?"

"자네도 나처럼 돼 봐. 저절로 알게 되는 거니까!"

"귀신이 어째서 씨나락을 안 까먹나 했더니…. 귀신이 되면 기억도 전혀 못 한단 말이에요?"

"귀신이라고 왜 기억을 못 해? 그러나 전생에서의 기억을 못 한다는 뜻인 게지. 생각을 해보게. 죽은 귀신이 전생에서의 기억까지 하게 되면 인간세상에 살아남을 사람 있겠는가? 귀신이 복수한다면서 인간들을 씨를 말려 버릴 텐데!"

"끄으음…!"

나는 또다시 신음소리를 뱉아내지 않을 수 없었다. 선배가 결코 없는 말을 지어내서 해줄 리도 없고, 그렇다면야 경옥이도 이미 인간세상과의 인연이 끝나간다는 의미인데 (이곳이 아무리 하늘세상이라고 할지라도) 인생의 무상함에 마음이 숙연해지지 않을 수 없었던 것이었다.

경옥은 어느새 무리들을 이끌고 협곡 사이를 돌아 시야에서 사라져 가고 있었다. 꼬맹이들도 그들에게서 뒤쳐질라 사력을 다해서 내달리는 모습이 내 가슴을 더욱 쓰리게 했다.

게다가 인간들이 서로 뭉쳐서 괴물들과 맞서 싸울 생각들은 않고 무리에 합류를 하는 것조차 거부를 하고 있다니 지옥세상의 앞일이 참으로 난감해 보이기만 했다.

(사람들이 어째서 저렇듯 나약하고 이기적인 존재가 되었더란 말인가…!)

선배가 내게 또다시 정신줄을 일깨워 왔다.

"이제 어쩔텐가? 오늘은 입맛도 쓰고 기분도 꿀꿀한데, 자네도 그만 세상구경 여기서 중단하고 등신놈이 기다리는 세상으로 돌아감이 어떻겠나? 괜스레 여기서 얼쩡거리다가 자네도 나처럼 이산가족 되는 거 시간문제니까 말씀이야. 그렇게 되면 자네랑 함께 말동무가 돼서 좋기는 하네마는 내 등신이는 어쩌는가? 그러니 친구 생각 같은 거 모두 떨쳐버리고 오늘은 그만 얼른 돌아가 얼른!"

그리하여 나는 (마치 소변을 보다 멈춘 것처럼) 어정쩡하고 찜찜한 기분이 되어 선배에게 등을 떠밀리다시피 환상 속에서 깨어나고야 말이다. 그랬다. 그것은 분명한 환상이었다. 환상이 아니고서야. 내가 지금까지의 모든 사실을 증명해 보일수 있는 방법은 아무것도 없었으니 말이다.

8. 천벌

내가 환상 속에서 깨어난 뒤에도 마음은 결코 편치를 못했다. 황 선배의 등신(육신)에 대한 (해결하기 쉽지 않은) 난제가 내 마음을 억누르고 있었기 때문이었다.

"지금은 가족들조차도 면회가 불가능하다고 들었는데…"

내가 황 선배를 요양원에서 데리고 나와 전철 역사로 데리고 간다는 것은 시간이 좀 더 필요한 일이었다. 전염병 사태가 완화가 되고, 가족들과의 합의가 끝나야만 가능한 일인데 (자꾸만 같은 말을 되풀이하는 것 같지만) 그게 사실은 내가 거짓말 사기꾼이 되지 않고서는 불가능한 일이기에 하는 말이다. 설사 그렇게라도 해서 선배가 정신력을 되찾았다고 하여. 내가 사기를 치고 거짓말을 한 것이 무마가 될 수 있는 것도 아닌 것이다.

"또다시 내가 깡통지옥을 방문하여 세상구경을 하자면 선배의 도움만이 유일한 희망이거니와…"

선배가 아니면 십중팔구 나도 정신병원이나 요양원 신세가 될 것임을 짐작 못 할 리 없었다. 그랬기에 한 번쯤은 나도 선배의 부탁에 성의만이라도 보여줄 필요가 있었다. 그리하여 수소문 끝에 선배의 친동생과 연락이 닿았다. 그런데 동생으로서도 형님의 면회를 못 가는 형편이라 했다. 당연한 결과였다. 부인과 자식들의 면회조차 불가능했기 때문이었다.

그랬기에 이제 남은 방법은 딱 한 가지뿐이었다. 황 선배의 도움 없이, 나 혼자서 깡통지옥의 탐색길에 나서는 일 말이다.

그랬다. 나는 정녕 황 선배의 성격을 너무도 잘 알고 있었다. 어릴 때부터 개구쟁이 성격이 유별나서 동네방네 돌아다니며 남의 집 담장 위에 매달려 있는 호박이며 조롱박은 한 개도 남김없이 꼬챙이로 찌르고 다녔던 말썽꾸러기였다고 했다. 그 유별난 성격이 어른이 되었다고 달라질 일이었겠는가.

그랬기에, 내가 선배에게 도움을 줄 수 있는 확답도 해주지 못하면서 자칫 선배의 도움이나 받아보겠다며 대책 없이 뒤따라다니다가 결국에는 어떤 지경에 처하게 될지 눈에 보는 듯 (훤-) 하기만 했다.

(못 먹는 감 찔러나 본다고 했는데, 자네가 내게 도움을 줄 수 없다면 여기서 나하고 친구나 하고 지내세나…)

그러면서 나를 함정에 빠트려 그곳(깡통지옥)에다 붙잡아 둘 것임은 이미 예상을 하고도 남을 일이었다. 하늘세상이라고 하여 (완전한 귀신이 되어서 이생에서의 과거를 송두리째 잊어버리기 전까지는) 생전의 성격이 오히려 더 자기중심적으로 변한다고 했으니 말이다. 경옥이를 만나고 나서 깨닫게 된 일이기도 했다.

그래서 나는 새로운 다짐을 했다. 황 선배의 도움을 아예 포기하기로 말이다. 괜히 헛된 미련으로 황 선배의 도움을 받고자 하는 것은 결국 황 선배를 속이는 일이 되는 것이요, 눈치 빠른 황 선배가 그 사실을 알아차리는 것은 시간문제일 뿐이며 그 순간 나는 개목걸이 신세가 되는 것을 각오해야만 하는 것이다.

"알았으면 이제 미련을 버려야지 뭐…!"

당연했다. 그러나 일단은 한 번 더 만나서 (기회를 봐가며) 귀 띔이라도 해주는 것이 그간의 정리에 대한 사람의 도리라는 생각이 들었다.

요즘들어 나는 [아내]라고 하는 존재가 끔찍이도 싫어졌다. 예전에는 나들이도 자주 하고 여행 같은 것도 자주 가더니 요즘에는 아예 껌딱지처럼 내 곁에 찰싹 달라붙어 그 불편함이 이만저만이 아니었다. 그랬기에 안방거울을 통해서 황 선배를 만나러 가는 일이 거의 불가능에 가까웠다. 황 선배를 만나러 가는 일에 뜻밖의 복병을 만나게 된 셈이었다.

"내가 왜 그 생각을 못 했을까!"

그렇다고 내 아내를 이 문제에 끌어들일 수도 없었다. 내가 장담하건데 그 여자가 내 말을 들어줄 확률은 제로(0)에 가까웠다.

"여자가 늙으면 마귀가 된다고 그랬는데…"

욕을 한다고 문제가 해결되는 것도 아니요, 마음이 후련한 것도 아니기에 해결책은 딴 곳에서 찾아봐야 한다고 하는 사실이다. 그게 무엇일까? 바로 내가 옆방으로 이사를 가야 한다고 하는 결론인바. 그 말을 뒤집어 생각해보면 그 속에 해답이 있는 일이었다.

"마귀할망구를 이 방에서 내쫓아버리면 되는 일이지 뭐."

그렇다고 나이 든 체면에 폭력을 행사할 수도 없는 일이요. 법률적 문제는 더더욱이나 생각해볼 수도 없는 일인 것이다.

물론, 내가 옆방으로 이사를 가면 간단할 일이겠으나 장롱의 통거울이 안방에 있기 때문에 나는 굳센 의지로 안방을 사수하는 일에 타협의 여지가 있을 수 없었다. 나도 그런 잔머리는 잘 돌아가는 편이었다. 그리하여 우리집 안방극장의 내 명연기가 시작이 되게 된 것이었다.

"사람이 늙으면 잠이 없어진다더니, 나도 이제 늙어 가는가 봐. 밤에 잠도 잘 안 오고, 잡념만 생기고…"

그러나 그것이 거짓말임은 당연했다. 지금도 나는 하루에 일곱 시간 이상씩을 자야만 했다. 그것은 젊은 시절부터 길들여진 잠버릇이었다. 그런데 그 달콤한 잠버릇에서 투쟁을 선언한 셈이었다. 아내가 밤중에 제대로 잠을 잘 수 없도록 훼방은 놓기 위해서였다. 자꾸만 화장실을 들락거린다거나 무슨 물건을 찾는다면서 전등불을 켰다 껐다를 반복하고, 괜스레 잠이 안 온다면서 짜증을 부리기도 하며, 심지어는 텔레비전의 심야방송에 관심을 보이기까지 해가면서 연극을 해 나갔다.

그리하여 아내가 잠이 들만하면 깨우고, 또 깨우기를 반복해 가면서 나의 고군분투는 새벽녘이 되어서야 끝이 나기를 단 사흘 만에 아내의 항복선언을 받아낼 수 있었던 것이었다. 그녀가 이불을 끌어안고 옆방으로 피난길에 나서는 지경에 이르게 되었던 것이었다. 그 과정에서 물론 온갖 폭언과 비이성적인 수모를 감수해야 하는 인내가 필요하기는 했으나, 끝끝내 나는 훼방꾼을 안방에서 몰아내는 승리감을 맛볼 수가 있었던 것이었다.

그런데 어찌 알았겠으랴. 내가 마녀를 안방에서 몰아낸 댓가가 부메랑이 되어 내게 되돌아오게 될 것이란 사실을 말이다. 그러나 그것은 시간이 한참 더 지난 뒤의 일이요, 지금은 오로지 독립군의 심정으로 거사의 성공만을 자축하면 될 뿐이었다. 결론적으로 말해서 나는 훗날의 비극쯤은 염두에도 두지 못한 채 황 선배와의 만남을 무난하게 진행해 나갈 수가 있었던 것이었다.

황 선배는 나를 만나 끄집어낸 첫마디부터 왜 자기의 등신은 데려오지 않았느냐고 따지는 일이었다.

"이번에도 내 등신놈은 델고 오지 않았구만? 그런데 뭐라던가? 허긴, 바보등신이야 무얼 알기나 할까마는 우리 마누라쟁이 말이야. 그 사람이 아직도 나를 자기 맘대로만 하겠다고 그러던가?"

"그런 게 아니구요. 내가 지난번에도 설명했다시피, 선배의 몸뚱이는 요양원에 맡겨져 있단 말예요. 그놈의 유행병은 언제 끝이 날려는지…"

나는 그간의 사정을 다시 한번 일일이 설명해서 이해를 시켜 주었다. 선배가 혹여 오해하는 일이 생겨 나에게 분풀이를 할까 싶어서였다. 옛날부터 전해져 오는 말에, 귀신들은 단순해서 토라지기를 잘한다는 말이 다시금 되살아났기 때문이었다.

(선배 역시 반귀신이 다 됐는데 토라지기 전에 어린아이 다루듯 해야 할밖에) 선배도 내 말을 이해하는 듯 자기 동생 얘기가 나오자 시무룩해지기까지 했다. 내 설명을 들어가며 잠시 의기소침해 있던 선배가 다시금 기운을 차리기라도 하듯 내게 말했다.

"내가 내 욕심만 앞세워서 자네 입장은 전혀 예상 못했었군 그래. 동생까지 만나보고 왔다니까 이제 조금은 오해가 풀리네마는, 내가 자네를 오해했던 건 사실이었다네ㅡ."

"나도 선배가 오해하고 있으리라 짐작했었어요. 그래서 오해하지 않도록 하려고 만날 때마다 열심히 그간의 사정을 설명했던 거구요."

"그래 알아. 자네 성격에 필요 이상으로 변명에 신경 쓴다는 거! 그래서 말인데, 어차피 이렇게 다시 온 거 세상구경이나 조금 더 해보도록 하세!"

그리고는 내가 무어라 대꾸도 하기 전에 나는 선배의 이끌림에 따라 어느 낯선 곳에 당도해 있었다. 순간 나는 흠칫했다.

(이러다가 자칫 선배의 꼬임수에 빠져드는 것은 아닐까…?)

그러나 이미 공간이동은 끝난 뒤였다. 이것이 비록 꼬임수라 할지라도 내게는 달리 방도가 없었다.

(이럴 줄 알았으면 공간이동 하는 거 방법이나 알아둘걸!)

갑자기 선배가 고함을 질러댔다.

"안 그래도 내가 그걸 알려 주려고 하던 참인데. 정신을 팔고 있으면 어쩌겠다는 거야?! 정신부터 똑바로 차려—!"

나는 순간 기겁을 했다. 선배가 내 속마음을 (훤—히) 꿰뚫고 있다는 것도 그렇거니와, 그 고함소리가 예사로워 보이지가 않았기 때문이었다.

내가 무어라 대꾸도 하기 전에 선배가 다시 소리쳤다.

"자네가 다른 곳에 정신을 팔고 있으면 내가 이동 중에 자네를 놓치게 된단 말이야. 그게 무슨 뜻인 줄 알기나 하나?"

"…?"

"지난번에도 내가 설명할 기회를 놓쳤네만, 자네는 아직 강보에 싸인 갓난아기 같은 존재일 뿐이야. 발걸음도 하나 뗄 줄 모르잖아? 공간이동 중에 나랑 헤어지게 되면 자칫 혼자서 외톨이가 되어 세상을 헤매고 다닐 수도 있어."

"...?"

나는 정녕코 입을 뗄 수가 없었다. 선배의 말을 중단시키고 싶지 않아서였다. 선배의 설명이 계속 이어졌다.

"혼자서 세상을 헤매고 다니다가 시간을 놓치면 바로 내 신세가 된단 말씀이야. 자네 혼자서 공간이동 방법을 터득하거나 정신줄을 나랑 계속해서 연결하고 있자면 그 이치부터 깨달아야 함인 것인데 지금처럼 정신줄을 놓고 있다가 그걸 깨달았을 땐 이미 개목걸이 신세 되고 만단 말씀이야, 자네 등신이…!"

"……!"

"방금 전에도 내가 자네의 속마음을 미리 알아채고 위험을 무릅쓴 채 이동을 멈추었기에 망정이지…"

나는 더 이상 듣고 있을 수가 없었다. 그래서 선배의 말을 가로막고 물었다.

"뭐, 뭐라구요? 위험을 무릅쓰고 이동을 멈추어요?"

선배가 하던 말을 중단한 채 내 말에 대꾸를 해왔다.

"그래! 여기는 깡통들의 앞마당이야. 그것들이 지금 우리 눈에는 안 보여도 우리는 시방 깡통들의 놀이터에 들어온 셈이란 말이야. 알아들어?"

"그렇다면야 얼른 도망쳐야죠?"

"나만 혼자서? 그러니까 자네도 마음을 비우거나 내게 마음을 의지하여 나를 뒤따르겠다는 생각만 하란 말이야. 정신을 팔지 말고…!"

순간, 나는 당황을 했다. 선배의 말을 도대체 어떻게 받아들여야 할지 그것이 이해가 되질 않았던 것이다. 그러면서 또 다른 잡념이 머릿속에 끼어들었다. 이것이 선배의 속임수가 아닌가 하는 생각 말이다.

　(내가 아무것도 모른다고 시방, 그딴 허튼소리로 나를 혼란에 빠트리고 있는 것인지도 몰라….)

　그랬는데 다음 순간 나는 정말이지 정신이 번쩍 들었다. 어디선가 (슈~슈~슈~ 하고) 쇳덩이가 바람을 가르며 날아오는 기분 나쁜 소리가 또다시 귀청을 울려 오고 있었던 것이었다.

　(에고머니, 또 괴물들이 포 사격으로 우릴 공격하고 있구나-!)

　그래서 나는 무의식적으로 땅바닥에 납작 엎드리며 (선배에게도 어서 나를 따라 하라며 소리를 치려는데) 그것이 사실은 내 실수였다. 선배는 이때 나를 데리고 공간이동을 하려고 했으나 내가 그만 땅바닥에 엎드리며 선배의 가랑이를 잡고 늘어지는 꼴이 되고 말았던 것이었다. 선배로서도 아마 이러한 상황은 예측을 하지 못했던 모양이었다. 서로의 마음이 일치가 되거나, 어느 한쪽이 상대에게 마음을 내맡겨서 자연스럽게 이끌려가지 않으면 공간이동이 불가능하다는 사실을 말이다. 그리하여 선배 자신마저도 내 정신력에 발목이 잡혀 공간이동은커녕 자석이 쇳가루를 끌어당기듯 포탄을 끌어들이는 결과가 되고 말았던 것이었다.

　그리고 그 결과는 예상 그대로였다. 나는 더 이상 아무것도 생각할 겨를이 없었다. 내 눈앞에서 섬광이 (번쩍!) 하는 순간, 그

엄청난 화력의 중심에 내가 들어가 있었기 때문이었다.

(나는 이제 죽었구나!)

순간적으로 밀려오는 죽음의 공포란, 그것을 어찌 말로서 다 표현을 할 수 있을 일이겠는가. 지옥의 저주란 죽음의 공포에서부터 시작이 된다고 했으니 말이다.

드디어 내 육신이 산산조각 나는 고통과, 그 불길 속에서 살점이 타들어가는 고통이 한꺼번에 밀려왔다. 그것이 비록 순간적인 일이기는 했으나 고통은 왜 이토록 길게 느껴지는 것인지 참으로 하늘이 야속했다. 창자가 끊어진다는 말이 바로 이런 경우를 두고 하는 말일 것이었다. 내 생전에 이런 고통이 있다는 것은 상상조차 해본 일이 없었다. 얼른 숨통이 끊어지면 고통은 느낄 수가 없을 텐데 그것조차 마음대로 되질 않았다.

〈제발 좀 죽이거라! 죽여주거라!〉

그래서 고통에서 벗어나게 해달라고 애원을 했으나 무심하신 하나님은 그럴 생각이 전혀 없어보였다. 〈누구 좋으라고 네놈을 이 고통에서 해방시켜 줄까…!〉 아마도 그런 심뽀인듯 싶어 보였다.

나는 정말이지 죽고 싶었다. 예전에 한번은 토사곽란을 겪은 일이 있었다. 그때도 참으로 참기가 어려웠었다. 처음에 고통이 시작되려 하자 화장실로 달려갔는데 그것이 문제였다. 고통을 벗어나기 위해서는 베란다에서 뛰어내려 목숨을 끊는 일일텐데, 고통이 너무도 심하여 베란다까지 나가는 일조차도 실행에 옮길 수가 없었던 것이었다.

그랬는데 그때보다 고통이 백 배는 더 심했다. 그리고 오래도록 지속됐다. 나는 정말이지 하나님을 이토록 원망해 본 일이 없었다. 그렇다고 입 밖으로 욕설을 쏟아낼 기운마저도 없었다. 마음속으로만 한없이 하나님을 저주하고 원망할 뿐이었다. 왜 얼른 죽여주지 않느냐고 말이다. 천벌의 고통이란 바로 그런 것이었다. 고통에서 벗어나기 위해 기절을 하거나 죽는 것조차도 허용이 되지 않는, 그래서 고통의 괴로움을 고스란히 감내하고 견뎌내야 할 수밖에 없는 것이 바로 천벌의 결과라고 하는 사실 말이다.

그럼에도 세상만사란, 시작이 있으면 끝이 있게 마련인 법, 그것이 다만 얼마나 오래도록 지속이 되느냐 하는 것이 관건인 것인데 나는 정말이지, 내 평생을 살아온 기간보다도 더 지루한 고통의 시간을 겪어 내야만 했다. 그러고 나서야 겨우 고통이 끝났는데, 나는 이미 인간으로서의 본성을 상실하고 난 뒤의 일이었다. 인간으로서뿐만 아니라 동물적인 생명체의 본능마저 상실해버린 식물인간이 되어버린 셈이었다. 더 이상은 아무것도 머리에 떠오르는 것이 없었다. 머릿속이 하얗게 진공상태가 되고 말았던 것이었다. 내게 더 이상 생각이란 것이 남아 있을 리 없었다. 사물을 자각하고 판단하는 인지능력 말이다.

그리고 내가 다시 정신을 차린 것은 병원 응급실이었다. 내가 안방 거울 앞에서 실신하여 정신을 못 차리자 아내가 119를 불러 나를 병원으로 데려갔던 모양이었다.

(그렇다면, 깡통세상에서는 어떻게 나왔단 말인가…?)

그것이 참으로 의문이기는 했다. 불벼락(천벌)을 얻어맞았다면 황 선배도 같이 얻어맞았을 텐데, 내가 어떻게 거울 바깥으로 되돌아 나올 수 있었던 것인지 그것이 참으로 의문이 아닐 수 없었던 것이다.

그리하여 나는 꿈속에서 깨어나서도 더 이상 꿈속으로 되돌아가고 싶지 않았다. 그것이 아무리 꿈이라고 할지라도 (또는 환상이라고 할지라도) 나는 결코 환상 속에서 겪었던 그 고통을 잊을 수가 없었다. 그게 물론, 제대로 이해가 되지는 않았지만 자꾸만 토사곽란이 기억나면서 나는 결코 토사곽란마저도 두 번 다시 겪고 싶지 않았다. 내가 또다시 토사곽란을 겪게 되면 이제 얼마 남지 않은 짧은 인생마저 극단적인 선택으로 생을 마감하게 될 것이란 우려 때문이었다

그로부터 나는 정말이지 거울이 싫었다.

"저놈의 거울이 사람 잡는 지옥의 덫이라니까 글쎄…"

내가 천벌을 받은 일이 아무리 환상이거나 꿈속이라 할지라도 그때 정말이지 목숨을 끊는 극단적인 선택을 하지 않은 것이 얼마나 다행스러운지 모를 일이었다.

"그래서 사람들은 자다가도 많이들 죽는다고 그러는 모양이구나!"

사람이 잠을 자다가 죽었다는 말은 많이 들어 보았으나 그것이 이제서야 제대로 실감이 났다. 꿈속에서도 그런 일을 겪게 되면 죽을 수도 있겠구나- 하는 생각 말이다. 그랬기에 내가 거울을 두려워하는 것은 당연했다. 꿈속에서 어떻게 깨어났는지, 또는, 거울 속에서 어떻게 되돌아 나왔느냐 하는 것은 염두에도 없었다. 두 번 다시 생각조차 떠올리고 싶지가 않았기 때문이었다. 그러면서도 잠을 자다 말고 가위에 눌려 잠을 깬 것이 한두 번이

아니었다. 마음속 깊은 심연의 그 내면 속에서는 결코 꿈속의 일들을 잊지 못하고 깊이 간직하고 있는 것임이 분명했다. 정말 그래서일까? 하루 이틀 시간이 흐를수록 내 머릿속에서는 황 선배의 환영이 자꾸 떠오르기 시작했다.

(틀림없이 선배가 나를 이생으로 되돌려보내 주었을 텐데…)

자기도 같이 천벌을 받아놓고, 나를 이생으로 되돌려보내 준 것이 참으로 고맙다는 생각이 들지 않을 수 없었다.

(나는 아예 선배 생각이 염두에도 없었는데, 선배는 그 와중에서도, 나를 이생으로 살려보내 주다니…)

사람이 은공도 모르면 어찌 사람이라 할 수 있을 일이겠는가. 선배가 나를 도와주지 않았다면 나는 아마도 지금쯤 개목걸이 신세가 되어 있을 것임이 분명했다. 내가 병원에서 정신을 되돌린 것을 보면 내 스스로 그곳에서 되돌아 나왔을 리는 없고, 또 되돌아 나올 방법도 알고 있지 못했다. 게다가 무엇보다 중요한 것은 바로 내가 정신을 잃었었다는 사실이다. 꿈속에서건 현실에서건 내가 천벌을 받아 정신을 잃었었던 것은 분명한 일이요, 황 선배의 도움이 있었다는 것 또한 부인할 수 없는 사실이란 결론이다.

(그럼에도 나는 내 자신만을 생각해서 비겁하게도 선배에 대한 생각 자체를 마음속에서 지워버리려 하다니…)

그래서 다시금 용기를 냈다. 아무리 생각을 하기 싫더라도 진실만은 확인을 해 봐야겠다고…!

9. 안방 고수 작전

내가 진실을 밝혀보겠다고 용기를 내기는 했으나 천벌의 후유
증은 참으로 심각했다. 꿈속에서의 고통이라고는 하나, 생각만
으로도 피부에 소름이 돋고, 온몸에 경련이 일어나기까지 했던
것이다. 게다가, 이제는 마음속에서 지워버리려고 해도 지워버
릴 수도 없었다. 정신적 충격이란 게 육체적 충격에 못지않다는
사실을 제대로 깨달을 수 있게 된 것이었다.

그러다 보니 나도 모르게 그만 온 정신이 망상 속으로 빠져들
고 있었다. 깡통지옥이라고 하는 환상의 덫에 걸려들고 만 셈이
었다. 이제는 내 정신이 미궁의 구렁텅이로 빠져들고 있다는 느
낌이었다.

"이러다가 내가 정말로 미치는 것은 아닌지 몰라….."

정말이지 나는 현실감각이 결여되어 갔다. 미치기 일보 직전
이란 농담이 지금의 내게 딱 적합한 말인지도 모를 일이었다.

"정신병원에 가서 진료를 한번 받아볼까?"

그러나 그것만은 안 될 일이었다. 정신병원의 진료기록은 꼬
리표처럼 내게 뒤따라다닌다고 했기 때문이었다

"그렇다고 그딴 (말도 안 되는) 고민을 남들에게 털어놓을 수

도 없고…영혼세상이란 것도 사실은 사람들의 마음속에서만 존재하는 것일 뿐일 텐데…"

그것도 모자라 정신의 깡통세상이라니, 소가 들어도 하품을 할 일임에는 분명했다. 아무리 생각해도 남들에게 털어놓을 일은 결코 아니었다.

예전에 누군가에게 이런 말을 들은 기억이 생각났다. 어떤 사람이 말하기를, 자신은 파리로 변하는 신통력을 갖고 있다고 했다는 것이었다. 그래서 사람들이 그 사실을 확인해 보고자 했는데, 그 자칭 도사님께서 파리로 변신하기 위해 한참 동안 정신을 집중하더니 양팔을 벌리고 날갯짓을 하면서 (앵앵앵~) 하고 파리흉내를 내더란다. 그러니까 자기 최면에 빠져든 것이었다. 그리고는 한참 만에 깨어나서 (어떤가? 내가 파리로 변신한 거 잘들 보았겠지?) 하더란다. 그러자 어른들은 아무도 말을 못 하고 벙어리가 되어 있는데 꼬맹이 하나가 나서서 그러더란다. (에이, 그거는 파리가 아니라 모기잖아요 뭐)라고 말이다.

게다가, 나는 영혼이란 존재를 믿지 않는다. 영혼이란 것이 존재하는지도 알 수 없으며, 그것도 믿지 못하는데, 하나님 세상이라고 하는 것은 더더욱이나 믿지 못할 뿐이다. 그래서 정신의 세상이란 것도 긴가민가할 뿐이다. AI들 때문에 새로 생겼다고는 하지만 말이다.

그럼에도 나는 황 선배에 대한 일말의 미련을 버릴 수가 없었다. 그것이 깡통지옥이든 외계인의 장난이든 또는 환상이든 말이다. 그러면서도 내 혼자만의 개인적 생각은 또 달랐다. 영혼세상이라 하는 곳이야 원래 사람이 죽어야만 가는 곳이라고 하니

(설사 죽었다가 다시 살아서 돌아온 사람이 있다고 할지라도 그 사실을 확인시켜줄 방법이 없기에) 사람들이 믿지 못하는 게 당연하다고 하겠지만, 정신의 깡통세상은 전혀 사정이 다른 문제이다. 내가 바로 그 증인이기 때문이다. 그러니까 깡통지옥에 대해서는 이미 하늘문이 열려있다고 봐야 할 것이며 내가 그 사실을 증명해 보일 수도 있다고 하는 사실이다. 물론, 내 힘으로 여러 가지 난제들을 해결할 수 있다고 한다면 말이다.

그럼에도 나는 솔직히 내 혼자서 그 일을 해결해 보겠다고 나설 자신이 없었다. 천벌이란 것이 내 발목을 잡고 앞길을 막아버린 탓이었다.

"다른 사람을 하나 앞장세운다면 또 모를까…"

그것은 참으로 중요한 문제였다. 세상에서 조금은 인지도가 있는 학계 출신 또는 정계 출신을 앞세우지 않고서는 그 문제를 세상에 드러내놓을 방도가 없기 때문이다. 이미 그 사실은 여러 번 강조해왔던 일이기에 더 이상 변명할 여지조차 없을 일이거니와, 그 문제가 또다시 내 행동에 발목을 잡는 계기가 되고 있었다. 안 그래도 거울이라면 정나미가 떨어지는 편국에 그것은 내게 좋은 빌미꺼리가 되기에 충분했다.

"그래그래! 나같은 무지렁이야, 명망 있는 인물을 하나 끌어들이는 일만으로도 분수에 넘치는 일을 하는 셈이지 뭐!"

그것은 참으로 현명한 판단이었다. 앞으로의 인간세상을 위해서도 그렇고, 내 개인적인 안위를 위해서도 그렇고, 이것은 나 혼자만이 속으로 (끙끙~) 앓고 있을 일이 결코 아니었던 것이다.

"그렇다고 나처럼 성격이 소심한 겁쟁이를 고를 수도 없고…"

일단은 돌격대장으로 앞세울 인물을 찾아보겠다고 마음을 굳히자 한결 마음이 가벼워지고 용기도 생겨났다. 이제야 비로소 깡통세상의 실체를 밝히겠다는 생각에 의욕이 되살아나고 있었던 것이다. 비록 정직하지 못한 생각이기는 했으나 이제부터는 더 이상 천벌에 노출되지 않고서도 내가 해야 할 일들을 다른 사람에게 떠넘길 묘책을 찾아낸 셈이었다.

그러면서도 변명꺼리 하나는 생각해둔 게 있었다. 내게는 인공지능에 대한 지식이 전혀 없다는 사실 말이다. 그것이 내게는 큰 장점이었다. 신문이나 텔레비전에서 몇 번 읽고 들어 본 것이 전부인데, 그에 대한 지식이 없는 만큼 책임감도 없다는 것을 강조해두기 위함이다. 쉽게 말해서 인공지능에 대한 지식이 없다는 것은 그것에 대한 혜택도 덜 받았다는 뜻이요. 혜택을 덜 받았으니 책임감도 그만큼 적다는 것을 의미하는 것이 아니겠는가. 비록 변명같이 들리기는 하겠으나 이것이 바로 천벌에 대한 후유증의 결과임을 이해해 줬으면 해서 하는 말이다. 염라대왕이 됐든 하나님이 됐든 나중에 내가 하늘나라로 가서 심판을 받을 때의 변명거리를 말함인 것이다.

그래서 내가 나를 대신할 합당한 인물들을 머리에 떠올려 보았다. 그러나 그것이 문제가 좀 있었다. 지금까지의 경험으로 보아 황 선배와 나처럼 정신건강에 문제가 좀 있어야 한다는 뜻인데, 결론적으로 말하자면, 지금 죽어도 가정사에 지장을 초래하지 않을 사람을 찾아내야 한다는 사실이다. 그것은 참으로 신경 쓰이는 문제가 아닐 수 없었다.

"자칫하다간 사람만 정신병자로 만들어 놓고, 일은 일대로 그

르칠 수 있음이니, 그런 사람을 어찌 찾아내야 한단 말인가…!"

사람을 고르는 문제는 다시 한번 심사숙고해서 생각해 볼 필요가 있는 일이었다. 그래서 일단은 황 선배를 만나 다시 한번 의중을 들어 보기로 했다. 그러자면 싫더라도 거울을 이용하고 봐야지 어쩌하겠는가. 그것이 내게는 참으로 큰 용기가 필요했다.

"그래 까짓거. 어차피 시작이 된 일인데 여기서 포기를 할 수야 있나."

그리하여 죽음을 각오한 심정으로 거울 앞에 마주 섰다. 아내의 피난살이가 아직도 계속된 덕분이었다. 웬만했으면 남편의 건강상태를 생각해서라도 피난살이를 포기할 듯한데. 아내의 고집도 보통은 아니었다. 내가 왜 아내를 마귀할망구라고 그랬는지 이해가 될 것이다. 그러나 그것이 내게는 도움이 되는 일이니 이제부터는 마녀라는 말을 취소하기로 하겠다.

그랬는데 호사다마라고 할까. 거울에 문제가 생겼다. 거울이 내 그림자를 어둠 속에다 감춰두고 내보내 주지를 않고 있었던 것이었다.

"안 그래도 (아내) 몰래 조심을 해야 하는데 거울 놈 너까지… 에고 바보! 불을 밝혀야 그림자가 보이지…!"

내가 그만 너무 조심을 하느라 그게 지나쳐서 방 안에 불을 밝히는 것조차 깜박했던 것이었다.

"내가 왜 자꾸 이렇게 실수를 하고 있나 모르겠네 바보같이!"

그러면서 불을 밝히고 거울 앞으로 다가서자 그림자란 놈도 내 앞으로 다가왔다. 지금의 내 눈에는 그림자가 결코 그림자로만 보이질 않았다. 거울 속에 있는 또 다른 나의 분신처럼 느껴지고 있었던 것이었다. 그렇다고 내 정신력에 문제가 있었던 것은 물론 아니다. 순간적으로 착각이 든 것뿐이었다. 내가 거울 앞으로 다가서자 그림자도 당연히 내 앞으로 다가온 것이며 그것 때문에 순간적으로 착각을 일으켰던 셈이었다. 거울 속의 그림자가 살아서 내 앞으로 다가온다고 말이다. 내가 그림자 속으로 들어가야 한다고 하는 착각 때문이었다. 그것은 지금 내가 정신줄을 놓고 있다는 의미이기도 했다. 나는 그렇듯 지금, 제정신이 아니었던 것이다.

아무튼 반가웠다. 그림자라도 내 기분을 알아주는 것 같아서였다.

(그래그래, 이럴 때는 나도 너와 똑같이 반갑다는 의사는 표현해 줘야겠지!)

그게 뭐가 어려울 일이겠는가. 원래 나는 『스킨십』이라는 단어에 별로 익숙치를 못했다. 그러나 오늘은 사정이 달랐다. 주변에 누가 보는 사람도 없고, 또 나를 반겨주는 성의를 생각해서라도 격렬하게 포옹 한 번쯤은 해 줘야겠다는 생각이 불현듯 생겨났던 것이었다.

(돈 드는 일도 아닌데, 그까짓 거야 한 번쯤 못 해줄 일도 없지 뭐!)

그래서 나는 격렬한 몸짓으로 그림자에게 다가섰다. 그 순간, 나는 그만 녀석의 이마와 (딱!) 마주치고 말았다.

(에고야 ～ 내가 너무 지나쳤구나!)

그것을 깨닫는 것은 순간적인 일이었다. 그리고 (와장창창-!) 유리창이 박살나는 소리가 내 귀를 의심케 했다. 나중에 알게 된 일이었지만 거울을 설치할 적에 뒤에다 공간을 두고 설치했던 모양이었다. 문을 여닫을 때 파손을 우려해서 그렇게 설치했다고 하는데, 그것이 오히려 치명적인 결과로 작용한 것이었다.

(이구야~ 내가 시방, 무슨 일을 저지른 거야 이거…!)

그래도 제빨리 정신이 돌아와서 내가 지금 사고를 저질렀다는 사실은 알아차릴 수 있었다. 내가 그림자를 착각하여 이마로 거울을 들이받아서 그만 박살을 내고 말았다는 사실을 말이다.

"에고~ 여편내가 안 들었나 모르겠네!"

아내를 지칭하는 내 호칭이 순간 여편내로 바뀌었다. 그것은 이미 사태의 결과를 예상하고 튀어나온 반응이었다. 아니나 다를까, 내가 미처 정신도 차리기 전에 방문이 (벌컥!) 열리면서 돼지 멱따는 소리가 귀청을 파고들었다.

"이게 뭔 소리에요 시방?!"

내가 얼떨결에 한다는 대꾸가 아내를 더욱 더 미치게 만들고 말았다.

"짜슥이 글쎄. 가만히나 있을 것이지. 튀어나오기는 어디를 튀어나와?!(아니지 참. 그림자가 튀어나온 것이 아니라…)"

말이 뒤엉키고 말았다는 사실을 깨달았을 때는 이미 사태의 수습이 불가능하게 된 뒤였다.

"튀어나오기는 뭐, 귀신이라도 튀어나왔어요 거울 속에서…?!"

"으흠, 그, 그게 그만 변명을 한다는 게 말이 꼬여설랑…(내가 왜 자꾸 실수를 계속하나 글쎄. 안 그래도 마녀가 나를 미쳤다고 의심을 하는 판국에…)"

"에고야~ 갔네, 갔어! 이제는 완전히 맛이 갔어…!"

아내는 아예 나를 미친 사람 취급하고 있었다. 그것은 참으로 듣기 싫은 말이 아닐 수 없었다. 여자가 점잖지 못하게스리 하늘 같은 서방님에게 맛이 갔다는 비속어를 뱉아내다니…. 내 대답이 곱게 나올 리 없을 일이다.

"그래, 미쳤다! 이제 됐냐?! 누가 마귀 아니랄까봐서…!"

"그래도 미쳤단 말은 듣기 싫은가 보네! 그런데 자다 말고 거울은 왜 박살내는 거야? 미치지도 않았다면서…!"

"미쳤으면 안 그랬을텐데, 맛이 가서 그랬다 왜…?! 나쁜 놈들이 거울을 이따위로 설치해놓고설랑, 이렇게 힘없이 박살날 줄 알았나 누가!"

결국 나는 문짝을 여닫다가 거울이 박살난 것처럼 (거울을 설치한 사람들에게 덤터기를 씌워서) 간신히 위기를 넘길 수가 있었다. 물론, 그것으로 아내의 의심을 모두 해소했다고 하긴 어렵겠지만, 그래도 내가 개목걸이를 당해야 할 상태는 아니란 것을 확인시켜 주기는 한 셈이었다.

"저리 비켜요. 발조심하고! 유리조각에 발 다치니까!"

아내가 급히 빗자루를 찾아서 방 안을 정리하겠다고 나섰다.

"빗자루 이리 줘 봐. 내가 치울게."

그제서야 아내도 약간은 마음이 풀린 듯 했다. 그러나 마음속 한구석에는 비수를 숨겨두고 있었다는 사실을 나는 깨닫지 못했다. 마녀란 원래 그런 것이다. 겉으로는 천사인 척하면서 속으로는 비수를 숨기고 있다는 사실 말이다.

내가 거울을 깨트린 이후 아내와 나 사이에는 참으로 미묘한 신경전이 시작되었다. 아내가 자꾸만 나를 의심의 눈초리로 바라보는 것 같아 은연중에 나도 아내의 눈치를 살피게 된 것이었다. 장롱 거울이야 이튿날 내가 곧바로 보수센터로 달려가서 사흘 후에 다시 끼워주기로 계약을 하여 더 이상 문제가 없었으나, 그 바람에 황 선배를 만나는 일이 그만큼 늦어지게 되었고, 나랑 뜻을 같이할 협조자를 구하는 일도 무한정으로 늦춰지게 되고 말았던 것이었다.

"내가 실수했어. 착각을 할 게 따로 있지. 그림자랑 포옹을 하겠다고 덤비다니…!"

그 순간만큼은 절반쯤 정신이 나갔던 게 분명했다. 팔푼이가 어디 그냥 팔푼이겠는가. 자기 딴에는 자기가 세상에서 가장 똑똑하고 정신이 멀쩡하다고 믿더라도 남들이 보았을 때 약간 부족해 보이면 그것이 바로 팔푼이가 아니겠느냐 말이다. 황 선배가 말하는 반푼이 말이다.

"정신 바짝 차려야지! 자칫하다간 아내에게 무슨 꼴을 당할지 어찌 알겠는가."

아내가 내 눈치를 살피는 것이 내 눈에도 (훤-히) 느껴졌다. 설사 내가 미치지는 않았다고 하더라도 인지기능에 장애가 있는 것이 아닌지 그것을 살피고자 하는 것임을 모를 리 없었다. 그것만큼은 나도 자신이 없었다. 나이가 들면서 기억력이 감퇴하는 것은 내 자신도 깨닫고 있는 일이었으니 말이다. 그것은 나만 그런 것이 아니라 대부분의 사람들이 모두가 다 그렇다니 크게 신경 쓸 일이 아니라고 하겠으나, 거울을 깨트린 일만큼은 아내의 의심을 사기에 충분했다. 그랬기에, 더 이상 변명을 하거나 아내를 탓할 생각은 없지만 깡통지옥에 대한 내 계획에 차질이 생기고 있으니 그게 문제인 것이다. 자칫, 조금만 실수를 하더라도 개목걸이 신세를 당하거나 정신병원 신세를 지게 될 것이기 때문이다.

"그렇게 되면 결국 깡통세상에 대한 계획은 물거품이 되고 말겠지."

아내의 눈치를 살피는 이유가 그 때문이었다. 황 선배를 만나러 가는 일에 두 배는 더 신경을 쓸 수밖에 없었던 것이다.

"내가 어쩌다가 이런 환상 속에 빠져들어 속을 태워야 하나 글쎄…."

나는 사실, 황 선배를 만나러 다니는 일이 어쩌면 환상일 것이라 생각하고 있었다. 그랬기에, 친구들마저도 이번 일에 끌어들이지 못하고 신중을 기하는 이유가 아니겠는가. 자칫, 정신병원 신세를 지지 않기 위해서 말이다.

"내가 십 년만 더 젊었더라도 이렇게 마음이 나약하지는 않았을 텐데…"

내 결단력이 부족한 것을 나이 탓으로 돌리면서도 기분이 씁쓸한 것만은 사실이었다. 따지고 보면 이것은 나이 탓이 아니라 죽음에 대한 두려움이 그 원인일 것이기 때문이었다. 죽음만 두려워하지 않았다면 아직도 이렇게 진실게임만 하면서 시간을 낭비하고 있지는 않았을 것이 아니겠는가.

어쨌거나, 나는 거울 속의 그림자 세상에 대하여 아내와 함께 마음을 나눌 수 없다는 게 가슴 아팠다. 아내의 도움만 받을 수 있다고 한다면 진실게임은 일사천리로 진행이 될 수 있을 것이기 때문이다.

그러나 거기에는 또 다른 문제가 있기는 했다. 아내를 끌어들이는 일은 결단코 내가 원하는 일이 아니라는 사실이었다.

"미쳐도 나만 미치면 됐지. 아내까지 미치게 하면 집안 꼴이 뭐가 되겠는가!"

물론, 아내를 끌어들일 자신도 없기는 했지만, 만약의 경우 부부가 함께 미쳐서 집안이 풍비박산이 나는 사태만은 만들지 말아야 함인 것이다. 그것이 내 판단이요, 그렇게밖에 결정할 수 없는 내 입장이 어찌 안타깝지 않을 수 있겠는가. 천군만마와 같은 지원군을 곁에다 두고 혼자서 고군분투해야 하는 이 심정이야말로 안타깝다 못해 가슴이 쓰리지 않을 수 없을 일이었다. 가장 큰 도움을 받을 수 있는 사람을 가장 큰 훼방꾼으로 곁에 두고 있어야 하다니 말이다. 아내를 그렇게 만든 가장 큰 원인은 바로 돈 때문일 것이었다. 낭비하지 않아도 될 아까운 돈을 벌써 두 번씩이나 지출하게 만들었으니 아내의 심기가 더욱 불편해진 것은 당연할 일이기 때문이다.

그래서 나는 아내와의 신경전을 줄이기 위해 아침 일찍 집을 나갔다가 저녁 늦게 들어오곤 했다. 그러면서도 아내의 피난살이만은 끝내줄 생각이 없었다. 한번 피난살이를 시작한 사람을 곱게 받아줄 이유도 없을 일이거니와, 그것은 결코 내게도 도움이 되지 않는 일이기 때문이었다. 그래서 내가 선택한 방법은 악취였다.

원래 병원에서는 내게 건강상 이유로 술을 못 마시게 했다. 그러나 이제는 재활운동의 덕분으로 건강이 많이 회복되기도 했거니와 지금은 결코 내 건강 따위나 신경을 쓸 계제가 아니었다. 내 한 몸 희생을 해서라도 아내가 피난살이를 끝내지 못하도록 악취를 풍길 수 있는 방법을 강구해야 했는데, 그것이 바로 막걸리였다. 막걸리를 얼큰하게 마시고 입으로 크게 숨을 내쉬면, 예상외로 그것이 효과가 좋았다. 아내는 그 냄새를 유독 싫어했다. 그래서 나는 술을 마셔도 막걸리는 절대 마시지 않았었다. 그러나 지금은 사정이 달랐다. 거저 두세 번쯤 육신을 혹사시킨다는 각오로 막걸리를 마시고 들어와서 일부러 아내를 향해 냄새를 풍기자 내 예상보다 효과는 더 컸다.

"하이고~ 썩는다, 썩어! 이제, 죽으려고 아예 작정을 했군 그래!"

아내의 반응에 따라 나는 괜히 쓸데없는 변명을 늘어놓으면서 결국은 아내의 안방 입실을 지연시키는 대는 성공을 했다. 그러나 정작 내가 알아채지 못한 사실이 따로 있었다. 내게는 그것이 참으로 치명적이었다. 아내의 신경을 더욱 자극시키는 결과가 되고 있었으니 말이다.

10. 결투

　내가 서두에서도 밝힌 바 있거니와 인공지능에 대한 상식이 부족하다는 사실을 감추고자 하는 생각은 추호도 없다. 나도 이미 노년의 (적지 않은) 나이에 접어들었으므로 그깟 인공지능의 신기술을 좀 모른다고 해서 사회생활을 하는 데 지장이 있는 것도 아니요, 특별히 문제가 될 일은 전혀 없기 때문이다. 젊은 사람들이 내 말을 듣는다면, 늙은 사람의 변명쯤으로 오해할지도 모르겠으나 (치열한 생존경쟁의 현장에서 은퇴한) 나이 든 사람으로서의 여유로움으로 이해해 주면 될 일이다. 그렇다고, 인생의 패배자쯤으로 오해를 하는 일이 있어서는 결코 안 되겠다. 나도 젊은 시절에는 치열한 생존경쟁의 산업현장에서 살아남기 위해 물불을 안 가리고 투쟁해 왔기 때문이다. 정말로 열심히 살아왔다고 자부할 수 있다. 어째서 내가 이런 쓸데없는 사설을 늘어놓느냐 하면, 지금 내가 깡통지옥이라고 하는 허무맹랑한 일에 인생을 낭비하고 있는 것은 아닌지. 그것을 돌이켜 보고자 해서 하는 말이다. 사람이 나이가 들어 늙어간다고 해서 어찌 건설적인 생각은 못 해보고 그깟 죽고 사는 일에만 매달리는 소인배냐고 할까 봐 지격지심에서 해보는 말이거니와, 그러므로 해서 나는 결코 이번 일을 세상에 알리고자 하는 일에 더 이상은 물러서 지 않겠다는 각오를 다지고자 해서 해 보는 소리이다.

"까짓거. 미친놈 취급 받고 손가락질 좀 당한다고 이대로 물러 설 수야 있나!"

사람이란 오기란 게 있는 법인데, 계란으로 바위를 치는 격이 될지라도 새로운 각오를 다져나가 보기로 했다. 그래서 내가 가 장 신뢰하는 한 분을 머리에 떠올렸다. 전직 대학 교수로 정년퇴 직을 하여 시골 소도시에 낙향하여 살고 계시는 분이신데, 일단 은 한번 찾아가서 눈치를 살펴보기로 했다.

"그동안 좀 소원하게 지낸 것이 마음에 걸리기는 하나…"

직접 만나서 사죄도 할 겸, 변명도 좀 하고, 기회를 보아 고민 거리를 한번 털어놓아 볼 생각이었다. 그리하여 미리부터 계획 을 세운 뒤에 아침 일찍 집을 나섰다. 연락은 그곳에 도착해서 전화를 해보면 될 일이었다.

게다가, 교수님이 낙향을 하신 지 처음으로 찾아뵙는 길인지 라 하루 만에 돌아오게 될지, 여러 날이 걸릴지도 장담을 할 수 없는 원행길이었다.

"중앙선 열차를 이용해야 된다고 했었지 아마…?"

그것이 참으로 복잡하기만 했다. 버스를 타고 경인선 전철 역 사까지 나간 뒤 전철로 다시 환승을 하여 열차를 이용해야 하는 일이기 때문이었다.

"그런데 약속도 없이 이렇게 무조건 찾아가는 것이 실례가 안 될는지 몰라…?"

중앙선 열차에 몸을 싣고 나서야 그것이 마음에 걸렸다.

"그래! 지금이라도 한번 연락을 해 보면 되지 뭐!"

그분께서 반가이 전화를 받아주었다. 참으로 오랜만이었다. 벌써 1년도 넘게 연락을 못 해본 사이였다. 그랬는데, 아니나 다를까. 그만 문제가 생기고야 말았다. 지금 승용차로 서울에 가는 길인데, 아마도 한 이삼 일은 걸릴 것이라는 얘기였다.

"워낙에 마당발이라 집 안에만 붙어있을 분이 아니란 건 짐작했었지만 이삼 일씩이나 볼일을 봐야 하다니….

나는 결코 입맛이 쓰지 않을 수 없었다. 낯선 곳에 가서 며칠씩이나 머물러 있을 수도 없고, 그렇다고 볼일이 있어서 상경하는 분을 중도에서 붙들고 한가하게 지옥타령이나 하고 있을 수도 없고….

"이럴 줄 알았다니까 글쎄! 귀신들이 어째서 내 일에 훼방을 안 놓고, 순순하게 일이 잘 풀려간다 싶었다니까는…"

나는 그만 안부전화 한 번 한 것으로 변명을 하고, 중도에서 하차하여 되돌아올 수밖에 없었다. 그러면서도 이것이 귀신들의 농간이란 생각이 들어 더 이상의 다른 계획 같은 것은 생각해볼 정신조차 없었다.

"내가 지인들의 도움을 받아 깡통지옥의 실체를 세상에 알리고자 한 사실을 귀신놈들이 벌써 알아챘단 말이지…?!"

귀신들은 충분히 그럴 수도 있음인 것이다. 그것들이 비록 내 마음속은 들여다볼 수 없다고 할지라도 내 행적만은 살펴볼 수 있을 것이기에 내 의도만은 알아챌 수가 있음이 아니겠는가.

"이것이 결국 귀신들의 농간 때문이라고 한다면…?"

앞으로는 또 무슨 일이 더 생길지도 알 수 없을 일이었다.

"깡통지옥이, 인간세상에 알려진다고 해서 제놈들 낚시하는 일에 방해가 될 일도 아니고, 인간들이 결코 귀신들과 맞설 능력이 있는 것도 아닐진데…"

그런데 가만히 생각해 보니 내 생각이 틀릴 수도 있을 일이긴 했다. 행여 인간들이 단합을 해서 인공지능을 이용한 기술을 아예 막아버릴 수도 있을 일이기 때문이다. 깡통지옥의 실체를 인간들이 알게 된다면 말이다. 물론, 그렇게 되면 더 심각한 문제가 야기될 확률이 없는 것도 아니긴 했다. 귀신들이 아예 인간세상에 나타나서, 인간들을 지배하고 조종하며, 인공지능 괴물들을 대량으로 양산하는 최악의 사태도 생각해보지 않을 수 없음이기 때문이다.

어쨌거나, 나는 교수님을 만나겠다는 생각을 잠시 접어두기로 했다. 깡통귀신들이 내 생각과 계획을 눈치챘다고 믿게 된 이상, 일단은 계획을 중단할 필요가 있음인 것이다. 귀신들의 방해공작이 두려워서이다. 그랬기에 교수님을 만나겠다는 생각 자체를 아예 포기한 채 발걸음을 되돌리고 있었던 것이었다.

"젠장할! 내가 무슨 역적질을 하겠다는 것도 아니고 하나님을 속이자는 것도 아닌데, 기껏 깡통 폐품의 쓰레기 귀신들에게 겁을 집어먹고 계획을 바꿔야 하다니…."

허탈감에 사로잡혀 참으로 기분이 개떡 같았다. 인간 망신은 내가 시키고 있는 것이 아닌가 하는 자괴감이 내 심정을 비참하게 만들고 있었던 것이다. 중앙선 열차에서 중도에 하차하여, 상행선 열차를 갈아타는 일은 참으로 짜증 나는 일이었다. 미리 연락만 해 봤더라면 안 해도 될 헛고생을 자초한 셈이기 때문이었다.

그리하여 한나절이 넘게 걸려서야 서울로 되돌아와 개찰구를 빠져나오는데 이렇게나 허탈하고 입맛이 씁쓸할 수가 없었다. 정말이지 울고 싶은 심정이었다

그랬는데 바로 이때였다. 저~ 앞쪽에서 왠 여인이 나를 향해 손을 흔들며 인사를 해오고 있었다.

(미쳤나 보네! 지깟 게 나를 기다리기라도 했다는 말인가? 지가 뭐라고…)

하다 말고 나는 눈을 의심했다. 깡통지옥에 있어야 할 바로 그녀였다. 내 여자친구 경옥이 말이다.

(저게 그럼 귀신이란 말인가? 아니면 어제 마신 술이 덜 깬 건가?)

하다 말고 나는 정신이 번쩍 들었다. 깡통지옥에 있던 그녀는 그림자를 뒤집어쓰고 있는 정신줄이요, 지금 내 눈앞에 있는 이 여인이 바로 그녀의 등신 "즉" 육신이란 사실을 깨달았기 때문이었다. 그렇다면 정신줄도 없는 그녀가 어째서 나를 알아볼 수 있는 것이며 또 이런 곳에서 나를 기다리고 있었던 것인지 의문이 아닐 수 없었다.

(그곳에 있는 정신줄마저도 나를 알아보지 못했었는데…? 그렇다면 저 여자도 나처럼 그곳에서 정신줄이 되돌아나왔다는 말인가?)

아무래도 그런 듯싶어 보였다. 그러나 다시 한번 돌이켜 생각해보니 그것은 말도 안 되는 일이었다. 그녀의 정신줄이 나를 못 알아보는 것은 이미 육신과의 결합이 이루어질 수 없게 되어서

(귀신이나 다름없는 지경이 되어) 인간세상에서의 기억력이 사라지게 된 것이라 했었다. 선배가 내게 그 사정을 설명해 주었던 것이다.

(그렇다면 이미 친구의 등신(육신)도 지금쯤 병원이나 요양원 같은 곳에서 반송장이 다 되어가고 있다는 뜻인데….)

어째서 저렇듯 멀쩡하게 완치가 되어 나를 기다리고 있었다는 말인가. 게다가, 또 나랑은 언제 약속이나 했다는 것인지. 그게 모두가 의문이기만 했던 것이다. 다음 순간 나는 편뜻 깨닫는 바가 있었다.

(옳거니, 이제 알았다. 깡통 귀신들의 장난이로구나!)

그것은 내가 아니라 삼척동자라도 깨달을 수 있을 일이었다. 이것으로 미루어 교수님과의 만남도 귀신들이 훼방을 놓은 것이라 짐작하여 알아챌 수가 있을 일이다. 귀신들이 저희들 스스로는 인간세상을 활개치고 다닐 수 없으니까 내 여자친구를 이용하여 나에게 수작을 걸어오고 있다는 사실을 말이다.

(그게, 그렇게 된 것이란 말이지 시방?!)

그래서 나도 귀신을 속여주겠다며 시치미를 떼고 얼굴을 옆으로 돌려 딴청을 피우는데 등 뒤에서 웬 남자의 목소리가 들려왔다.

"으응, 그래, 잘 있었어? 여기까진 마중을 안 나와도 되는데 원…"

나는 그만 발을 멈춘 채 그 자리에서 몸이 꽁꽁 얼어붙고 말았다.

(이게 뭐야? 그럼, 나를 마중 나온 게 아니잖아 시방?!)

아마도 그런 듯싶어 보였다. 내 바로 등 뒤에서 노년의 한 남자가 성큼성큼 내 곁을 지나쳐 여자친구에게 다가가고 있었다. 나는 그만 닭 쫓던 강아지 꼴이 되고 말았다.

(저런 개자식을 보았나…! 저게 갑자기 어디서 나타나설랑…)

남의 데이트를 훼방놓는가 싶어 내 눈꼬리가 잔뜩 치켜져 오르는데 그들은 서로가 남의 눈도 의식하지 않은 채, 격렬한 포옹으로 내 심기를 잔뜩 거스르고 있었다. 나이도 먹을 만큼 먹은 것들이 참으로 눈꼴 시려 못 봐줄 지경이었다.

그러나 사실 따지고 보면 내가 눈꼴 시릴 일은 아니었다. 게다가, 그 남자가 내 데이트를 훼방 놓은 것도 아니었다. 그들이 서로 부부 사이라고 한다면 응당 있을 수 있는 일이었다. 문제는 바로 나 자신이었다.

자칫, 그녀에게 아는 체를 했다가 혼찌검이 날 사람은 바로 나 자신인 것이다.

(흐이그~ 바보! 정신 차려 이 못난 놈아!)

나는 내 자신을 호되게 질책했다. 그 남자가 내 존재를 알아볼까 봐 줄행랑을 쳐도 모자랄 판에, 그들의 애정행각에 질투를 느끼고 있는 내 자신이 너무도 뻔뻔스럽고 한심스럽게 느껴졌던 것이었다. 그리하여 나는 행여라도 그녀가 내 존재를 알아보고 인사를 해올까 봐 스스로 주눅이 들어 급히 몸을 피하려다 말고 고개를 갸웃했다.

"저게 그럼 서울에서 살고 있었다는 말인가?"

그거야 충분히 그럴 수도 있을 일이었다. 남편이 직장을 서울로 옮겨서 남편을 따라 이사를 왔을 수도 있을 일이요, 혹은 남편이 죽었거나 이혼이라도 했다면 서울사람이랑 재혼을 해서 올라왔을 수도 있음인 것이다. 벌써 십여 년의 세월이 흘렀으니 그녀의 사정이야 내가 어찌 알 수가 있겠는가. 그런데 문제는 그녀가 너무도 멀쩡하다는 사실이었다.

"저렇게 멀쩡하다면 당연히 내 모습도 알아보았을 텐데…?"

뒤쪽에서 걸어오는 자기 남편은 알아보고, 앞쪽에서 걸어가는 나는 못 알아보다니 그게 말이 되느냐 이런 얘기다. 서로의 형편상 오랜 세월을 헤어져 살기는 했지만, 내가 그녀의 얼굴을 잊지 못하듯 그녀 또한 내 얼굴을 잊지 못하고 있을 것임을 나는 잘 알고 있기 때문이다. 우리는 서로가 죽을 때까지 얼굴은 잊지 말자고 약속을 한 사이가 아니었든가. 아무리 그렇더라도 오늘만큼은 내가 그녀를 아는 체할 수가 없었다. 그들의 너무도 다정스런 모습에 찬물을 끼얹고 싶은 생각이 없었기 때문이다. 그럼에도 불구하고 무의식적으로 그들에게 시선이 가는 것은 어쩔 수 없었다. 그랬는데, 다음 순간 나는 고개를 갸웃했다.

(저건 또 뭔 상황이라냐…?)

그들 두 사람 사이에 한 남자가 끼어들어 (노발대발) 미쳐서 발광을 해제끼는데, 나는 도저히 발길을 돌릴 수가 없었다. 아마도 그들 앞을 지나치던 행인이 그들의 애정행각에 끼어들어 야단을 쳐제끼고 있는 것임이 분명해 보였다. 백주대낮에 나이 꽤나 들어가지고 젊은 사람들 보기 창피하지도 않느냐고 말이다.

"허긴, 그럴 만도 하긴 하지만, 그렇다고 지가 뭔데…?!"

혹여라도 여자친구에게 행패라도 부릴까 하여(내가 끼어들어야 하나, 말아야 하나) 망설이고 있는데 아니나 다를까, 늙은 사람들끼리 나잇값도 못 하고 드디어 몸싸움이 벌어지고 있었다.

"쯧쯧쯧! 나잇값도 못 하고 저게 뭔 추태냐 글쎄…"

이럴 때는 내가 나서서 점잖게 타일러 싸움을 말려줄 필요성
이 있는 일이었다. 여자친구에게 점수를 딸 수 있는 절호의 기회
인 셈이었다.

"어허― 거참, 점잖으신 분들이 왜들 저러실꼬…?"

미리부터 목에 잔뜩 힘을 준 채 발걸음을 옮기는데, 다음 순간
그들이 또다시 나를 어리둥절하게 만들고 있었다.

"가자, 가! 그기 가서 결단을 내자 까짓거!"

"그래, 결단을 내자. 결단을 내!"

그들은 도대체 무슨 결단을 내겠다는 것인지. 내가 가까이 가
기도 전에 서둘러 대합실을 빠져나가는데. 친구가 그 뒤를 (쫄
쫄~) 따르고 있었다. 아마도 파출소로 가기로 한 것임이 분명해
보였다.

(어리석은 사람들 같으니…. 그게 어디 파출소로 가서 해결할
일이야? 조금만 더 기다렸으면 내가 해결해 줬을 일을 갖고…!)

그렇다고 내가 쫓아가서(파출소로 갈 것 없이 내가 해결해 주
겠다) 하고 나설 수도 없고 하여 발길을 돌리려는데 그 낌새를
알아차리기라도 했다는 듯 마침내 멱살잡이가 벌어지고 있었다.
파출소까지 가기도 전에 감정들이 격하여 주먹다짐이 벌어지게
된 것임이 분명했다.

(허어― 참, 왜들 저러나 글쎄, 별일도 아닌 걸 갖고…!)

그래서 돌리려던 발걸음을 다시 돌려 싸움을 말리려 가려는
데, 그들이 또 그랬다.

"그래, 가자! 오늘은 내가 아예 사생결단을 내 주고 말테니까!"

"그것은 내가 바라던 바이다. 이번에는 절대로 딴소리하기 없기다? 남자답게 분명히 약속을 하란 말이야. 알아들었나?!"

"그래, 좋다! 너나 딴소리하지 말거라."

"아무려믄! 오늘은 내가 네놈을 아예… 아예… 아예…"

나는 그만 답답해서 견딜 수가 없었다. 네놈을 아예 죽이겠다는 것인지 살리겠다는 것인지, 말 끝을 마무리는 하지 않고 되풀이하는 것이 정말이지 마음에 들지를 않았던 것이었다.

(저런 바보 멍청이들 같으니…. 그게 뭐가 어려운 말이라고, 짧은 밤에 물레만 돌리려나…?!)

그러나 어찌하겠는가. 당장에 달려가서 싸움을 부추길 수도 없고, 하던 말을 마저 해보라며 닦달을 해댈 수도 없는 일이니 말이다.

그랬는데 그들이 또다시 발걸음을 떼어놓기 시작했다. 아마도 파출소로 갈 것이냐 경찰서로 갈 것이냐 하는 것이 결정이 지어진 모양이었다.

(빌어먹을 것들 같으니…. 지네들끼리만 합의를 하면 끝났다는 것이야? 그런 일은 나도 알아듣게 큰 소리로 말을 해야지!)

그러나 문제는, 내가 그들을 계속 뒤따라가느냐 마느냐였다. 괜히 별다른 볼일도 없이 그들을 무작정 뒤따라갈 수도 없고, 그렇다고 여자친구가 궁금하여 그냥 발길을 돌릴 수도 없고, 참으로 갈등이 아닐 수 없었다. 그러나 결국은 여자친구의 뒤를 따라가 보기로 했다.

"그런데 저것이 지금쯤은 나를 알아보고도 남았을 텐데 어째서 계속 모른 체를 하는 것일까…?"

어찌 된 일인지, 그녀는 나를 한 번도 뒤돌아보지 않고 있었다. 그것이 아마도 의도된 행동이 아닐까 하는 생각이 들기도 했다. 진즉부터 나를 알아보고 있으면서 일부러 모른 체하는 것이 아닌가 하는 생각이 들었던 것이다. 그것은 충분히 그럴 수도 있을 일이었다. 자신의 남편 앞에서 내게 인사를 해 온다는 것이 마음에 내키지는 않을 수도 있을 일이기 때문이었다.

그들이 드디어 사이좋게 택시를 잡아타고 있었다.

"어라? 그렇다면 저들은, 오늘 처음 만난 사이가 아니라는 뜻인데…?"

나도 무조건 택시를 잡아탔다. 바로 뒤따르는 빈 택시가 있었기 때문이었다. 그러면서도 내가 왜 이렇게 해야만 하나 하는 생각이 들기도 했다. 어쩌면 내가 여자친구에게 넋이 빠져 있는 것은 아닌지 모를 일이었다.

"까짓거, 시간도 많은데, 재미 삼아 한번 뒤따라가 보지 뭐."

어쩌면 이것이 기회인지도 모를 일이었다. 여자친구와 다시 만날 수 있는 기회 말이다. 그러면서도 또 한편으로는 이상한 생각이 들기도 했다. 인공지능 귀신들이 여자친구를 이용하여 나를 어디론가 유인해 가고 있는 것은 아닌가 하는 생각 말이다. 사실은 그것 때문에 호기심이 더 생긴 것만은 분명한 일이기도 했다.

"그래그래! 그것들이 진즉부터 나와 친구의 관계를 알아채고 그걸 이용하는 것이라면, 이제부터라도 모른 체하고 속아주는 수밖에…"

그들이 한강 둔치 쪽으로 방향을 잡아 달렸다. 결코, 파출소나 경찰서로 가는 것이 아니었다.

"그래 맞아, 나를 유인하는 거!"

택시기사가 의심스런 눈초리로 나를 바라보며 대꾸를 해왔다.

"예? 손님을 유인하다니, 앞서가는 택시가 말이에요?"

그 질문에 그만 나도 모르게 웃음보가 터지고 말았다.

"킬킬킬…. 택시가 어찌 유인을 해요? 그 안에 탄 사람들이 말이지요. 킬킬킬~"

"아, 예. 그렇군요. 그럼 불량스런 사람들인가요?"

그게 그러니까, 내 대답에 따라 경찰서에 신고라도 해주겠다는 의도로 들리기도 했다. 그래서 내가 말했다.

"불량스런 사람들이라면 내가 이렇게 뒤따라 가겠습니까? 벌써 경찰서에 신고를 했지! 사실은 그 반대니까 내가 이렇게 살그머니 뒤따라 가는 것이지요!"

대답을 해놓고 보니 왠지 그게 이상했다. 내가 마치 나쁜 의도를 가지고 누군가를 살그머니 미행하는 것처럼 들렸을 수도 있을 일이기 때문이었다. 그렇다고 변명을 하기에는 시간이 부족했다. 앞서가던 택시가 갑자기 멈춰 서고 있었기 때문이었다.

"나도 저- 앞쪽에 가서 내려주세요."

택시기사는 다행스럽게도 내 문제에 더 이상 끼어들지 않았다. 내가 바람난 마누라를 미행하는 것쯤으로 이해했는지도 모를 일이었다. 그래서 입막음이라도 하려는 듯, 택시비에 웃돈을 더 얹어주고 내렸다. 택시기사는 속으로 그랬을 것이다. (마누라

단속 잘하시요)라고 말이다.

그러나 내게는 그깟 것이 문제가 될 리 없었다. 여자친구를 앞세운 두 사람의 남자들이 둔치 쪽으로 재빠르게 이동을 해 갔기 때문이었다. 그 행동으로 보아 두 사람이 황야의 결투라도 벌일 것으로 짐작되어졌다.

"킬킬킬~ 여자를 서로 차지하기 위해서 결투를 벌인다는 말이지? 그렇거든 어디 한번 실컷 치고받아 보거라. 구경 좀 해보게!"

정말이지 기대가 되었다. 그렇다면 저들이 서로 어떤 관계인지 그것이 의문이 아닐 수 없었다. 설마 남편이 아내의 애인이랑 맞짱을 뜨겠다며 이런 곳으로 달려왔을 리는 없을 일이기 때문이었다.

"그렇다면 저들 두 사람 모두 친구의 애인들이란 말인가?"

그래서 애인을 서로 차지하기 위해 결투라도 벌이겠다는 것인지 정녕 알 길이 없었다.

"그렇다면야 나도 기회를 봐서 얼굴을 내밀어야지. 나는 어디 애인이 아닌가? 제놈들보다 내가 먼전데…!"

그렇다고, 기득권을 주장할 자격이 있는 것도 아니고 보면 문제는 바로 결투였다. 삼각관계가 되든 사각관계가 되든 결투에 끼어들어 그녀에게 남자다운 면모를 보여주는 것이 승부의 요지가 아니겠는가 말이다.

(이거 오늘 힘자랑 좀 하게 생겼구먼…. 그, 그런데 이건 좀 아니잖아? 저들끼리 실컷 싸워서 기운이 다 빠진 뒤에 내가 나서서 상대를 한다면 그것은 체면을 세울 일이 아니잖는가 말야!)

그랬다. 그래서 아예 처음부터 도전장을 내밀어 그들을 상대해야겠다는 생각이 들었다. 그렇게 되면 여자친구도 나를 외면하지는 못할 것이기 때문이었다.

"까짓거, 죽기 아니면 까무러치기지 뭐. 저들이 운동을 얼마나 했는지는 모르겠지만…"

싸움이라면 내게도 자신이 있었다. 그들이 유도나 태권도 같은 운동을 했다면 모를까. 그것이 아니라면 여자친구를 쟁취(?)하기 위해서 저들 앞에 못 나설 이유가 없었다. 젊은 시절, 주먹 꽤나 단련을 시키면서 파출소를 들락거리던 내가 아니었던가 말이다. 그렇다면 이렇게 망설이고만 있을 이유가 없질 않은가.

그랬는데, 내가 그들에게 다가가기도 전에 그들은 벌써 주먹다짐이 벌어지고 있었다. 역시나 내 예상은 모두 적중을 했다. 그들이 이곳으로 온 이유가 주먹으로 승부를 내겠다는 의도였던 것이 분명했던 것이다.

"에고야- 벌써부터 저러면 안 되는데…!"

그래서 내가 마악 그들에게 달려가려는데 문제는 바로 여자친구였다. 친구가 두 남자의 결투를 못마땅하게 생각했던지 혼자서 악다구니를 써제끼더니 그만 강물 쪽을 향해서 내달리기 시작하는 것이었다. 그럼에도 두 사내는 서로 치고받는 데만 정신이 팔려 여자(친구)의 행동에는 아예 정신 쓸 겨를이 없어 보였다.

"안 되지! 그건 안 되지-!"

다급해진 것은 바로 나 자신이었다. 싸움이고 뭐고. 일단은 친구의 행동부터 제지하고 나서 볼 일이었다. 천하에 바보 같은 놈들이 여자의 동의도 없이 싸움부터 벌이고 있다니 그게 어디 말이나 되겠는가 말이다.

146

11. 귀신들의 유혹

내 여자친구가 강물을 향해 달려가고 있는데도 그녀의 행동을 저지시켜줄 사람은 아무도 없었다. 나 말고는 말이다. 주위에는 산책 나온 사람 하나 눈에 띄질 않았던 것이다.

"저건 아닌데, 아닌데…"

드디어 그녀가 강물 위로 몸을 날렸다. 나는 더 이상 그녀를 구해야겠다는 생각 외에 다른 것은 그 어떤 생각도 머리에 떠오르지를 않았다.

그녀를 뒤따라 나도 물속으로 뛰어들었다. 그러나 그것은 어리석은 행동이었다. 강물이 얼마나 깊은지도 모르면서 신발을 신은 채로 물속에 뛰어든다는 것은 거의 자살행위나 마찬가지이기 때문이었다. 내 처지로서는 그랬다.

나는 사실 수영을 잘 하지 못했다. 어린 시절 강가에서 개수영은 조금 배워서 할 줄 알아도 물에 빠진 사람을 구해낼 만큼의 수영실력은 되질 못했다. 게다가, 성인이 된 이후로는 단 한 번도 수영을 해본 일이 없었다. 그럼에도 여자친구를 구하겠다는 생각만으로 무조건 물속으로 뛰어들고 본 것인데, 물이 그렇게나 깊을 줄 미처 몰랐던 것이었다.

물론, 내가 물속으로 뛰어든 것이 무모한 짓이었다고는 하지만 사실은 내가 속임수에 당한 것이었다. 옷을 입은 채로 구두까지 신고서는 개수영도 잘 되질 않았을 뿐 아니라, 그것보다도 더 기가 막힐 사실은 바로 눈속임이었다. 처음, 여자친구가 물속으로 뛰어들었을 때 강물의 깊이는 그녀의 허리춤밖에 되질 않았었다. 그랬기에 친구는 더 깊은 물 속으로 들어가기 위해 온몸을 휘저으며 안쪽으로 걸어들어가고 있던 참이었다. 그래서 내가 주저 없이 물속으로 뛰어든 원인이 거기에 있었다. 그랬는데 내가 물속으로 뛰어들고 나서야 (아차) 했다. 강물의 깊이가 내 키를 훨씬 넘어서고 있었기 때문이었다.

　(에고야~ 강물이 어째서 이렇게 깊은 것이더냐….)

　더 이상은 아무것도 생각할 겨를이 없었다. 우선 먼저 나부터 살고 봐야 할 일이기 때문이었다. 그러나 몸을 움직이기가 무척 불편했다.

　(이러다가 물귀신이 되는 건 아닌지 모르겠네-!)

　순간적으로 "더럭" 겁이 났다. 귀신들의 유혹이었단 사실이 순간적으로 깨달아졌던 것이었다. 그 사실을 깨닫고 나자 더욱 더 살고 싶다는 의지가 용솟음쳤다.

　(안 되지! 내가 이대로 죽을 수야 있나!)

　팔다리를 허우적거리던 행동을 중단하고 강바닥 아래로 내려섰다. 어린 시절의 기억이 되살아났던 것이었다. 그리하여 모래바닥을 박차며 몸을 솟구쳐 수면 위로 얼굴을 내밀면서 숨부터 쉬고 봤다. 그리하여 최후의 순간만은 모면하게 된 셈이었다. 어린 시절의 경험 덕분이었다. 그리고는 사력을 다하여 팔다리를 휘저었다. 이것이 바로 개수영인 것이다. 그러나 개수영을 하는데도 옷과 신발이 문제였다. 그것이 팔다리를 휘젓는 데 엄청 방해가 되었기 때문이었다. (양복 상의만이라도 벗어놓고 물속으로 뛰어들걸-) 하는 후회가 생겼으나 더 이상 다른 방법은 없었다.

(기회를 봐서 상의만이라도 벗어버려야겠다-)

그러나 그렇게 생각은 하면서도 그것이 생각대로 잘 되지가 않았다. 수영실력이 조금만 있었어도 상의를 벗는 것이야 쉬울 일이겠지만 신발까지 신은 상태에서는 그것조차 쉬운 일이 아니었던 것이다. 얼굴이 물속으로 잠기게 되면 두 번 다시 숨을 쉴 수가 없을 일이기 때문이었다. 그래서 나는 상의도 벗지 못한 채 열심히 팔다리를 휘저으며 조금씩 조금씩 아래쪽으로 떠내려갔다. 그 덕분에, 강둑 시멘트 법면에 손이 닿았다. 그런데 그것이 문제였다. 법면이 미끄러워서 둔치 위로 올라가기는커녕 몸을 고정시킬 수조차 없었던 것이었다.

(개자식들이 손잡이도 안 만들어놓고 블록을 설치해 놓으면 물에 빠진 사람은 어쩌란 거야 시방…?!)

나는 정말 엄청 화가 났다. 화가 났다기보다는 약이 올랐다. 나처럼 물에 빠진 사람들은 물에서 나가지 말고 그냥 빠져 죽으라는 것이나 마찬가지이니 어찌 약이 오르지 않을 수 있을 일이겠는가.

(빌어먹을 씨키들아, 누군 뭐 빠지고 싶어 빠졌냐?! 이러다가, 정말로 죽는 건 아닌지 모르겠네…!)

나는 엄청 살고 싶었다. 두려웠다. 내가 얼마나 더 버틸 수 있을지는 모르겠지만 죽는다는 것이 정말로 두려웠다. 천하에 못된 놈들이 시민들을 위해 강변을 정비한다면서(오히려 살인을 유도하기 위하여) 이렇듯 몹쓸 짓을 저질러 놓았으니 내가 어찌 분통을 터뜨리지 않을 수 있을 일이겠는가 말이다. 지금이라도 산책객들이 나타나서 내 목숨을 구해 준다면 오죽이나 고마울 일일까마는 아무래도 그런 기대는 하지 않는 것이 좋을 듯싶어 보였다. 계속해서 둔치 쪽을 올려다보고 또 올려다보아도 산책객들의 모습은 눈에 띄질 않았기 때문이었다.

(제발 좀 나타나거라, 나타나거라, 나타나거라…)

나는 산책객들이 나타나기만을 간절히 기도했다. 오직 내가 살아날 수 있는 방법은 그 방법밖에 없었으니 말이다. 사실 나는 이때 너무 지쳐 있었고 정신이 없었다. 주변을 잘 살펴 물속에서 빠져나갈 방법을 전혀 생각해보지 못했던 것이다.

그랬는데, 내 기도는 역시 효험이 있었다. 내가 워낙 간절하게 기도를 한 탓인지는 몰라도 산책객이 드디어 모습을 나타냈던 것이다. 코흘리개 꼬맹이였다. 꼬맹이가 자전거를 타고 놀다가 나를 발견했던지 자전거를 멈추고는 허리를 굽혀 내게 물었다.

"할아버지, 그기서 뭐 하세요? 수영하세요?"

나는 엄청 실망을 했다. 녀석이 내게 질문을 해오는 모양새로 보아 네댓 살도 채 안 된 코흘리개임을 어찌 깨달아 모를 일이겠는가. 그나마도 내게는 그녀석이 희망이었다. 그래서 간신히 소리를 질러댔다.

"할아버지… 죽는다… 어른 좀… 불러와―"

녀석이 다행스럽게도 그 말은 알아듣는 듯했다.

"으응! 알았어. 할아버지… 불러올게!"

할아버지란 말이 저네 할아버지를 말하는 것인지 나를 말하는 것인지는 분명하지 않았지만 좌우지간 불러오겠다는 말만은 분명하게 알아들을 수가 있었다. 희망의 끈을 되찾는 데는 그것만으로도 충분했던 것이다. 한강에서 수영이 금지돼 있다는 것은 나도 잘 알고 있었기에 꼬맹이 녀석의 말을 어른들이 이해하는 데는 별로 어려움이 없을 것이라 여겨졌기 때문이었다. 물론, 녀석이 너무도 어려보이는 탓에 약간은 걱정이 없는 것도 아니긴 했으나 그래도 산책객들의 발길이 뜸한 이곳까지 자전거를 타고 온 것을 보면 분명 젖먹이만은 면했을 것이란 것이 내 생각이었다. 내가 희망을 갖게 되는 이유였던 것이다.

"그래그래. 꼬맹이가 아무리 어리다 해도 사람이 강물에서 수영을 한다는데 안 와볼 사람이 있을까! 그나저나 내 친구는…?"

그제서야 나도 친구 생각이 머리에 떠올랐다. 천천히 물결에 휩쓸려 떠내려가면서도 주위를 살펴보았다. 그러나 친구의 모습은 흔적도 찾아볼 수 없었다. 게다가 또다시 (펀듯) 생각나는 것이 하나 있었다. 여자친구를 사이에 두고 다툼을 벌였던 그 사내들이었다.

(사람이 둘씩이나 물에 빠졌는데도 코빼기도 안 비친다…?)

비로소 나는 그들에게 의심이 가기 시작했다. 그들이 인간이라고 한다면 이럴 수는 없을 일이었다. 사람이 물에 빠져 죽을 수도 있다는 사실을 뻔히 알면서도 그것을 외면한 채 주먹다짐이나 하고 있다는 것이 말이 될 일인가 말이다. 특히나 물에 빠진 여자 때문에 주먹다짐을 하고 있다면 말이다.

(처음부터 뭔가 수상쩍기는 했지만… 그렇다면 설마…?)

이 모든 게 나를 물속에 빠트려 죽이려는 속임수가 아니었나 하는 생각이 이때가 되어서야 비로소 되살아났던 것이었다. 그것이 아무래도 그런 듯싶어 보였다.

(제발, 그랬으면 좋으련만…)

그게 아니라면 여자친구는 결국 물귀신이 되고 말았을 것임에 나는 결코 그것을 원치 않았다. 내가 사람들의 도움을 받지 못하여 물귀신이 되는 한이 있다 할지라도 여자친구가 물귀신이 되는 것만은 내가 원하는 것이 아니었던 것이다. 그녀가 비록 개목걸이의 신세라고 할지라도 말이다. 이제는 그까짓 반편이냐 아니냐가 문제가 아니었다.

(그래그래! 모든 것이 귀신들의 농간임이 분명해. 그렇지 않고서야…)

여자친구가 물에 빠져 죽을 일이 뭐가 있으며 두 놈의 사내들이 여자의 죽음에 그렇듯 태무심할 수는 없음인 것이다.

그리하여 나는 여자친구에 대한 생각을 머리에서 떨쳐버리기로 했다. 그것이 결코 내가 바라는 바가 아니기도 하거니와 지금 나는 살아남기 위한 몸부림만으로도 친구의 생각을 떨쳐버릴 수밖에 없었다. 블록 법면에 달라붙어 몸이 떠내려가는 것을 최대한 방지하면서 힘 조절에 들어가야만 했다. 꼬맹이의 도움으로 어른들이 달려와서 나를 구출해 줄 때까지 얼마나 시간이 더 걸릴지 모를 일이기에 체력을 최대한 안배시켜 장기전에 대비를 해야만 했던 것이다.

이때, 저- 멀리서 꼬맹이의 목소리가 들려왔다.

"저기예요. 저기! 할아버지가 저기에서 수영을 해요-!"

그 목소리를 듣는 순간 나는 깨달았다. 이제는 내가 사람들의 구원을 받아 살아날 수도 있겠구나 하는 깨달음 말이다. 게다가, 꼬맹이란 녀석이 마치 어린 천사처럼 느껴지기도 했다.

(그래 맞아! 저 녀석은 분명 어린 천사일 것이야. 나를 구원하기 위해서 하늘에서 내려보내 준 어린 천사!)

사람들이 몰려왔다. 사람들이 멀리서 내 모습을 발견하고 급하게 달려왔으나 그 시간이 참으로 길게만 느껴졌다. 그러나 아무리 그 시간이 길고 지루하다 할지라도 결코 희망을 잃을 수는 없었다.

그리고 드디어 구명줄이 내려왔다. 정녕, 목숨을 구하는 구명줄이었다. 그것이 내게는 하나님의 은혜만큼이나 고마웠다. 이때의 내 심정은 오로지 세상만사가 모두 고맙고 감사하다는 사실뿐이었다.

나는 이렇게 또 한 번 목숨을 구명 받을 수가 있었다. 염라대왕으로부터 살아올 때는 이런 감정을 가질 수 있는 시간이 없었다. 그래서 그 기분을 잘 느끼지 못했었다. 그러나, 오늘은 달랐다. 충분히 시간을 두고 (죽음 직전에 살아 돌아온) 기쁨을 느낄수가 있었던 것이다.

그래서, 주위에 있는 구경하는 사람들에게까지도 고맙고 감사하다는 말을 아끼지 않았다. 그러면서도 강물 위와 둔치 위를 살펴보면서 열심히 친구와 사내들을 찾아보았다. 그러나, 그들의 모습은 흔적도 찾을 수가 없었다. 그래서 꼬맹이에게 물었다.

"우리 착하고 똑똑한 왕자님? 아까 혹시 저쪽에서 싸우고 있던 어른들 못 봤니. 으이?!"

녀석이 내게 대꾸를 해오며 다시 물었다.

"못 봤어요. 아깐 아무도 없었는데요? 그런데 할아버지? 수영은 왜 옷을 입고 하세요. 예?"

내가 대꾸를 해주었다.

"저쪽에서 어른들이 싸우고 있길래 그거 구경하다가 발을 헛디뎌서 물에 빠진 것이야. 그런데 정말로 그 사람들 못 본거냐?"

"정말로 못 봤어요. 할부지는 옷을 입고 물에 빠져도 엄마한테 야단 안 맞으세요?"

꼬맹이는 정말로 그것이 의문인 듯싶어 보였다. 꼬맹이 저는 분명히 저네 엄마한테 혼찌검이 났을 일이었으니 말이다. 그래서 속으로는 (나도 너네 엄마처럼 혼찌검을 낼 할망구가 있긴 하단다) 하고 대꾸를 해주고 싶었으나 천사일지도 모를 그 꼬맹이에게 그렇게까지는 헛소리를 뱉아내고 싶지가 않았던 것이었다. 게다가, 나를 구조해준 생명의 은인들이 아닌가 말이다. 그래서 내가 딴청을 떨었다.

"그 사람들이 벌써 싸움을 끝내고 되돌아갔나? 어쨌나…"

그리고는 입이 닳도록 고맙다는 인사를 남기며 그곳을 벗어나야만 했다. 그들 앞에서 물에 빠진 친구 얘기는 입도 벙긋할 수 없었던 것이다. 안 그래도 나를 의심의 눈초리로 바라보고 있는 그들 앞에서 말이다.

이곳이 바로 자살자들의 명당이란 속삭임을 내가 어찌 못 알아들었을 일이었겠는가. 그러니까, 결론적으로 말해서 나도 자살자로 간주하고 있다는 뜻이었다. 그것이 내 발걸음을 재빨리 되돌리게 하는 원인이었다. 설사, 나중에 여자친구의 시신이 물속에서 떠오르게 될지라도 말이다. 그러면서도 나는 그들의 시선이 계속 나를 뒤쫓고 있다는 사실을 깨닫지 못할 리 없었다.

(당신은 어디에 사느냐? 자살을 왜 하려고 했느냐? 자식들이 속을 썩여 그랬느냐? 부인하고 가정불화가 있었느냐? 빚을 많이 져서 그랬느냐…?)

그들의 눈빛 속에서 나는 그들이 무엇을 궁금해하는지 깨닫고도 남음이 있었다. 그래서 내게 자살 이유를 듣고 나면 귀신이 씨나락 까먹는 소리들을 늘어놓을 것임도 깨달아 짐작하여 알아차릴 일이었다.

(킬킬킬~ 내가 귀신들의 꼬임수에 걸려들었다는 사실을 알면 아마도 기절하여 나자빠질걸…?)

그들이 내가 물에 빠진 사실을 안다면 반응들이 어떨 것인지 그게 더 마음에 쓰였다. 결국은 내가 정신병자가 되어야 함일 테니 말이다. 그래서 얼렁뚱땅 현장을 벗어나기는 했으나, 내 마음은 천근만근 무겁기만 했다. 내가 물에 빠진 사실을 돌이켜 보면, 거기에는 분명 이해할 수 없는 문제점들이 참 많았다. 여자친구가 서울에 살고 있다는 사실도 이해할 수 없는 일이었으며, 당뇨합병증에 의해 시력이 좋지 않은 나도 담박에 알아볼 수 있는 가까운 거리에서 그녀가 나를 못 알아봤다는 것도 의문이며, 비록 대합실에서의 그 남자가 그녀의 남편이었다고 할지라도 그녀의 정신상태를 그때 분명하게 확인해 봤어야 했다는 사실이었다. 그녀는 황 선배보다도 더 개목걸이 신세가 되어 있었어야 할 인물이기 때문이었다.

"그래, 틀림없어! 나를 못 알아본다는 그 자체가 반쪽이라는 증거인 셈인데, 어떻게 그 남자들이랑은 그렇게도 정신이 말짱하게 행동을 할 수 있었단 말인가?…"

하물며, 애인을 사이에 두고 한강둔치로 이동을 해서 주먹다짐까지 벌였던 그들은 도대체 여자가 물에 빠져서 흔적조차 보이지 않는대도 그것은 안중에 없이 어디로 사라지고 보이지를 않는단 말이던가.

게다가, 더욱더 이해하지 못할 의문은 또 있었다. 그들이 정녕 귀신들이라고 한다면, 어찌하여 나를 한강으로 유혹해서 죽음에 빠트리려고 했느냐 하는 사실이다.

"그건 말도 안 돼! 내가 죽는다고 지깟것들한테 득될 일이 뭐가 있다고…!"

그랬다. 내 정신줄이 그곳(깡통지옥)에 가 있다면 모를까. 나는 아직 개목걸이 신세가 아닌 것이다. 알기 쉽게 말해서, 내가 지금 죽게 되면 내 정신이 영혼을 따라 영혼 세상으로 떠나게 됨으로써 그때는 지놈(귀신)들이 내 정신줄만을 나꿔채갈 수가 없음인 것이다. 그거야 또 다른 무슨 방법이 있는지는 모르겠으나 내가 알기로는 그랬다. 정신이 영혼과 함께(육신과 헤어져서) 하늘 세상으로 떠나게 되면 그때는 깡통귀신들이라 해도 속수무책일 수밖에 없다고 했기에 하는 말이다.

"그랬는데 내가 제놈들에게 무슨 대단한 위험인물이라도 된다고 내 친구의 등신까지 동원을 해서 나를 죽이려 수작을 부려?!"

물론, 내가 교수님을 끌어들이려는 일을 훼방 놓기 위해 그런 것이라면 또 모를 일이기는 하나, 그것도 말이 안 되기는 마찬가지였다. 나는 아직 교수님과 의사교환도 한번 해본 일이 없었으며, 교수님을 끌어들이게 될지 못 끌어들이게 될지는 교수님을 만나고 나서 그때 결정을 내릴 일이기 때문이다.

"귀신놈들이 지네들의 행위가 인간세상에 알려져서 더 이상은 AI귀신들이 탄생하지 않게 될까 봐 지레 겁을 집어먹고 벌인 짓인지는 모르겠지만⋯."

그것도 말이 안 되기는 마찬가지였다. 지금까지 만들어진 인공지능 괴물들의 숫자만 해도 천문학적인 숫자일 뿐만 아니라, 게다가 영원의 하늘세상에서 멸종의 두려움을 걱정해야 할 일도 아닐 것이며, 인간들의 이기심을 너무도 잘 간파해서 알고 있을 귀신들이 지레 겁을 집어먹을 일은 더더욱이나 없을 일이기 때문이다.

사람들은 원래 영혼의 하늘세상조차도 믿지 못하는 것이 사실이다. 자신이 죽어서 확인을 해보지 않았으니 믿지를 못하는 것이다. 하물며 깡통세상이라고 해서 믿기만 할 일이겠는가.

"그깟, 꾸며낸 판타지를 믿고서 인공지능의 기술 개발을 중단한 채 석기시대로 되돌아가자고⋯?"

과학자들에게 깡통지옥의 실체를 이해시키려면 일일이 그들에게 그림자세상을 확인시켜줘야 할 것이며 그렇게 되면 귀신들이 깡통지옥의 출입을 차단시키는 것이야 식은 죽 먹기보다도 더 쉬운 일일 것이다. 물론, 지금도 귀신들이 과학자들의 사실 확인에 대한 대비책은 갖추고 있다고 봐야 함일 것인데, (나 같은 반푼이가 아니고서는 그림자 세상에 발도 들여놓을 수 없다는 것이 그 증거일 것이며) 반푼이가 된 과학자들이 AI기술은

157

어찌 발전시켜 나갈 수가 있을 것이냐고 하는 사실이다. 그럼에도 그것들이 과학자도 아닌 나를 해치려고 한 사실이 정녕 이해가 되질 않았던 것이었다.

"그렇다면 그것은 귀신들의 소행이 아니라 우리 인간들에 의한 음모라는 얘긴데…"

그러나 그것은 있을 수도 없는 일이요, 상상조차 하고 싶지가 않았다. 내가 어쩌면 내 여자친구에 대한 살인자의 누명을 뒤집어쓸지도 모를 일이기 때문이다. 그랬기에 여자친구의 안타까운 죽음 같은 것이 염두에 있을 리 없었다. 게다가 그녀가 정말로 물귀신이 되어 시신이 발견된다 할지라도 내가 지금 현장에서 사라져 버리면 내게 불똥이 튈 염려는 없었다. 그녀와 나와의 관계를 아는 사람은 아무도 없었으니 말이다.

그런데 정작 문제는 다른 곳에 있었다. 하늘에 구름 한 점 없는 말짱한 날씨에 내가 물에 빠진 생쥐 꼴이 되어 나타나자 아내의 눈길이 예사롭지를 못했던 것이다.

"어디서 물벼락을 얻어맞았기에 물귀신이 되어 오는 거요?!"

대답이 궁색해질 수밖에 없는 것은 너무도 당연했다. 시골에 볼일이 있어서 이삼일 다녀오겠다고 해놓고, 기껏 하루 만에 물귀신이 되어 돌아왔으니 내게 의심을 안 할 사람이 세상에 어디 있겠는가.

"친구들이 낚시를 간다기에 재미 삼아 따라나섰다가 그만 강둑에서 발이 미끄러져…"

내 딴에는 변명이라고 둘러댄 것이 오히려 역효과만 초래하고 말았다. 시골에 볼일이 있어서 다녀온다고 해놓고 친구들을 따라 낚시라니, 그것은 결코 변명거리가 되질 못했던 것이다. 그러니까 내 거짓말이 모두 들통이 나고 만 셈이었다. 시골 간다고 거짓말을 해놓고 며칠씩 딴짓거리를 하려다가 다툼이 벌어져 물벼락을 얻어맞고 돌아온 셈이기 때문이었다.

"남의 유부녀라도 희롱을 하려다가 봉변을 당했나 보지 뭐, 안 봐도 뻔하지!"

그 말에 약간은 양심이 찔리기도 했으나 그 정도로 이해를 하고 넘어가 주는 것이 다행이기는 했다.

그러나 결론은 그것이 아니었다. 결론은 바로 깡통귀신들의 방해공작이 내게 먹혀들었다는 사실이었다.

"그래! 그렇다면야 협조자를 끌어들이는 일은 당분간 중단할 밖에!"

그래서 나는 교수님을 만나는 일도 당분간은 중단을 하기로 했다.

게다가, 교수님과 같은(정신도 말짱한) 현실주의자들에게 황선배나 나 같은 반편이 망상가들의 환상세계를 이해시킨다는 것이 어디 그리 쉬운 일이겠는가. 자칫 헛수고만 하고 사람 꼴만 우습게 될 소지도 배제를 할 수 없을 일이기에 좀 더 치밀하고 현실적인 방도를 생각해 볼 필요성이 있음이었던 것이다. 좀 더 시간을 두고 천천히 말이다.

"그렇다면 좀 더 현실성 있는 방도가 생각날 때까지 협조자를 끌어들이는 일은 일단 중지를 하고…."

황 선배와의 관계나 돈독히 해 둘 필요성에 결론이 모아졌다. 나중에라도 (협조자를 구하게 되었을 때) 선배의 도움이 절대적이라는 사실은 두말할 필요조차 없을 일이기 때문이다. 내가 백 번을 설명하는 것보다 황 선배가 한번 모습을 보여주는 것만으로도 효과는 더 클 것이 아니겠는가. 그가 바로 적접적인 증인이요 증거이기도 한 셈이니 말이다.

그런데 황 선배의 마음이 내게서 멀어지고 있다는 사실은 나도 이미 눈치채고 있는 사실이었다. 내가 그만큼 신뢰를 잃어가고 있다는 증거인 것이며 그것은 너무도 당연한 일이었다. 자신의 등신(몸뚱이) 하나 거울 앞으로 데려다주지 못하고 있었으니 말이다. 그랬기에 나도 더 이상은 변명이나 늘어놓고 싶은 생각이 추호도 없거니와, 선배도 더 이상은 내게서 변명이나 들어줄 마음이 없다는 사실은 지난번 만남에서 분명히 확인된 일이기도 했던 것이다. 그러나, 이제 사정이 달라졌다. 괴물(귀신)들이 어째서 나를 낚시질해갈 생각은 않고 물귀신을 만들어 죽이려 했는지를 상의해볼 사람이 황 선배 말고 어디 또 있을 것이며, 내가 아직도 전혀 깨달은 바가 없는 거울 속 출입문제며, 지옥세상의 이모저모를 질문해보고 상의해볼 사람이 선배 말고 어디 또 더 있겠는가. 교수님과 같은 협조자의 믿음을 얻어내는 일 말고도 말이다.

게다가 그것보다 더 중요한 문제는 또 있었다. 그놈의 불벼락 문제이다. 불벼락을 두 번 다시 더 얻어맞지 않기 위해서는 황 선배의 도움이 절대적일 수밖에 없었다. 그것은 정말이지 너무도 끔찍한 일이었기에 (황 선배랑 함께 있으면서도 그것을 피해가지 못했는데) 앞으로 선배의 도움 없이 내 배짱으로는 정말이지 깡통지옥의 탐색길에 나설 자신이 없었던 것이다. 그게 바로 내가 거울 앞을 멀리 하게 되는 이유였고 황 선배의 마음을 내게서 더 멀어지게 할 수 없는 진정한 이유였다. 그랬기에 천벌이 몸서리치게 두렵기는 했으나 결국 용기를 낼 수밖에 없었다. 황 선배가 그곳에 있기에 황 선배를 만나러 가는 일을 포기할 수는 없었던 것이다.

물론 나도 짐작은 하고 있었다. 내가 한동안 거울 앞을 멀리하기는 했으나 (선배가 아직은 내게서 희망의 끈을 놓지 않고, 나를 기다리고 있을 것이라는 사실을 말함인 것인데) 선배를 만나고자 마음을 정하고 나자 또 다른 고민이 내 행동을 망설이게 만들고 있었다. 내가 마귀라고 욕을 했던 아내 때문이었다.

(내가 신경이 좀 예민해진 탓이기는 하지만…)

아내의 눈초리가 예전 같지 않게 심상치를 않았던 것이다. 어떻게 하든 내 계획에 방해를 놓겠다는 듯, (내가 행동을 어떻게 하나 하고) 눈치를 살피는데, 도저히 그 눈길을 벗어날 방도가 없었던 것이었다. 내가 물귀신이 될 뻔했던 뒤로 더 그랬다. 내 행동에 털끝만큼의 허튼수작만 보여도 그냥 두고 보지 않겠다는 의도임이 분명했다.

(저 여자가 정말로 마귀가 되기로 작정을 했나, 어쨌나…?)

도대체가 황 선배를 만나러 갈 틈을 주지 않았다. 밤낮으로 어찌나 감시가 심하던지 동화 속에 등장하는 마귀할멈보다도 더 얄미웠다. 그렇다고 달리 어찌해 볼 방도가 있는 것도 아니었다. 무조건 그 눈길을 무시하고 황 선배를 만나러 갈 수도 없었다. 그랬다가 등신이 된 내 몸뚱이를 대번에 정신병원으로 보내버리거나, 요양원으로 보내 버릴 것만 같아서였다.

(그건 안 되지! 내가 정신이 온전할 때야 그런 꼴을 안 당하겠지만⋯)

나로서는 정말이지 행동에 신중을 기울이지 않을 수 없었다. 앞으로는 교수님을 만나러 다니거나 황 선배를 만나러 다니는 일이 빈번하게 되풀이될 텐데, 벌써부터 아내의 눈초리를 무시하고 말썽의 빌미를 만들 수는 없음인 것이다. 그랬기에, 내가 지금 할 수 있는 일은 아내를 설득하여 이번 일에 끌어들이거나 시간을 두고 기다리는 일뿐이었다. 아내의 눈초리가 의심에서 믿음으로 바뀔 때까지 말이다. 그러나 내가 아내를 설득시킨다는 것은 불가능했다. 아내가 내 행동을 수상쩍게 살펴보고 있는 지금의 상황으로서는 말이다. 그렇다면 문제는 단 하나뿐이었다. 아내의 경계심이 풀어질 때까지 시간을 두고 내가 믿음을 줄 수밖에 없다고 하는 사실이다. 내 마음이 아무리 조급하고, 그래서 기다리는 일이 고행의 길이 될지라도 말이다.

12. 지옥의 병정놀이

나는 참으로 고민이 많았다. 어떻게 해야 아내의 믿음을 얻어 낼 수 있을 것인지 묘책이 잘 떠오르지를 않았던 것이다.

(짧은 밤에 물레만 돌리다가 날밤 다 지새울 수도 없고…)

황 선배가 기다리다 지쳐 어디론가 떠나 버릴 것만 같은 두려움이 자꾸만 내 마음을 괴롭혀 왔다.

(이래서는 안 되는데…마음을 여유롭게 가져야 하는데…)

조급한 마음을 떨쳐버리고자 마음을 여유롭게 가져야겠다고 다짐을 해 보지만 그게 생각대로 잘 되지를 않았다. 도대체가 아내의 경계심을 누그러뜨릴 수 있는 묘안이 떠오르지를 않았던 것이다.

(한밤중에 자다 말고 시간을 내서 시도를 해 볼 수는 있지만…)

아내가 시도 때도 없이 문단속, 불단속을 한다면서 방 안을 들락거리는 데는 그 방법마저도 신중을 기할 수밖에 없었다. 지난번 거울을 깨트린 후유증인 셈이었다. 물론, 한밤중에 시간을 낼수 없는 것은 아니었다. 그러나 그 뒷수습이 문제였다. 내가(내정신이) 육신을 떠났을 때 아내가 내게 지금 무엇을 하느냐고 따진다면 대꾸는 어떻게 할 것이며, 방 안에 불을 밝혀놓은 이유는 어떻게 설명할 것이고, 더군다나 문제는 (방 안에 소등을 한 채) 장롱문을 닫아놓고 잠자리에 들었을 때도 내가 거울 바깥으로(몸뚱이 속으로) 되돌아 나올 수가 있느냐 하는 문제였다. 아마도 아내가 방 안을 점령한 채 〈장롱문을 잠가놓고〉 두 번 다시 문을 열어주지도 않을 확률이 농후했다. 그래도 내가 무사히 되돌아 나올 수 있는 것인지, 선배에게 그것을 확인해 보지 못했던 것이다.

(지금이라도 전철 역사의 상가 거울 앞으로 장소를 되돌려 버릴까?)

그것 역시 확인을 해보지 못한 것은 마찬가지였다. 일단은 한번 만나서 확인을 해보고 난 뒤에야 장소를 바꾸든 어떻게 하든 해볼 일인 것이다. 그랬기에 지금은 오로지 우리 집 장롱거울을 이용할 수밖에 없음인 것인데, 내가 거울만 들여다보면 얼이 빠진다는 것을 아내가 알아채고 있는 것임이 분명했던 것이었다. 그랬기에, 나는 참으로 생각이 많아질 수밖에 없었으며, 그 모든 일들이 참으로 고민거리가 아닐 수 없었던 것이다. 그것이, 내가 선뜻 선배를 찾아갈 수 없는 이유였다. 내가 깡통세상의 실체를 세상에 밝히겠다는 계획을 시도조차 못 해보고 그 모든 계획이 수포로 돌아갈지도 모른다는 두려움 때문이었다.

"하루빨리 선배를 만나보고 대책을 세우기는 해야겠는데…"

참으로 가슴이 답답했다. 아내의 경계심이 언제 풀릴지도 모르는데 무작정 기다리고만 있을 수도 없고, 그렇다고 섣불리 계획을 시도했다가 호미가 가래로 변하는 상황이 되면 그때는 정말이지 되돌릴 수 없는 상황이 되고 마는 것이다. 상황을 되돌리기는 커녕, 아예 내 인생 자체가 끝장이 날 수도 있음이기에 나는 정말이지 마음의 갈피를 잡을 수가 없었다.

"그까짓 것이 내게 무슨 이득이 된다고 내가 왜 이렇게 애를 태워야 하나 글쎄….."

한편으로는(만사를 포기하고 내 남은 여생을 마음 편히 살까 보다)고 생각을 했다가도, 그런 생각은 한시각도 못돼서 뒤바뀌곤 했다. 그것이 내 성격 탓이란 것은 나도 잘 알고 있지만, 설사 내가 아니라 다른 사람들이라 할지라도 이런 일에 직면하게 되면 결코 나 몰라라 하고 마음 편히 살아갈 수 있을 사람은 하나도 없을 것이다. 최소한 제정신을 가진 인간이라고 한다면 말이다.

그랬기에 나는 사실, 이것이 꿈이거나 환상이기를 간절히 빌어보기도 했다. 이것이 환상이라면 내가 미치광이 취급을 받아 손가락질을 받을 일은 없을 것이 아니겠는가. 나 하나 황 선배의 신세가 되는 것으로 만사가 깨끗이 끝나는 일이기 때문이다.

그런데 문제는, 이것이 꿈과 환상이 아니라 엄연한 현실이라는 게 문제이다. 이 세상 사람 그 누구도 내 말을 믿어주지 않을 이 판타지 같은 사실이 말이다. 그래서 나는 힘겨운 고민에 빠질 수밖에 없음인 것인데, 내 영혼이 죽어서 지옥으로 가게 될까봐 두려워서이다. 나의 이러한 두려움을 사람들은 아무도 이해하지 못할 것이다. 천벌이란 것을 당해보지 못했으니까! 그래서 내가 속을 태우며 신중을 기울이는 이유가 바로 그 때문인 것이다.

그래서 나는, 내 계획의 첫 단계로서 한 가지 별난 버릇을 길들여 나가기 시작했다. 저녁에 잠자리에 들기 전이나 아침에 기상을 해서나 또는 외출을 할 때나 외출에서 돌아왔을 때, 그리고 세수를 하거나 손발을 씻고 나서조차, 거울을 들여다보는 버릇을 길들이는 일 말이다. 물론 지금까지는 탈의실에 있는 화장대 거울을 이용했었다. 그랬는데, 그것을 장롱 통거울로 바꾼 것이다. 내가 (내 정신줄이) 황 선배를 만나러 가더라도 내 등신이 본능적으로 장롱거울을 이용하도록 하기 위한 등신 길들이기였다. 그것도 아내가 의식할 수 있도록 거울을 들여다볼 때마다 아내의 눈에 띄도록 노력했다.

"사람은 늙을수록 용모를 반듯이 하고 다녀야 남들에게 추하게 보이지 않는 법이거든?"

일부러 쓸데없는 변명까지 늘어놓으면서, 내가 거울을 들여다보는 모습을 아내에게 각인시켜 주려고 최대한 노력을 했던 것이다. 내 버릇을 아내가 자연스럽게 받아들여 주도록 하기 위한 술책이었다. 화장대 거울만 들여다봐도 될 일을 가지고 구지 장롱문을 열어젖힌 채 통거울을 들여다봐야 하느냐며 아내가 내 행동에 제동을 걸어올까 봐 내 정신이 외출(?)을 하기 전에, 그러니까 내 정신이 온전할 때 미리부터 대비를 해두겠다는 의도였다. 내가 아무리 정신이 없더라도 등신이 본능적으로 거울을 들여다보도록 하기 위한 등신 길들이기였다.

그러면서도 참으로 기분은 개운치를 못했다. 이 세상에서 가장 믿고 신뢰를 해야 할 아내에게 이토록 불신을 하고 경계를 해야 하다니 말이다. 그러나 따지고 보면 이 모든 것이 나에게서 비롯된 것임에랴, 누구를 원망하고 탓을 할 수 있을 일이겠는가.

"내게서 비롯된 일이니 내가 감수를 해야 할밖에….."

그랬기에, 아무리 마음이 조급할지라도 인내로써 감수할 수밖에 없을 일이었다. 설사, 황 선배의 도움을 못 받게 된다 할지라도 그것마저 감수를 할 수밖에 없음인 것이다. 하늘이 내게 지워준 운명이요, 그랬기에 내가 할 짓을 다 못 한다 할지라도 그것은 하늘의 잘못이지 내 잘못이 아니기 때문이다. 하늘이 내 앞길을 가로막은 결과이니 말이다.

"그래그래! 내가 안달할 필요가 없어. 안달을 해야 할 사람은 내가 아니라 하나님이니까…!"

아예 체념이라도 하듯 모든 책임을 하나님에게 떠넘기자 비로소 마음이 안정이 되어갔다. 더 이상은 조급해할 필요도 없었다. 게다가 시간을 (질질~) 끌다 보면 내가 하루라도 더 오래 살 수 있을지 어찌 알겠는가. 하늘이 해야 할 일을 내게 떠맡겨 놓고, 그 일을 마무리도 하기 전에 하나님이 나를 하늘나라로 데려갈 리 없을 일이기 때문이었다. 그것이 과연 하늘의 책임인지 뭔지는 나도 잘 모르겠지만…

그런데 내게는 참으로 전화위복의 기회가 찾아왔다. 우리 아파트에서 멀지 않은 거리에, 몇 해 전부터 내가 건강 삼아 야채 농사를 지어오던 일백여 평 정도의 공유수면 매립지가 하나 있었는데 그것이 그만 말썽을 일으킨 것이었다. 새로 발령받아온 담당 직원이 내게 수백여만 원의 추가 변상금을 부과해버린 것이었다. 이유 여하를 불문하고 그것은 부당한 조처였다. 나는 한동안 그 일을 바로잡느라 혼쭐이 났다. 그랬는데 그것이 뜻밖에도 아내의 마음을 누그러뜨리는 방편이 된 것이다.

(그걸 해결하는 걸 보니 완전히 맛이 간 건 아닌가 보네!)

아내의 경계심이 눈에 띄게 느슨해진 원인이었다. 호사다마란 말이 바로 이럴 때 필요한 말이란 것을 새삼 깨닫게 되는 일이기도 했다.

그리하여, 나는 간신히 아내의 눈길을 따돌리고 황 선배를 다시 만날 수 있는 기회를 잡게 되었던 것이다. 그러고 보면 아내가 나를 경계했던 것은 나를 미워해서가 아니라 돈 때문이었다는 사실을 깨달을 수 있었다. 정신병원이 됐든 요양원이 됐든 그것은 모두가 돈과 결부가 되는 일이었기에 아내의 경계심이 병적으로 나타나게 된 원인이었던 것이다. 내가 무조건 아내를 의심했던 게 아니라는 증거이기는 했지만 말이다.

"당신이 조금만 더 허튼 짓거리를 하게 되면, 더 큰 사고를 치기 전에 내가 정신병원에다 집어넣으려고 벼르고 있었다니까 글쎄…"

아내의 실토를 듣고 나서야 나도 모든 사실을 깨닫게 되었던 것이다. 내가 결코 아내의 행동에 과민반응을 보인 것은 아니란 사실을 말이다. 그 바람에 황 선배를 다시 만나는 일이 늦어질 수밖에 없었던 것인데, 황 선배의 태도가 결코 예전 같지를 못했다. 그것은 내가 늦게 나타나서라기보다 (내 등신도 하나 데리고 오지 못할 거면서 왜 이렇게 늦게 나타났느냐) 하는 의도였다. 그래서 내가 선배의 마음을 풀어주기 위해 설레발을 쳐댔다.

"하이고오~ 내가 하마터면 선배도 다시 못 만나보고 물귀신이 될 뻔했다니까요 글쎄. 선배도 한강 둔치에 가 본 일이 있겠지요?"

"한강 둔치가 왜? 그기서 한강물에 빠져 죽기라도 하려고 했었던가?"

"으구야~ 귀신이라니까 글쎄. 역시, 선배 눈치를 누가 당할까~! 그게 그러니까, 저 폐품 쓰레기들이 내 영혼을 깜박 홀려서는 나를 그만 한강 둔치로 데려가 물에 빠트려서 물귀신을 만들려고 했지 뭐예요 글쎄…. 나 원 참 기가 막혀서…!"

"뭐라?! 그럼, 저것들이 이제는 인간세상에서까지 활개를 치고 다닌다는 거여 시방?!"

"듣고 보니 그렇네요. 그것들이 결국은 그렇게 된 거네요 시방!"

"그렇게 되고 말고가 문제가 아니라 하나님은 뭘 하고 자빠져서… 아, 아니지 참, 내가 하나님을 욕해서는 안 될 일이지—! 그러니까 그 말은 취소하고, 깡통들이 정말로 우리 인간세상에서 그런 짓을 하고 다닌다는 거지? 그렇다는 거지?!"

"맞아, 선배 말을 듣고 보니 그게 그런 거 맞나보네! 그랬으니 내가 그것들에게 정신이 홀려 한강까지 뒤따라가서는…"

"가서는… 강물에는 왜 뛰어들었는데? 그것들이 유혹을 하던가? 함께 미역을 감자고…?"

"그 그게 그런 게 아니구요. 내 여자친구 알지요? 지난번에 나를 못 알아본다고 했던 그 친구 말예요."

"그래 알아. 그런데, 그 친구가 왜?"

"글쎄, 그게 반푼인지 등신인지는 모르겠지만서도, 그 친구가 그만 성질나서 자살을 하겠다며 강물로 뛰어들었지 뭐예요 글쎄. 그래서 내가 친구를 구하겠다며 뒤따라 뛰어들었는데…"

"그래서 죽을 뻔했겠구먼? 강물이 그게 보통 깊은 게 아닌데… 친구는 함께 구조가 되었나?"

"웬걸요. 그 이후로 두 놈의 내 또래 사내들이랑 친구의 모습이 흔적도 없이 사라졌다니까요 글쎄…."

"그래서 자네는?"

"산책 나온 사람들에게 간신히 구조는 되었지만, 옷을 입은 채로 물귀신이 되설랑은 집으로 돌아가자 여편네가 어찌나 내 행동에 경계를 해 대던지 그 눈길을 따돌릴 수가 있어야 말이지요…."

"그랬구먼… 자네야 그렇다 치고, 자네의 여자친구 그 등신은 자네만 유인해놓고 어디로 (뾰옹) 사라져 버렸다는 것이지? 그게 그랬다는 것이지?"

"바로 그거예요. 그게 사실인지 눈속임인지 그걸 알 수가 있어야 말이지요. 그래서 얼른 그곳을 벗어나 택시를 잡아 탔지요 뭐. 그런데도 한강에서 시신이 떠올랐다는 뉴스가 없는 것을 보면, 그게 진짜가 아니라는 증거 아니겠어요?"

"그게 그러니까, 자네 친구가 진짠지 귀신인지 그것을 못 알아봤다는 얘기겠지, 결론은!?"

"그게 글쎄. 처음부터 등신이 아니라 정신이 멀쩡하더라니까요 글쎄. 그게 이상하지 않아요? 그 친구 정신줄은 분명히 이곳에 있을텐데…?"

"그거야 대번에 알아볼 수가 있지 뭐. 자— 나를 따라와 보게!"

나는 결코 여자친구의 정신줄이나 확인하고 있을 마음이 없었다. 그러나 선배가 내 정신줄을 인도해 가고 있는데 안 가겠다며 버틸 명분 또한 없기도 했다. 일단은 선배의 마음을 다독여 놓는 것이 우선이기 때문이었다.

선배가 나를 데리고 이동을 해간 곳은 역시나 지난번에 그녀와 헤어졌던 그 바위산 협곡이었다. 협곡은 이리저리 미로처럼 통로가 뻗어 있어서 그녀가 어디로 갔는지는 쉽게 찾을 수가 없을 것 같아 보였다. 그랬기에 그들이 이곳으로 숨어들었을 것이 아니겠는가. 깡통들의 추적을 피해서 말이다. 선배가 벌써 내 마음을 읽었는지 설명을 해왔다.

"여기가 미로처럼 생겨서 괴물들에게 들키지 않을 장소로 안성맞춤이라 여겨지겠지? 그러나 그것은 거저 생각일 뿐이야. 이 깡통세상에서 그것들에게 들키지 않고 숨어 있을 곳은 한 군데도 없어, 여기가 그기요, 그기가 여기니까!"

"그런데도 왜 그것들이 그 사람들을 잡아가지 않고 내버려 두나요?"

"벌써 또 까먹었나? 영혼이 하늘세상으로 떠나고 육신이 명줄을 다해야 온편이가 된다고 했던 말! 저 괴물놈들은 온편이만 원하거든?"

"아 참, 그랬지요. 그런데도 왜 사람들이 이런 곳에 숨어 있나요?"

"벼락을 안 얻어맞으려고! 그리고 심리적으로 안정감이 있잖아? 이런 곳에 숨어 있으면 괴물들이 못 알아볼 수도 있을 것이라고 하는 생각 말이야. 어쨌거나 한 가지는 뜻대로 이루어지고 있잖아? 벼락을 피할 수 있다는 사실 말이야. 그것도 동굴 속에 숨어있지 않고 바깥으로 몰려나와 이동을 하다가는 벼락이 떨어지기도 하지만…!"

"그럼 두더지처럼 동굴 속에서만 숨어 살아야겠네요?"

"그러면 뭐해, 온편이가 되고 나면 어차피 끌려가고 말걸!"

"그래서 말인데요? 내가 염라대왕한테 대들어봐서 아는데요? 기왕지사 온편이가 돼서 끌려갈 거라면….."

"저항이라도 한번 해보지 않고 왜 숨어서 도망만 다니느냐고? 그러는 자네는 왜 이러고 있나? 지금이라도 나가서 한번 싸워보지 않고!"

"나야 혼자잖아요? 혼자서 그것들이랑 어떻게 싸워요? 여럿이서 패거리를 이뤄야 맞장을 뜨던가 어쩌던가 해 볼 수가 있죠."

"저 사람들은 얼마나 된다고? 기껏해야 열 명 안팎인걸!"

"그렇지만 이 협곡 안에는 그런 패거리가 여럿 있을 거 아네요? 그들이 서로 연통을 해서 집단을 이루면…"

"자네 정신연령이 그것밖에 안 되나? 자네와 나, 둘만 있어도 벼락을 얻어맞아 봐놓고, 그들이 집단을 이루려면 넓은 광장 같은 곳에 수백 수천 명이 모여서 집회를 가져야 한다는 뜻인데, 깡통들이 그러라고 구경만 하고 있겠구먼. 아니 그런가?"

"끄으음–!"

나는 결국 신음소리만 삭여 넘길 수밖에 없었다. 그들은 혼자서도 함부로 나돌아다닐 수 없다고 했다. 그랬기에 십여 명도 안되는 작은 집단조차도 함부러 나돌아다니지 못하고, 동굴 속 같은 곳에 두더지처럼 숨어 지낸다고 하질 않았던가. 게다가 그런 집단들조차도, 아니, 그런 집단에 속해 있다가도 온편이가 되고 나면, 괴물들에게 붙잡혀가서 노예신세가 된다고 했었던 것이다. 그러니까 (반편이들이 하나가 되든 열 명이 되든) 인간들의 동선을(훤-히) 꿰뚫고 있으면서, 넓은 공간에 나서기만 하면 무조건 불벼락을 쏟아붓는다고 했던 것인데. 그렇게 해서 벼락을 한 번 얻어맞고 나면 그들에게 저항은커녕 차라리 온편이가 되어서 노예로 끌려가는 것을 소원하게 된다고 했던 것이다. 사실은 나도 벼락을 얻어맞아 봐서 아는 일이지만, 두 번 다시 맞고 싶지 않은 게 벼락이기도 했다.

선배가 다시 얘기를 계속했다.

"…자네도 이미 천벌이란 걸 경험해 봤으니까 말이지만, 오죽했으면 이곳을 지옥이라 하겠나? 하늘세상의 이치를 인간세상의 잣대로 생각하지 말게. 하나님께서 내팽개쳐 두신 일을 우리 인간들이 바로잡겠다고…? 그래서 말인데…"

"왜요? 더 해줄 말이 아직도 남았나요?"

"해줄 말이야 많지. 허나, 더 이상 듣고 싶지가 않다면야 내 설명은 이쯤 해서 생략해 두기로 하고. 자네 여자친구는 만나보고 갈 텐가? 만나봤자 결국 알아보지도 못할 테지만…"

"그럼 왜 이곳으로 데려왔어요? 알아보지도 못한다는 거 뻔히 알고 있으면서…"

"자네가 원하지 않았나? 그래서, 자네 원망 안 들으려고 데려온 것뿐이야. 그러나 그 친구가 다른 사람들과의 접촉을 전혀 원하지 않고 있어서 이 근처까지만 오게 된 것뿐일세. 그래도 꼭 만나 보겠다면 걸어서 가면 돼. 공간이동으로는 대면이 힘들어도 걸어서 가면 만날 수가 있어!"

"그럼, 이 근처 어딘가에 있다는 건 확실한가요?"

"확실해! 그러니까 여기까지 오게 된 거야. 직접 얼굴을 보고 확인을 하고 싶다면 한번 가서 만나보면 되지 뭐 까짓거!"

"아, 됐어요. 여기 있다는 것만 알았으면 됐지 불안해서 만나기 싫다는 사람을 꾸역꾸역 찾아가서 만날 게 뭐가 있겠어요? 차라리 그 시간에 다른 곳에나 한번…"

이때였다. 갑자기 어디선가 하늘과 땅이 진동을 했다.

〈꽈르릉~! 끄르릉~! 우르렁~〉

참으로 세상이 둘러꺼지는 소리였다. 나는 그만 간이 (철렁~) 내려앉았다.

(에고야~ 또 천벌이 쏟아지려나 보네…!)

그랬는데 선배는 결코 놀리는 기색도 없이 설명을 해왔다.

"놀랄 거 없어! 저건 깡통들이 병정놀이 하는 거니까!"

그 얘기에 나는 정말이지 의아한 생각이 들지 않을 수 없었다. 깡통들의 병정놀이라니? 그럼 이곳에도 민주주의와 공산주의가 따로 있고, 서로 총부리를 겨누고 대치를 하는 그런 곳이란 말인가.

(인공지능들의 귀신 세상도 사람 사는 세상이랑 똑같은 모양이로구나!)

선배가 내게 다시 말했다.

"여기는 스님들도 안 계시니까. 괜히 스님행세 하지 말고 이리 따라 와봐!"

그리고는 어느새 나를 높은 언덕받이 같은 곳으로 이동시켜놓고 있었다. 저— 멀리 신도시의 철탑 조성 현장들이 한눈에 비쳐

들어왔다. 게다가 세상이 둘러꺼지는 지축소리는 더욱더 요란스럽게 귀청을 울려댔다. 정말이지 현기증이 일어날 지경이었다. 선배가 (버럭!) 소리를 질러댔다.

"내 뒷꽁무니로 숨을 생각만 하지 말고, 저걸 잘 봐 둬!"

그러면서 손가락으로 가리키는 곳을 바라보니 그야말로 예사로운 광경이 아니었다. 아직 완공도 안 된 철구조물들 사이로 예나 다름없이 전폭기 같은 것들이 요란스레 폭음소리를 토해내며 마치 곡예비행이라도 하듯 스치고 지나다니는데 정작 구경꺼리는 그 아래 길바닥에 있었다. 그곳에서 지금 대단위의 군사 퍼레이드가 펼쳐지고 있었던 것이었다. 10차선도 넘을 듯한 도로 위에서 장갑차며 탱크, 미사일 차량 같은 것들이 끝도 없이 줄지어 이동을 하고 있었으며 그 좌우로는 보병부대의 병사들이 완전무장을 한 채 보무도 당당히 행진을 하고 있었다. 그 숫자가 도대체 얼마가 되는지도 가늠할 수 없을 지경이었다. 그랬기에 보병부대의 군홧발 소리와 장갑차량들의 엔진소리, 그리고 비행체의 굉음이 뒤엉켜서 그야말로 천지가 진동을 했다. 그러면서 공포탄까지 (펑-펑) 쏘아제끼는데, 공사 중인 철탑들이 주저앉지 않는 게 다행이라 할 만큼 진동소리가 엄청났다. 그야말로 세상이 둘러꺼질 지경이었다.

"어구야~ 저것들이 무엇을 노리고 저런 짓을 벌이는 걸까요?"

"노리는 거 없어! 그냥 병정놀이일 뿐이야!"

"그냥 병정놀이라니…? 그걸 왜 하는데요?"

"인간세상에서의 타고난 습성, 그러니까 인간세상에서 길들여진 버릇이라고나 할까? 그것을 되풀이하고 있는 것일 뿐이야. 버릇대로!"

"참으로 괴물은 괴물이네요. 저게 버릇이라니…!"

"그게 다— 인간들이 길들여 놓은 버릇인 게지. 인간의 손에 의해서 만들어졌다가 폐품처리되어 이곳에서 다시 태어난 것들이니까!"

"그렇다면 탱크나 장갑차, 비행기 같은 것들은 그렇다 치고, 저 병사들은 그럼 인간노예들인가요?"

"킬킬킬~! 저건 허풍선이들! 나도 처음에는 깜박 속았지 뭐야 글쎄. 지능로봇들이 저렇게나 많을 수는 없고. 그래서 확인을 해 봤더니 사람모습을 빼다 닮은 가짜들이지 뭐야."

"그럼. 저것을 만들어 낸것도 인간노예들이겠네요?"

"만들기는 뭘 만들어. 내가 그랬잖아? 허풍선이라고."

"허풍선이라면 고무풍선 같은 것이라는 뜻인가요?"

"그럴 수도 있고 아닐 수도 있지. 눈속임을 위한 환영 같은 것인데 군사퍼레이드를 할 때만 나타나는 것들이거든? 어쨌거나 저것들의 존재에 대해서는 나도 아직 아는 바가 없다는 사실이야. 게다가 또 한 가지는…"

"예. 듣고 있으니까 말씀 계속하세요."

"저 — 군사시위라고 하는 게 말씀이야. 우리가 별다른 계획도 없이 무턱대고 이 깡통세상을 염탐이나 하겠다는 듯이 이렇듯 떠돌아다니며 어중간한 태도를 보일 때만, 저렇게 나타나고 있다는 사실이야."

"그게 무슨 뜻이에요? 어중간한 태도를 보일 때만이라니요?"

"그게 그러니까, 우리가 어떤 목적지를 정해놓고 공간이동을 하게 되면 저런 시위현상이 나타나질 않는데. 지금처럼 우리가 어중간한 모습으로 '자네 친구를 만나러 갈까? 아니면 다른 곳에 가서 새로운 구경꺼리를 찾아볼까' 하고 어정쩡한 행동을 보이게 되면 지금처럼 이렇듯 대번에 우리의 정신상태를 알아채고는 이곳으로 끌어들여 겁을 준다~ 이런 말씀이야."

"그게 결론적으로는 우리를 겁주기 위한 무력시위란 뜻이로군요. 그런 거지요?"

"그래 맞아! 아마도 그런 의미인 듯싶어. 게다가 이것이 바로 벼락을 때리기 위한 전조증상이라고 보면 된다는 사실이야. 이제 곧 불벼락이 쏟아질 테니까. 두고 보게나. 내 말이 틀리나!"

"어구야~ 그건 아니지요. 그걸 알면서도 지금 이러고 있어요?!"

"저런 모습도 자네가 눈여겨봐 두라고 이끌려 와본 것이야. 그나마, 이곳으로 이동해 왔으니까. 아직까진 시간을 벌어놓은 셈이거든?"

"끄으음…!"

"게다가, 저것들이 우리에게 두 가지를 한꺼번에 실시할 때는 시간의 여유가 조금 있다는 사실이야. 군사시위를 보여주면서 벼락까지 쏟아붓자면 두 가지를 한꺼번에 하는 셈이거든? 이럴 땐 여유가 조금 생겼다는 뜻인 게지!"

"끄으음-!"

나는 선배의 말을 잘 알아들었다는 듯 신음소리로 대답을 대신했다. 내가 자칫 답변을 잘못해서 불벼락 같은 게 쏟아질까 싶어서였다. 괴물들이 우리의 동선이며 목소리까지도 청취를 하고 있을지 모른다고 했으니 말이다. 물론 괴물들이 우리에게 두 가지의 일을 한꺼번에 실시할 때는 시간적 여유가 조금 생긴다고는 했지만, 그 조금이라고 하는 게 한계가 모호한 일이 아니겠는가. 그러니까 결국에는 불벼락이 떨어진다는 뜻이나 다름이 없었으니 말이다.

그랬기에, 나는 정말이지 간이 떨려 견딜 수가 없었다. 일각이 여삼추란 말이 이럴 때 필요한 말이란 걸 새삼 깨달았다. 괴물들이 우리에게 불벼락을 퍼붓기로 한다면 눈도 한번 깜박이기 전에, 그러니까 공간이동을 하기도 전에 벼락부터 얻어맞을 것이기 때문이었다.

13. 인간 부화장

괴물들의 병정놀이에 잔뜩 주눅이 들어 마음을 졸이고 있는
데, 선배가 내게 협박까지 해왔다.

"이제부터 자네는 내 포로가 된 것이야. 그러니 내 꽁무니에
찰싹 달라붙어서 내가 시키는 대로만 하란 말이야. 알아들었는
가?"

"흐으음–!"

나는 선배의 의도를 알 길이 없어서 신음소리만 뱉아낼 뿐이
었다. 그러자 선배의 협박이 다시 이어졌다.

"자네가 어째서 내 포로가 되었다는 것인지 내가 굳이 설명을
하지 않더라도 이미 눈치채고 있겠지? 그래서 말인데, 지금부터
라도 자네가 내 포로가 되었다는 것을 순순히 인정하고 내 말을
잘 들을 텐가? 아니면 저 깡통군대에 붙들려가서 불고문을 한번
더 당해 볼 텐가?"

"에고– 젠장!"

정말이지 나는 선배의 의도를 이해할 길이 없었다. 내게 지금
농담으로 장난을 치고 있는 것인지 정말로 협박을 하고 있는 것
인지 그것을 제대로 알아차릴 수가 없었던 것이다. 그러나 선배

는 표정 하나 변하지 않고 내게 다시 말했다.

"내가 시방 자네에게 장난을 치고 있는 것인지 협박을 하고 있는 것인지 그걸 알 수가 없어서 대답을 못 하겠다~ 이런 뜻이던가? 그렇거든 자네 혼자서 어디 한번 견뎌보게나. 나는 그만 친구들한테 돌아가 볼라니까!"

내가 급히 반박을 했다.

"가긴 어딜 가요? 친구가 어딨다고…!"

"뭐라? 내가 친구가 없어? 정말로 내게 친구가 없어 보이나?"

그 말에는 나도 흠칫했다. 선배의 성격으로 보아, 서로가 견원지간이라 해도 이런 곳에서는 대번에 친구를 만들어 버릴 사람이기 때문이었다. 그랬기에 내가 말실수를 했다는 것을 대번에 깨달았던 것이었다.

"실수! 실수! 그 말은 내가 실수라고 인정할게요. 선배에게 설마 친구 하나 없겠어요? 언변이 좋아서 아무나 만나기만 하면 대번에 친구로 만들어놓고 말 텐데. 내가 그걸 깜박했네요."

"그러면 이제 항복하는 건가? 내 포로가 되겠다고."

"항복은 무신…, 선배와 나 사이에 항복이 뭐가 필요해요? 내가 언제는 뭐 선배 말을 안 들은 일이 있었다고-!"

"그래서, 끝내는 항복을 않겠단 말이지?"

"제발 귀신 흉내 좀 내지 마세요. 내게 무슨 할말이 있나 본데 항복을 할 테니까 얘기해보세요. 귀신처럼 토라지지 말고!"

"낄낄낄~ 천벌이 겁이 나긴 났나 보네. 자네가 내게 항복을 다 해오고. 그래서 말인데, 이젠 내 속 좀 그만 태우고 내 등신이를 델고 올 거야? 말 거야?"

"그거야 당연히 데려오겠다고 약속을 했잖아요? 내게 시간 좀 달라고 그렇게나 부탁을 했는데도 왜 어린아이처럼 그렇게 보채세요 정말?!"

"뭐? 내가 보챈다고? 자네도 내 입장 돼 봐, 안 보채게 생겼나."

"물론, 그 마음 충분히 이해는 해요. 그치만 선배도 나를 좀 이해해 줘야지요. 그간의 사정을 전혀 모르는 사람도 아니면서…!"

"이그~ 미쳐! 내가 이런 기회에 협박을 하거들랑 겁먹은 척이라도 좀 해주면 안 되는가? 사람이 당췌 인정머리라고는 모기눈알만큼도 없어갖고설랑…"

"난 또 대단한 홍정꺼리라도 있나~했네, 젠장!"

"그래서 억울한가?"

"나 원 참. 그걸 말이라고 하세요 시방? 선배가 왜 이렇게 코흘리개 흉내를 내고 있나 모르겠네 정말…!"

"내 말이 그렇게도 한심스레 들리는 게여? 그렇다고 울고불고 매달릴 수도 없고…. 그놈의 병정놀이 안 보니까 머리가 다 맑아지네 글쎄…"

선배의 말을 듣다 말고 나는 정말이지 어리둥절해지고 말았다. 내가 아무런 낌새도 알아채지 못하는 사이, 선배가 나를 아까의 그 '그랜드캐니언'으로 데려다 놓았던 것이었다. 내가 정신을 못 차리고 사방을 두리번거리자 선배가 다시 말했다.

"자네 혼자서 벼락맛 좀 더 보라고 거기 남겨두고 오려다가 그래도 행여나 내 원망 할까 싶어 데려온 것뿐이야. 이제는 나도 자네에게 거는 기대는 접어버렸으니 이것이 마지막 호의인 줄 알고 있게나."

"예? 이게 마지막 호의라니, 그게 무슨 개풀 뜯어먹는 소리예요 선배? 설마하니, 나를 더 이상 안 보겠다는 뜻은 아닐 테고. 설마하니…"

"그래 맞아. 나는 이제 개풀이나 뜯어먹기로 마음을 굳혔으니, 앞으로 더 이상은 자네를 괴롭히는 일이 없을 것이야. 그러니 잘 가게 친구!"

"엑! 말도 안 돼! 그럼 나하고 영영 인연을 끊겠다구요?"

"그래야지 별수가 있나? 자네야 이해를 잘 못하겠지만 우리는 이미 느낌으로 알고 있다네. 내 명운이 끝나가고 있다는 사실을 말씀이야. 그래서 말인데, 나도 이제 여기서…"

"그건 안 되지요. 나는 아직 시작도 안 했는데. 선배가 누구 맘대로 인연을 끊는단 말예요?!"

"자네는 욕심이 너무 많아. 미친놈이란 손가락질을 받거나 욕 먹을 것이 두려워 부담스러운 일은 하기 싫고, 목숨 하나 살리는 일은 그렇게도 관심이 없다는 말인가? 자네와는 상관이 없는 일이라서?"

"……!"

나는 또다시 말문이 막히고 말았다. 선배의 말처럼 그것도 역시 나만의 욕심임에는 분명했다. 게다가, 선배의 등신을 정신줄과 연결시켜 주는 것도 따지고 보면 사람을 살리는 일임에는 분명할 일이었다. 위험부담이 좀 따르기는 하더라도 내가 마음만 먹는다면 못 할 일도 아니긴 했던 것이다. 위험부담이란 것도 사실은 변명일 테지만 말이다.

(그래 맞아! 내가 너무 신중을 기했던 탓이 없었다고는 할 수 없겠지!)

그것이 사실은 신중을 기하느라 그렇게 됐다고 하기보다는 성의가 부족했다고 하는 것이 더 옳은 표현일 것이었다. 그랬기에 선배가 불만을 나타내기 전부터 나는 이미 예상을 하고 있지 않았었던가. 선배의 마음을 어떻게 다독여줄까 하고 말이다. 그게 바로 내 성의 부족에 대한 변명의 구실일 뿐이요, 선배도 이미 그러한 사정을 (훤-히) 꿰고 있었다는 사실이었다.

(이제부터라도 변명할 구실만 찾지 말고 선배의 부탁을 들어주는 성의라도 보여줘야겠지! 원래 늦었다고 생각할 때가 제일 빠를 때라고들 하지 않았는가!)

그런데 문제가 있었다. 선배가 모든 희망을 포기하고 이곳 바위산의 협곡에서 숨어 지내게 되면, 그때는 정말이지 만사가 도로아미타불이 되고 마는 것이다. 선배의 등신을 요양원에서 데리고 나온다 하더라도 여기 숨어있는 정신줄과 연결시켜 주는 일은 불가능해질 것이기 때문이다.

(안 되지, 그럴 수야 없지. 그러니 이제라도 내가 선배의 마음을 돌려세워야지 뭐!)

나는 결단코 선배와의 인연을 끝내버릴 수가 없었다. 그랬기에 절대로 선배를 그냥 보내줄 수가 없었던 것이다. 그러자 선배도 내 마음을 훔쳐보았던지 선뜻 내게서 떠나지를 못하고 머뭇거리고 있었다. 그러면서 작심이라도 한 듯 나를 당황스럽게 만들고 있었다.

"나는 이제 자네에게 걸었던 기대를 모두 접고, 자네와의 인연을 끝내겠다고 하질 않았던가?"

선배의 목소리에는, 아직도 내게서 희망의 끈을 놓지 않았다는 의도가 엿보이기는 했다. 그랬기에, 내게서 훌쩍 떠나버리면 될 것을 이렇듯 구차한 변명만 늘어놓고 있는 것이 아니겠는가. 그래서 나도 단호하게 다시 말했다.

"나도 안 된다고 했잖아요?! 나는 아직 내가 할 일을 시작도 못 했다고 분명하게 밝혔는데도 못 알아들었어요? 나는 선배가 필요하단 말이에요. 그리고 이번에는 무슨 수를 써서라도 선배의 등신을…."

이때였다. 나는 그만 하던 말을 중단할 수밖에 없었다.

"할배능감아? 오려거든 후딱 올 것이지 여게서 무얼 하고 있는 거니 으이? 어서 나랑 함께 가자 어서…!"

꼬맹이였다. 아마도 선배가 마음속으로 꼬맹이에게 (내가 너한테 찾아가겠다-) 하고 연락이라도 했었던 모양이었다. 그랬는데 할배가 마음속으로 연락만 하고 나타나지를 않자 이렇게 마중을 나온 듯싶어 보였다. 그러자 선배가 꼬맹이를 향해 알쏭달쏭한 말을 대답이라고 뱉아내고 있었다.

"응! 할배가 너한테 찾아가려고 했는데 여기 이 작은 할배가 내게 매달려서 보내 줘야 말이지. 미안하다 애야? 어서 들어가 있어. 내가 이 할배 보내주고 나서 뒤따라갈게!"

꼬맹이가 대꾸를 해왔다.

"으응! 불덩어리가 떨어질지 몰라서 할매한테 가 있을 테니까 어서 작은 능감 저거 쫓아보내고 뒤따라오거라 할배야. 알았지?"

녀석이 내게는 아예 아는 체도 하지 않았다. 그러면서 내게 할 배라는 존칭도 생략을 한 채 선배에게만 나를 쫓아보내고 오라면서 재빨리 뒤돌아서서 협곡 사이로 달아나 버린다. 그래서 내가 녀석의 뒤통수에다 대고 한마디 쏘아붙여 주었다.

"야 이놈 꼬맹아? 이 할배한테는 인사도 않고, 너 이놈, 나중에 혼날 줄 알거라. 고연 놈!"

내 목소리가 끝나기도 전에 녀석은 바위틈 사이로 사라지고 보이질 않았다. 그래서 내가 선배보고 다시 말했다.

"선배가 설마 저 녀석 버르장머리를 저렇게 만들어 놓은 건 아니겠지요? 나중에라도 만나서 잘 타일러 주세요. 꼬맹이 녀석이 어른한테 하는 말버릇 하구서는…!"

선배는 아예 내 말에는 대꾸도 없이 하고 싶은 말만 내뱉어 왔다.

"나도 이만 가 볼라네. 더 이상 나를 붙잡지 말게. 제발…"

그러면서도 선뜻 내게서 발길을 돌리지는 못했다. 그래서 나는 생각을 했다.

(아직도 내게 미련이 남은 게야. 그러니 말로만 가겠다고 하면서 선뜻 발길을 돌리지 못하는 게 아니겠는가.)

그랬기에 내게서 원하는 것이 있다는 사실을 알아차릴 수 있었다. 자신을 좀 더 간곡하게 붙잡고 매달려 달라고 한다는 사실을 말이다. 그렇게 하면 자신도 못 이기는 척 내 부탁을 들어주겠다는 뜻이 아니고 무엇이겠는가.

"알았어요. 선배! 내가 이렇게 두 손으로 간곡하게 빌 테니까 제발 내게서 떠나지 말아줘요. 예? 나는 정말로 선배가 필요하단 말이에요. 내 말 알아들으셨죠?"

그러면서 나는 두 손으로 (싹싹−) 빌며 선배에게 매달렸다. 어떻게 해서든 선배의 마음을 돌려보기 위해서였다. 선배도 그것을 바라는 것일 테니까 말이다.

그랬는데 사실은 내가 모르는 게 있었다. 이때 선배는 진심으로 내게서 떠나려고 했었다는 사실을 말이다. 그럼에도 어째서 선뜻 떠나지 못하고 머뭇거리고 있었던 것이었을까? 그것은 바로 내 정신력 때문이었다. 내가 단호한 어조로 (내 곁에서 떠나지 못한다)고 의사를 밝히자 그것이 결국은 선배의 정신력을 꽉 붙잡아 매고 있었던 것이다. 그러니까 결론적으로 말해서 선배는 내 정신줄에 얽매여, 떠나고 싶어도 떠나지를 못하고 있었던 것이었다. 그 사실을 내가 어찌 알 수가 있었겠는가. 그리하여 선배는 꼬맹이와의 교감을 통해서 그 무리에 합류를 하고자 공간이동을 했던 것인데, 내가 찰거머리처럼(찰싹) 달라붙어 있자 꼬맹이도 그 광경을 보고는 결국 모든 사실을 알아채고는 (나를 돌려보내고 나서 다시 오라며) 은거지로 되돌아가 버렸던 것이다. 나는 아직 그 무리에 합류할 마음의 준비가 안 된 사람임을 녀석도 이미 알고 있다는 뜻이었다.

꼬맹이가 마중을 나왔다가 되돌아가 버리자 선배도 뒤따라가겠다고 나섰지만 내가 적극적으로 매달리자 결국은 포기를 하고 내게 말했다.

"…자네가 이토록 간곡하게 부탁을 하니 이번만큼은 내가 양보를 해주지. 그러나 다음부터는 나도 자네나 기다리며 세월을 보내는 해바라기 생활 포기하고 이곳 생활에 적응하려고 하니 그렇게 알고 있게나!”

“그게 무슨 섭섭한 말씀이에요 선배? 나는 아직 시작도 안 했다고 말씀드렸잖아요? 그러니 마음 풀고 차분히 생각 좀 해봐 줘요. 예?!”

“실컷 생각해 보고 내린 결정이니 그렇게 알고 앞으로는 나를 만나려거든 자네가 이곳으로 찾아오면 돼! 내 도움이 필요하거든 말씀이야.”

“에그~(그놈의 똥고집 하고는…)”

나는 더 이상 반박을 할 수가 없었다. 내가 선배 입장이 된다 하더라도 내게서 더 이상 희망이 없다는 사실은 애저녁에 눈치 채고도 남을 일이기 때문이었다. 그럼에도 이번만큼만은 (그러니까 오늘만큼은) 내 뜻을 따라주겠다고 하니 그것만이라도 고맙기는 했다. 그러나 그것은 사실, 선배 스스로 나를 떨쳐낼 수가 없어서였을 뿐이라는 사실을 나는 결코 알아채지 못했다. 그랬기에 울며 겨자 먹기로 내 뜻을 따라주고 있었을 뿐, 마음은 이미 내 곁에서 떠나고 있었던 것이었다. 선배가 말을 이어갔다.

“…내가 지난번에도 얘기를 했었지만 우리 반푼이들은 말 그대로 반푼이라서 깡통들이 노예로 부려먹을 수가 없는 것이거든! 아직은 어미 배 속의 태아 같은 존재라고나 할까? 저놈들의 입장에서는 그렇다는 뜻이야.”

그래서 수많은 반편이들이 인종과 국적과 성별과 노소를 불문하고 그것들의 낚싯밥에 걸려들어(함정에 걸려들어) 멸치 떼처럼 줄줄이 이곳으로 낚여온다고 했다. 죽지도 않은 살아있는 반편이들만을 낚아들여서 말이다.

"…사람이 죽음을 맞이하게 되면, 영혼이 육신을 떠나 하늘나라로 떠나게 되는데, 그때 정신줄도 함께 영혼을 따라가기 때문에 깡통들도 하늘나라로 떠난 영혼에게서는 정신줄을 낚아올 수가 없다는 것인게야. 그러니 살아 있는 사람들에게서만 자네나 나처럼 이렇게 정신줄을 낚아오고 있다는 것인게지…."

"그거야, 지난번에도 얘기했었잖아요 뭐."

"그랬던가? 그래서, 시간도 없는데 왜 같은 말을 되풀이하면서 시간을 낭비하느냐고? 그러나, 피가 되고 살이 되는 말이니 귀찮게 생각 말고 잘 들어 둬. 그래서 말인데, 한번 이곳으로 발을 들여놓게 된 나 같은 반푼이들은…"

"그것도 알고 있어요. 자신의 등신을 다시 만나서 인간세상으로 되돌아가지 못하면 결국 이곳에서 떠돌다가 온편이가 되어 깡통들의 노예로 끌려가게 된다는 거 말이예요. 그 말 하려는 거 맞죠?"

"그래, 맞아! 그래서 그렇게도 잘 아는 사람이 나에게 어찌 그럴 수가 있나? 물론 자네를 원망하고자 하는 소리가 아니야. 우리 같은 반푼이들이 인간세상으로 되돌아가지 못하고 외롭게 떠돌다가 결국에는 이 협곡으로 흘러들게 된다는 사실을 알려주고자 해서 하는 말이야. 그렇다고 여기는 안전하다는 뜻이 아니야. 여기서도 벼락을 얻어맞는 건 마찬가지지만 그나마 동굴 속에 숨어 있으면 그곳에서는 벼락을 안 맞는다는 사실이야. 왜 그런 줄 알겠나?"

"나중에 온푼이로 변했을 적에 노예로 잡아가기 편하도록 하기 위해서 이곳에다 붙잡아두기 위해서겠죠 뭐. 게다가 반푼이들이 넓은 광장 같은 곳에 무리를 지어 몰려드는 걸 방지하는 효과도 있을 테고!"

"바로 그거야. 반푼이들이 좁은 동굴 같은 곳에 흩어져 숨어서 세월을 보내다 보면 나처럼 등신을 만나겠다며 하늘문 입구에서 진을 치고 기다릴 일도 없고!"

"그게 그러니까, 인간세상으로 되돌아갈 바늘구멍 같은 기회마저 차단을 해버리겠다는 의도로군요. 그게 그런 거지요?"

"그래그래! 바로 여기가 그런 곳이야. 반푼이들을 한곳으로 모여들게 하면서도 크게 무리를 이룰 수 없도록 만드는 곳!"

"그게 쉽게 말해서 반푼이를 온푼이로 만들어 손쉽게 잡아갈 수 있도록 만들어 놓은 병아리 부화장 같은 곳이로군요? 인간을 귀신으로 만드는 귀신 부화장!"

"낄낄낄~ 여기가 아니더라도 반푼이가 온푼이 되는 건 마찬가지겠지만 깡통들에게도 그런 기술은 없어. 게다가 반푼이나 온푼이나 사람은 사람일뿐. 사람이 깡통된다던가?"

"거 참, 알다가도 모르겠네. 그렇다면 나도 귀신이란 말인가요 시방?!"

"그래서 말인데, 기왕지사 이렇게 된 거, 자네도 그만 나랑 함께 여기서 같이 눌러 살면 안 되겠나? 어차피 등신세상으로 되돌아가 봐야 얼마나 더 살지도 모르는 파리목숨 같은 인생인데…."

"말도 안 돼! 선배의 심통이야 예전부터 내가 모르는 바는 아니지만, 그게 결국은 나를 꼬드겨서 이곳에 붙잡아 둘 계획이었군요. 그런 거지요 시방?!"

"그게 아니야. 자네도 잘 생각해보게. 이제 우리가 살면 얼마나 더 살겠나? 어차피 죽어서 지옥으로 갈 바에야. 여기서 깡통들의 노예로 사는 게 백 번 낫지. 끔찍한 지옥보다야!"

"그게 그러니까 나보고 죽어서 지옥이나 갈 거라고 악담을 하는 거지요. 시방?!"

"악담이 아니라 솔직하게 말해서 자네도 사실 천국 갈 인물은 아니질 않은가? 나도 죽어보질 않아서 잘 모르긴 하지만, 지옥에도 한번 떨어지고 나면 끝장이라고 하는데, 자네도 불벼락을 맞아봐서 알겠지만 참으로 끔찍하지 않던가? 그럴 바엔 여기서 노예로 사는 게 낫지!"

"선배나 실컷 노예로 사세요. 나는 죽어도 깡통들의 노예로 사는 건 싫으니까! 그리고 말은 바로 해야지. 내가 어째서 천국 갈 인물은 아니라는 거예요? 선배라면 또 모를까…!"

"그걸 가리켜 또긴개긴이라고 하는 것이야. 뜻길, 갯길…! 내가 지옥 갈 인물이라고 한다면 나를 친구로 사귀는 자네라고 별수 있겠어? 그 나물에 그 밥이지"

"아무리 그래도 소용없어요. 나는 그깟 쓰레기 폐품들 노예로 살아갈 생각 추호도 없으니까!"

"그래그래! 나야 뭐 자네 팔뚝 굵다는 거 진작부터 알고 있었지만 자네 장모도 그걸 알아주려나 몰라…?"

"몰라도 좋으니까 이제 그만 좀 하고…"

내가 마악 선배에게 세상 구경이나 다시 시작해 보자고 제안을 하려는데 이때였다. 갑자기 누군가 등 뒤에서 내 말을 가로막으며 소리를 질러댔다.

"여기서 한가하게 꼴값들 떨고 있네요! 지금 온편이들이 떼거리로 붙잡혀서 노예시장으로 끌려가고 있는데 한가하게 농담짓거리나 하고들 있어요?!"

급히 돌아다보니 영자 씨였다. 곽영자! 그녀는 황 선배의 여자친구로서 1년 전까지만 해도 우리랑 수시로 만나서 차도 마시고 식사도 같이하며 어울려 지내던 사이였다. 그랬는데 선배가 개목걸이 신세가 되고 나서부터는 아예 연락을 끊어버리고 말았었다. 그러다가 이런 곳에서 얼굴을 마주하게 된 것이었다. 그래서 인연이란 참으로 묘하다고 하는 것인가 보다. 그녀도 역시 선배를 따라 개목걸이 신세가 된 것임을 깨닫지 못할 리 없었기 때문이었다. 친구 따라 강남도 간다는데 지옥엔들 못 올 일이겠는가.

(어쩐지 소식이 없더라니 글쎄….)

그녀의 등장에 역시나 반색을 하는 것은 황 선배였다.

"곽 여사-! 자네가 어찌…?"

"왜? 영감은 와도 되고 나는 오면 안 되는가? 나도 영감 따라왔지 뭐. 푼수들끼리-!"

"에고야~ 그래도 반갑기는 하네! 그런데 아직도 내 얼굴을 알아보는 걸 보니까 여기 온 지 오래되지는 않은 모양이구만? 그래. 혼자 왔나?"

"그럼 혼자 오지, 관광버스라도 대절해서 남들이랑 함께 올까?!"

"킬킬킬~ 반가워서 안 그러냐? 오랜만에 만나니까…!"

보다못해 내가 사이에 끼어들었다.

"나도 인사 좀 하십시다. 두 분만 반갑다고 나같은 건 눈에도 안 보이나 보죠-?"

곽 여사가 대꾸를 해왔다.

"왜 안 보여요…? 오면 안 될 곳이라 인사하기도 참 민망하네요. 이사님께서도 이 양반 따라 오셨나요…? 이까짓 곳엘 뭐하러…!"

선배가 얼른 말을 가로채간다.

"내 말벗이 돼 주겠다며 찾아왔데나… 뭐래나- 그런데 방금 전에 뭐라 그랬지? 노예시장이 꼴값을 떤다고 그랬던가 시방?!"

"아. 그거? 푼수양반께서도 노예시장은 못 가본 모양이네?"

"금시초문이네마는 여기서도 노예를 팔고 사나?"

"아마 그런가 봐요. 황 영감께서도 여기 온 지 얼마 안 됐나보네요? 그딴 것도 하나 모르고 있게…!"

"이 친구는 아직 초짜지만 나는 꽤 됐거든? 그런데도 노예시장 같은 것은 말도 들어보지 못했는데 그런 곳도 다 있단 말이지?"

"그래요. 아마도 저것들에겐 대통령이나 수상같은 지도자가 없는가 봐요. 그래서 각각의 집단들끼리 필요한 만큼의 노예들을 시장에서 조달해 가는데 백문이 불여일견이라 했던가요…?"

"그래서 그기를 한번 가 보자고?"

이번에는 내가 끼어들 차례였다.

"한번 가보죠 뭐. 직접 눈으로 봐야 이해가 쉬울 테니까!"

내가 곽 여사의 의견에 동조를 하고 나선 것은 선배 때문이었다. 이곳에 안주를 하겠다는 선배의 마음을 돌려놓기 위해서 일단은 자리를 이동하여 기회를 봐서 선배를 설득해 볼 생각이었다. 게다가, 잘만 하면 곽 여사의 도움도 받을 수 있는 일이 아니겠는가. 황 선배가 기어이 고집을 부려서 내 곁에서 떠난다면 이제는 곽 여사라도 붙들고 늘어질 희망이 생긴 셈이다. 게다가 곽 여사가 나를 데리고 노예시장에 가게 된다면 황 선배도 결국은 고집을 꺾을 수밖에 없을 것이다. 오랜만에 만난 여자친구를 외면한 채 고집을 부릴 성격이 아니라는 사실을 나는 너무도 잘 알고 있었기 때문이었다.

(킬킬킬~ 내가 애인을 나꿔채갈까 봐. 따라오지 말래도 따라오고 말걸…?)

그랬다. 황 선배의 욕심이 애인을 못 믿어서라도 우리끼리만 그냥 내버려 둘 그런 인물이 결코 아니었던 것이다.

14. 노예장터

내가 황 선배의 생각을 바꿔놓기 위해 곽 여사의 뜻에 따라 노예시장을 구경하겠다고 나서자 역시나 황 선배도 마지못한 듯 함께 따라나서고 있었다.

"까짓거. 시간도 남아도는데 노예시장이나 한번 구경해보지 뭐."

나는 속으로 쾌재를 불렀다. 결국은 선배의 마음을 되돌리게 됐구나 싶어서였다. 그러나 그것은 내가 이곳 사정을 잘 몰라서 하는 생각이었다. 선배는 사실 내 정신줄과 서로 얽혀있어서 내가 이곳을 떠나 인간세상으로 되돌아가기 전에는 마음대로 내곁을 떠날 수가 없게 되어 있었던 것이다. 그래서 내가 울며 겨자 먹기라고 했었거니와, 선배의 처지가 바로 그런 셈이었다. 자신의 본심에는 나를 팽개쳐 두고 훌쩍 내 곁에서 떠나고 싶은데 정신줄이 서로 연결되어 있으니 울며 겨자 먹는 심정으로 나와 동행을 하지 않을 수 없었던 것이었다. 내가 거울 바깥(인간세상)으로 되돌아갈 생각은 하지 않고 이곳에서 노예시장이나 구경을 하겠다며 버티고 있었으니 말이다. 게다가, 여자친구(곽 여사)에 대한 미련까지 더해지고 있었으니 더더욱이나 생각을 바꿀 수밖에 없었던 셈이었다. 그러면서 선배가 한마디 더 곁들였다.

"자네와 나는 참말로 천생연분이야. 아니 그런가?"

내가 영문을 몰라 급히 따져 물었다.

"선배가 나하고 천생연분이라니. 그럼 우리가 서로 연애라도 한단 말인가요?"

"킬킬킬~ 곽 여사가 오해하겠네 이 사람아? 내가 이런 곳에서 곽 여사를 만났듯이 자네도 그 친구를 만났잖아. 이곳에서-! 그러니 이런 인연이 어디 있단 말인가? 천생연분보다도 더 기가 막힌 하늘의 인연이 아니겠는가?"

선배가 여자친구를 빗대어서 변명을 늘어놓고 있었지만 나도 이미 눈치채고 있었다. 우리가 이렇게 인연들끼리 서로 만났으니 너도 이것을 하늘의 뜻이라 생각하고 우리랑 함께 여기서 같이 살자고 하는 뜻임을 말이다. 그래서 내가 선배에게 무슨 말로 내 본심을 이해시켜주나 하고 궁리를 하고 있는 참인데 곽 여사가 말을 나꿔채간다.

"그건 또 무슨 말이에요 시방?! 자네도 그 친구를 만났다니…?"

내가 괜히 민망하여 얼굴을 붉히자 선배가 킬킬거리며 대꾸를 해준다.

"킬킬킬~ 그게 말이야 킬킬~. 그러니까 이 친구도 이곳에서 여자친구를 만났지 무엇인가 글쎄…. 그러니, 이런 인연이 예사 인연인가? 천생연분이지!"

"난 또… 그러고 보니 예사 인연은 아닌가 보네 정말…"

내가 얼른 분위기를 바꾸고자 곽 여사에게 질문을 던졌다.

"그런데 곽 여사님? 우리가 여기 있는 것은 어떻게 알고 오셨어요?"

곽 여사가 대꾸를 해온다.

"동네방네 소문이 다 났는데, 나는 어디 두 사람 얼굴도 못 알아봤을까 봐서요?"

"예?! 동네방네 소문이 다 나다니, 우리가 그렇게도 유명해졌다는 거예요, 시방?!"

"깔깔깔~ 순진하기는 참. 망향의 언덕에 병정놀이 구경 갔었잖아요? 그러니 반푼이들치고 그 모습 안 지켜봤을 사람이 어디 있겠어요? 두 분께서는 아직도 잘 모르시나 본데. 그 망향의 언덕이란, 깡통쓰레기들이 우리 반푼이들을 겁주기 위해 설치해 놓은 함정이란 말이에요. 과시용 함정 말예요!"

선배가 얼른 반문을 하고 나선다.

"그것이 저놈들의 함정이라 치고, 곽 여사 자네가 그걸 어찌 알았는데?"

"누군가가 망향의 함정에 걸려들면 이 협곡 전체에서 알아차릴 수 있게끔 뿔피리 소리와 함께 그 모습을 바라볼 수 있도록 하늘 스크린에 그 모습이 나타나게 된단 말예요. 그래서 그 사실을 모르는 사람들은 그 소리에 이끌려 그곳으로 발걸음을 하게 되지요. 아마도 두 분 덕분에 많은 사람들이 그곳으로 발걸음을 하고 있을걸요. 아마도…?!"

"그곳으로 사람들을 유인하는 의도는 무엇인데?"

"그거야 나도 정확히 모르긴 하지만, 반푼이들에게 공포심을 심어줘서 온푼이가 될 때까지 동굴 속에 얌전히 숨어있으라는 의도가 아닌가 싶어져요. 협곡을 벗어나서 두 분처럼 그렇게 세상을 함부로 나돌아다니지 말라고 말이에요. 붙잡아 가봐야 쓸모도 없는 반푼이들이니까!"

"그게 그러니까, 세상을 어지럽히지 말고 동굴 속에나 얌전히 틀어박혀 있으라는 뜻인 게지. 일일이 벼락을 퍼붓는 것도 성가신 일이니까!"

"그런 셈이죠 뭐. 인간들이란 원래 그냥 내버려 두면 오죽 극성스러워야 말이죠."

"남의 말 하고 있네. 곽 여사 자네는 인간 아닌가?"

"그러니 이렇게 나돌아다니며 극성을 떨고 있잖아요? 인간이니까! 그렇지만 저놈들이 봤을 때는 우리의 행동들이 얼마나 성가시겠어요? 한곳에 가만히 있어야 벼락이라도 때려서 겁을 줄 텐데. 그것도 여의치 않고…!"

나도 한마디 끼어들었다.

"옳거니, 한곳에 머물러 있지 않고 열심히 나돌아다니면 불벼락도 피할 수 있다는 뜻이로군요? 그런 거지요, 곽 여사님?"

그러자 그녀가 대꾸를 해왔다.

"맞았어요. 그리고 보니 내가 그 생각은 깜박 잊고 있었네요 정말! 천벌이 겁이 나서 겁만 집어먹고 동굴 속에 얌전히 숨어 있을 생각만 했지 열심히 나돌아다닐 생각은 못 했다니까요 글쎄…. 벼락이란 게 워낙 겁이 나서…."

"그럼, 우리랑도 노예시장을 안 가볼 생각이었나요?"

"그랬으면 내가 여길 찾아왔겠어요? 에고머니, 내가 지금 무얼 꾸물거리고 있는 거야 시방? 깡통들 생각은 깜박 잊고 내가 지금….”

그녀가 무슨 말을 하려 했었는지는 나도 대번에 깨달을 수 있었다. 우리가 지금 쓸데없이 노닥거리느라 시간을 너무 지체시켜 불벼락이 떨어질지도 모르니 얼른 이곳에서 장소를 옮겨 이동을 하자는 말을 하려 했다는 사실을 말이다. 그래서 나는 급히 마음속으로 곽 여사에게 간절히 애원을 했다.

(어서 이동을 하십시다. 노예시장으로…!)

이심전심이란 바로 이럴 때 필요한 말임이 분명했다. 곽 여사가 어느새 내 속마음을 알아듣기라도 했다는 것인지. 내 눈앞에는 어느덧 새로운 광경이 펼쳐져 있었던 것이었다.

(으구야~ 곽 여사도 알고 있었나 보네. 공간이동이란 것을-!)

그랬는데, 곽 여사가 데려온 것은 나뿐만이 아니었다. 황 선배도 함께였는데 그것은 너무도 당연스런 일이 아닐 수 없었다. 나를 떨어트려 두고 왔으면 왔지. 자신의 남자친구를 어찌 떨어트려 두고 왔을 일이었겠는가. 그러니까 문제는 곽 여사가 데리고 공간이동을 시킨 것이 나 하나가 아니라 황 선배랑 함께, 두 사람이라고 하는 사실이었다. 그러고 보면 더 많은 사람도 한꺼번에 이동을 시킬 수 있는 것이 아닌지 모를 일이었다. 허긴, 그럴 수도 있을 일이었다. 공간이동이라 하는 것이 에너지가 소비되는 일도 아니고 보면 열 명이든 백 명이든 마음만 서로 통하면 가능할 일이 아니겠는가.

(거참, 신기하단 말씀이야. 하늘세상의 이치라고 하는 것이…!)

곽 여사가 나지막한 목소리로 단호하게 소리를 질러댔다.

"정신을 어따 팔고 있어요 시방?! 여기서 혼자 뒤떨어져 깡통들에게 붙잡혀 가서 시달림을 당해보고 싶어요? 딴 곳에다 정신을 팔고 있게-!"

"에고 깜짝이야! 알았어요 곽 여사님!(앙칼진 암캐가 따로 없네!)"

곽 여사가 용케도 내 속마음을 알아차린 듯했다.

"그래요. 암캐! 그걸, 이제 알았어요? 암캐가 사나운 거!"

"에고야~ (무슨 생각을 못 하겠네!) 그, 그게 그러니까~"

"그러니까 암캐 말 잘 듣고 정신 좀 차려요 제발-! 정신을 다른 데 두면 눈으로 보아도 보이지 않고, 이동을 해도 이동이 안되고 제자리에 머물러 있게 되는 것이니 내게서 뒤떨어져 외톨이가 될밖에…! 그래도 괜찮다면야 마음대로 하시던가!"

"에이- 괜찮을 리가 있나요? 내 인생 쫑치는 건데-!"

"인생 쫑치는 거야 인간세상에서의 일이니 여기서 따질 일이 아니겠지만 지금까지 나를 뒤따라오면서 눈으로 본 게 뭐가 있나요? 아무것도 보질 못했지요? 정신의 세상이란 바로 그런 것이에요. 눈으로 보고도 본 것을 알아차리지 못하는 것이니까요. 정신의 세상에서 정신을 팔면 뭐가 남겠어요? 아무것도 남는 게 없지요. 안 그래요?"

"아, 예. 그랬군요. 정신이 없다는 게 바로 이런 것인가 보군요. 내가 뭘 봤을까요 지금까지?"

"아무것도 본 기억이 없지요? 그래서 정신을 차리라고 하는 거예요. 눈앞의 광경만 열심히 살펴보세요. 그러면서 잠시도 머뭇거리지 말고 나를 뒤따르세요. 우리가 저것들의 모습을 살펴보듯, 저것들도 우리의 모습을 살펴보고 있지만, 우리가 이렇게 계속 발걸음을 떼어놓고 있으면, 우리를 결코 사로잡을 수가 없어요. 그림자가 이동을 하듯 저것들의 눈엔 우리들의 모습이 어른어른~ 스치고 지나갈 뿐이니까요. 아시겠죠. 두 분?"

"예. 알았어요."

내가 대답을 하자 선배도 나랑 동시에 대답을 해온다. 그러자 곽 여사가 만족스럽다는 듯 칭찬을 해왔다.

"에고- 착한 학생들. 선생님 말씀 잘 듣는 침착한 학생들-!"

나는 그 말에 (피식-) 하고 웃음이 나왔으나, 그러면서도 열심히 곽 여사의 꽁무니를 뒤따르며 눈에 비친 전경에만 신경을 기울였다. 딴 생각으로 정신을 빼앗기지 않기 위해서였다. 게다가, 눈앞에서 펼쳐지고 있는 광경이 정녕 딴 생각을 할 수 없도록 내 시선을 사로잡기도 했다. 마치 내 어릴 적 시골장터의 가축시장처럼, 인형들이 사람들을 굴비 엮듯 엮어서 몰고 다니는데, 나는 차마 그 모습을 제대로 쳐다볼 수조차 없었다. 남녀노소라는 말이 이렇게도 가슴 아픈 말이란 것을 상상조차 못 했었다. 인간들을 굴비 취급만 했어도 이렇듯 가슴이 아프지는 않았을 것이었다. 굴비 엮이듯 엮어서 끌려가고 있는 그들 중 일부는 코뚜레를 하여 코가 꿰어 있기도 하고, 또 일부는 쇠사슬이 채워져 있기도 했으며, 또 어떤 사람들은 예수님의 흉내라도 내겠다는 것인지 무거운 십자가를 짊어지기도 했으며, 심지어는 가시 돋친 월계관을 뒤집어쓴 사람들도 뒤섞여 있었다. 그것이 남녀노소에 구분이 없었다. 곽 여사가 설명을 해왔다.

"저 사람들은 깡통사냥꾼들에게 붙잡힐 적에, 거칠게 반항을 한 정도에 따라, 형벌이 결정된 거예요. 사나운 황소처럼 코뚜레를 하지 않으면 마음대로 끌고 다닐 수가 없어서 코뚜레를 하는 것과 같은 뜻이지요."

선배가 말을 받아 한마디 뱉어 놓는다.

"그래도 저 사람들은 인간의 자존심만은 살리려고 했었던 모양이군 그래-!"

나는 아예 입을 다문 채 할말을 잃고 말았다. 이것을 어찌 인간의 자존심과 연관을 지어 생각할 수 있을 일이겠는가. 깡통들에게는 우리 인간이 한낱 사냥감의 대상일 뿐이었으니 말이다. 그러니까, 애완견의 취급만 받는다 해도 저런 꼴을 당하지는 않았을 것이라는 얘기이다. 정말이지 가슴 아픈 일이 아닐 수 없었다.

(이러고도 인간이 만물의 영장이라 할 수 있단 말인가…!)

선배가 내 마음을 알아차린 듯 혼잣말처럼 대꾸를 해왔다.

"자업자득인 게지, 자업자득인 게야! 이제는 밥 먹는 것도 귀찮아서. 인공지능에게 맡기는 세상이 온다고 그랬다는데 자식은 귀찮아서 어찌 낳누 글쎄…"

곽 여사가 맞받아 대꾸를 해준다.

"그러게 말이에요. 이러다가 인간세상마저 깡통들의 세상이 안 될라나 몰라요. 이래저래 인간은 멸망을 하게 될 것이고!"

그러나, 그 말이 내게는 좋게만 들릴 리 없었다. 아무리 불만스러워도 그렇지 인간들이 멸망을 하다니 그것을 어디 말이라고 지껄이는 소린가 말이다.

"아무려믄 인간들이 그렇듯 어리석기만 하겠어요? 언젠가 때가 되면 저것들에 대한 대비도 하면서 기술을 발전시켜 나가겠지요."

선배가 반박을 해온다.

"누가? 기술자들이…? 나는 우리 인간들이 이해가 안 돼. 돈이 되는 게 아니면 아무리 훌륭한 기술도 거들떠보지 않거든? 그러니 기술도 기술 같지 않은 이깟 초보적인 기술 수준의 인공지능들에게 벌써부터 이런 수모를 당하고 있지!"

선배의 얘기에 이것이 기회다 싶어 내가 나섰다.

"이게 모두 사람들이 무지한 탓이지요. 이런 폐품 쓰레기들의 세상이 존재한다는 것을 사람들이 알기나 해야 대비를 하던가 하지요. 그래서 내가 이 사실을 세상에 알릴 생각이에요. 그러니 선배도 나를 좀 도와 주세요. 선배의 도움 없이는 이 사실을 세상에 알리는 일이 쉽지 않거든요?"

역시나 선배는 나와 생각이 달랐다.

"자네가 이 깡통세상의 존재를 인간세상에 알린다고? 말도 안 돼! 사람들이 자네 말을 믿어줄 것 같나? 여기 깡통세상은 반푼이나 올 수 있는 곳이야. 그런데 정신이 말짱한 바보들이 자네 말을 믿는다고-? 꿈을 깨게 이 사람아. 내가 왜 자네를 도와주나? 그 잘난 인간들도 이런 곳에 와서 천벌 맛을 한 번씩 보고 후회를 하도록 그냥 놔둬야지!"

곽 여사가 말을 받는다.

"황 씨 심통이 여기서라고 어디 다를라고-! 그래서 말인데, 두 사람 다 여기 남아서 깡통들에게 붙들려 고문을 한번 당해 볼래요? 딴생각들 하지 말고. 눈에 보이는 것만 생각하라니까 왜 자꾸 내 발걸음을 멈추게 만들어요?!"

나는 가슴이 뜨끔했다. 황 선배를 딴생각으로 이끌어들인 게 바로 나 자신이기 때문이었다. 그래서 내가 얼른 분위기를 바꾸고자 했다.

"미안해요, 곽 여사님! 내가 괜히 쓸데없는 말을 해 가지고 선배까지 혼찌검을 당하게 만드네요. 그런데, 지금 저게 무슨 공연 준비하는 건가요?"

마침 이때 눈앞에서는 깡통들과 인간노예들이 줄줄이 뒤섞여 난장판이 된 시장 한가운데서, 임시 공연장 같은 것이 설치돼 있고 그곳에서는 깡통들이 노예들을 줄지어 세워놓은 채 무엇인가를 크게 떠들어 대고 있었던 것이었다. 곽 여사가 대꾸를 해왔다.

"저게 바로 매매대에요. 노예들을 팔고 사는 매매대 말예요."

그 말에 내가 의심이 들어 다시 물었다.

"내가 사극드라마에서 저 비슷한 광경을 보긴 했지마는 깡통들이 노예를 사고판다는 것은 이해가 안 되네요?"

정말이지 나는 이해가 되지 않았다. 우리 인간노예들과 각양각색의 로봇이며 인형들이 어지럽게 뒤섞여 있는 장터에서 곽 여사의 말대로 사람들이 매매대에 세워져 흥정이 되고 있었는데, 그것이 의문이 아닐 수 없었던 것이다. 노예 인간들에는 남녀노소가 따로 없었으며, 백인과 흑인, 동양인을 비롯해서 그야말로 수백 수천 명이 뒤섞여서 난장판을 연출하고 있었는데 정작 내 의문은 따로 있었다. 로봇이나 인형들이 노예는 사서 무엇을 하는 것이며, 그것들도 사냥꾼과 사용자가 구분이 되어 있는가 하는 것이며, 또한 금전거래가 이루어지고 있는 것인지 그것이 의문이 아닐수 없었던 것이다. 로봇이나 인형들에게 금전이무에 필요할 것이며, 그것들도 인간들처럼 암수가 따로 있어서, 혼인을 하여 자식을 낳으며 살아가고 있다는 것인지 그래서, 노예가 필요한 것인지 또는 음식물이며 의복 같은 것이 매매가 되고 있는 것인지, 참으로 그것들이 의문이 아닐 수 없었던 것이다. 내 질문에 대해 곽 여사가 대꾸를 해왔다.

"저것들이 혼인을 해서 자식은 낳지는 않지만 집단생활은 하니까요. 그렇다고 저것들이 가정부나 종놈이 필요해서 노예를 사 가는 건 아니에요."

"그럼 뭐 때문에 노예가 필요한 것인데요?"

"제놈들이 해야 할 일을 대신 해 줄 일꾼이 필요해서죠"

"일꾼이 필요하다…? 구체적으로 어떤 일인데요?"

"저것들도 각자 할 일이 정해져 있데나 봐요. 구체적으로 말하자면 우리 인간세상의 생활상을 비교해서 생각해 보면 돼요. 그게 그러니까…"

제일 먼저 생각해 볼 수 있는 것이 바로 신도시 건설의 건설노동자들이라고 했다. 그것도 각자 분야별로 팀워크가 구성돼 있을 뿐 아니라, 그것이 수천 수만 곳에서 공사가 이루어지다 보니 항상 인력이 부족하다는 것이었다. 그래서 각자의 팀마다 노무관리 담당관리관이 정해져 있어서 그것들이 공사규모에 따라 노예시장에서 인간노예들을 사고 판다는 것이었다.

"그뿐만 아니라, 공사를 하자면 철근이나 시멘트 등 여러 가지자재가 필요한 것인데, 철광석을 생산하는 광산에서부터 구리,

아연과 같은 광석은 물론이요, 석재나 골재 또는 유리를 만드는 규석이며…"

그런 원자재를 생산하는 광산만 해도 수천 곳이 넘게 산재해 있다고 했다. 게다가, 그것들을 운반하여 다듬고, 제련을 하고, 가공을 해야 함은 물론이요, 그러한 생산 시설이 어디 건설분야 뿐이겠는가.

"각종 의류며 신발 또는 도자기를 비롯하여 인간세상에서 생산하여 사용하는 물건들이라면 이곳에서도 어느 것 하나 빠트리지 않고 생산을 하고 있으니, 아직은 역사가 백 년도 안 된 이 깡통세상에서 우리 인간이나 깡통들의 숫자가 너무도 부족한 것은 당연한 이치 아니겠어요?"

그래서 적은 숫자의 노예인간들을 유효적절하게 배분하여 부려먹기 위해서 인력거래라고 하는 임시 자구책이 생겨났다는 것이었다. 그러니까 우리 인간들이 가축시장을 열어 가축을 거래하듯이 인간들을 거래하게 된 셈이며, 노예사냥꾼 "즉" 인간사냥꾼이라고 하는 깡통들의 새로운 직업도 새로 생겨났다고 했다.

"그것도 전문성이 필요한 분야다 보니까 저것들 사이에서도 노예사냥꾼은 엄청 대접을 받나봐요. 자기들끼리는 말예요."

곽 여사는 황 선배와 나를 데리고 노예시장을 이리저리 이동해 다니면서 잠시도 제자리에 머물지 않은 채 설명을 계속했다. 그동안 황 선배한테서는 보지 못했던 과분한 친절이었다. 물론, 황 선배도 그동안 최선을 다해서 내게 친절을 베풀었지만 그것은 어디까지나 수박 겉핥기에 불과할 뿐이었다. 자신의 부탁을 들어달라는 의미에서 내 환심을 사기 위한 형식적인 친절 말이다. 그러나 곽 여사는 달랐다. 여자의 섬세한 성격 탓이기도 하겠지만 자신의 남자친구에 대한 애정과 나에 대한 진심이 느껴지는 그런 행동이었다.

그렇다고 내가 그 친절을 사양할 이유는 없었다. 어떻게든 나는 이 깡통세상에 대한 최대한의 지식을 습득할 필요성이 있었기 때문이었다. 곽 여사가 설명을 계속했다.

"지금 이곳에 끌려나온 노예인간들은 건설현장 또는 일반 산업현장에서 실컷 부려먹다가 용도가 끝난 잉여 인력들이 대부분이에요. 우리처럼 반푼이에서 온푼이가 되어 붙잡혀 나온 새로운 인력들은 저것들이 필요로 하는 숫자의 백 분의 일도 안 된다는 뜻이에요. 그러다 보니 인력시장이 이렇듯 북적대게 된 것이지요. 이런 인력시장이 수천 곳이 넘는데도 말예요."

나는 그만 탄식을 쏟아내지 않을 수 없었다. 수천 명이 득실거리는 이런 인력(노예)시장이 수천 곳도 넘는다면 도대체 얼마나 많은 인간들이 노예로 끌려와 있다는 것인지 가늠이 되지 않았기 때문이었다.

"흐이그~ 도대체가 우리 인간들이 몇만 명이나 노예로 끌려와 있다는 거예요 그럼…?"

곽 여사가 어이가 없다는 듯 발을 멈추며 내게 말했다.

"지금 몇만 명이라고 그랬나요 이사님? 이 깡통지옥에 끌려온 인간노예들의 전체 숫자가…?"

"그래요, 몇만! 그러니까 그보다 더 많다는 거예요? 아니면 더 적다는 거예요?"

"기껏 몇만이라니. 백여 년 동안 붙잡혀 온 인간들의 숫자가 몇만이라는 거지요 시방…? 하루에도 세계 각처에서 코가 꿰어 끌려오는 반푼이들의 숫자가 수천 명은 된다고 했는데…?"

"엑! 말도 안 돼! 그러면 도대체가 몇백만 명이나 된다는 거에요 그게?!"

"몇백만 명요? 아마 모르긴 해도 몇천만 명은 되고도 남을걸요? 백여 년 동안 붙잡혀 온 숫자를 모두 합하면 말이에요."

그러나, 그것만은 나도 인정하고 싶지가 않았다. 곽 여사도 결코 알고서 하는 말이 아니기 때문이다. 황 선배가 나서서 교통정리를 해준다.

"그깟 거야 계산을 해 보면 금방 답이 나오지 뭐. 하루에 몇천 명이라. 그것을 열 배로 더하면 몇만 명, 백 배면 몇십만 명, 일 년이면 최소 백만 명이라고 계산하고, 그게 오십 년이면…? 자네가 계산해 보게. 나는 당췌 숫자개념이 없어놔서…"

"곽 여사님도 그 숫자는 정확히 모른다고 했잖아요? 그래서 말인데, 나도 숫자개념이 없는 것은 선배나 마찬가지에요. 그러니 그것은 그만 대충 넘어가기로 하고, 다른 얘기 하죠 우리!"

곽 여사가 말을 받는다.

"허긴, 그까짓 숫자가 무에 중요하겠어요? 깡통지옥이라고 하는 하늘세상이 존재한다는 게 중요한 거죠. 그런데, 다른 건 또 뭐가 궁금하죠?"

그 말에 내가 얼른 나서서 궁금한 것부터 질문을 하고 본다.

"내가 아까부터 질문을 하고 싶었던 건데요? 깡통들이 노예를 사고판다면. 그 대가는 돈으로 하나요? 아니면 다른 교환물품이 따로 있나요?"

곽 여사를 대신해서 선배가 얼른 말을 받아나선다.

"그것은 내가 대답해 주지! 그런데, 자네에게 먼저 한 가지 물어볼 것이 있네. 저 깡통 폐품들은 어디서 왔다고 했지?"

"그걸 지금 질문이라고 하세요? 그거야 당연히 로봇이나 인형 같은 폐품 영혼들이니까 우리 인간세상밖에 더 있겠어요? 안 그래요?"

"그래 맞아. 바로 그거야. 그렇다면 저것들이 인간들에게서 보고 배운 것이 뭘까? 가장 눈에 잘 띄면서 따라 배우기 쉬운 거!"

"그게 뭘까요? 밥 먹는 것도 아닐 테고, 그렇다면 똥오줌 싸는 것도 아니라는 뜻인데, 그것 말고 또 뭐가 있죠?"

"허풍 떠는 거, 으스대는 거, 몸단장하는 거, 공작새처럼 자신을 돋보이기 위해 허세를 부리는 거 말이야. 인간세상에서는 저것들이 생명체가 아니기 때문에 그런 걸 모른다고 알고 있었거든? 동물적인 본능 같은 게 있을 리가 없으니까 말이야."

"서론이 너무 길어요. 내가 그렇게도 알아듣게 얘기했잖아요? 서론은 빼고 본론만 얘기해도 알아듣는다고 말예요."

"맞아, 그랬었지. 그래서 말인데, 저것들이 인간세상에서는 그냥 목석인 줄 알았는데 이곳에서 영혼으로 태어나면서 아마도 정신력이라고 하는 것이 생겨난 모양이야. 그랬으니 인간들이 하던 일은 죄다 모방을 해서 따라 하는 게 아니겠는가? 아마도 하나님께서 저것들에게 생명을 불어넣어 준 모양이야. 그게 아니라면 인간을 사냥해 올 줄도 몰랐을 테니까! 게다가 지네들만의 도시를 건설할 생각도 했을 리 없고. 인간들을 시켜서…!"

"그래서 본론은요?"

"화폐를 사용한다는 사실이야. 액세서리를 구입해서 몸치장을 하기 위해!"

"결론은 그거면서 서론이 그렇게 길었군요? 내게는 그것도 피가 되고 살이 되는 얘기기는 하지만서도!"

"그렇거든 그냥 듣고 넘어가 줘. 곽 여사 얘기만 계속 듣다 보니까 내 입에서 가시(구더기)가 슬 것 같더라니 글쎄!"

"킬킬킬~ 곽 여사님, 입 좀 닫고 쉬시라고 선배가 참 애를 쓰시네요. 그런데 선배는 여기가 처음이라면서 그딴 거는 어찌 아셨어요?"

"척, 하면 삼척이지 이 사람아? 저것들이 어디 여기서만 사는 줄 아나? 영혼세상이라는 곳에서는 어떤지 모르겠지만, 이곳 깡통들의 귀신세상은 우리 인간세상의 판박이라니까. 글쎄 사방천지에 저것들이 안 살고 있는 곳이 없단 말씀이야. 부부가 결혼하여 가정을 이루는 것만 빼고 말씀이야!"

"예에, 그랬군요. 내가 하마터면 선배를 무시할 뻔했네요. 킬킬~"

"아부할 거 없어. 그런다고 내가 자네의 그 얄팍한 술수에 넘어갈 사람도 아니니 말씀이야."

"이그~ 젠장! 그런 거는 좀 모른 체하고 넘어가 주면 안 돼요? 곽 여사님도 있는 앞에서 꼭 그렇게 내 자존심을 짓밟아야 겠냔 말예요."

곽 여사가 급히 나선다.

"농담들 하는 거 보니까 이제 노예장터는 더 이상 흥미가 없나 보네요. 그렇담 나도 이제 더 이상 필요치가 않겠군요?"

곽 여사가 무슨 생각으로 그런 소리를 하는지 나는 정녕 알아차리지를 못했다. 그랬는데, 다음 순간 나는 그만 두 눈이 휘둥그레지고 말았다. 곽 여사가 갑자기 모습을 숨기고 사라져 버렸기 때문이었다.

"에고머니나, 곽 여사님 어디로 갔나요?"

선배가 대꾸를 해준다.

"자네한테 얽히기 전에 되돌아갔어. 내 신세 되기 싫어서!"

나는 그만 뒤통수를 한 대 얻어맞은 기분이었다. 곽 여사에게 걸었던 기대가 한순간에 사라져 버리고 말았던 것이었다.

15. 마음 따라 가는 세상

　곽 여사가 별다른 내색도 없이 우리 곁을 떠나버리자 나는 정녕 닭 쫓던 개가 되지 않기 위해서 선배에게 또다시 의지를 할 수밖에 없었다.

　(에그~ 그럴 거면서, 나타나긴 뭐 하러 나타났나 글쎄…)

　그래서 내가 선배에게 물었다.

　"곽 여사께서 나랑 얽히기 싫어 떠났다는 게 무슨 뜻이에요?"

　"으응! 자네의 마음이 내게서 떠나 곽 여사에게 매달리려는 눈치를 보이자 자네의 마음이 풀려있는 상태를 이용해서 얼른 위기를 모면해 버린 것이야. 자네랑 얽혀 있으면 나랑 만나는 것이 쉽지 않거든? 단 둘이서!"

　"나 원 참 기가 막혀서…! 그렇다고 인사도 없이 그렇게 떠나요?!"

　"으응. 여기서는 그게 상식이야. 인정이라고 하는 것은 인간 세상에서나 있는 것이니까"

　"그게 상식이라니 할 말은 없지만, 선배랑은 이미 교감이 있었나 보네요? 그러니 나는 모르는데 선배는 그렇게 잘 알고 있는 거겠지요?"

"이 사람이 또 남의 다리 긁고 있네. 서로 간에 교감이 있어야 만 아는 겐가? 느낌으로 아는 게 바로 이심전심이라 하는 게야."

"끄으음–!"

나는 또다시 말문이 막히고 말았다. 그래서 (선배는 왜 안 떠났어요?)라고 물어보려다 말고 입을 다물었다. 내가 그렇게 입방정을 떨면 선배 역시 내 곁을 떠나버릴 것 같은 생각이 들어서였다. 아직까지도 나는 선배가 내 정신줄이랑 서로 얽혀 있다는 사실을 깨닫지 못하고 있었기 때문이었다.

선배가 내게 또다시 정신을 일깨워왔다.

"자네 아직도 반응이 없는 것을 보니 제정신이 아닌 게 분명하구먼?"

"예? 내가 제정신이 아니라니…"

하다 말고, 그때서야 선배의 말뜻을 알아차릴 수 있었다. 내가, 잠시 정신줄을 놓고 있는 사이 선배가 어느새 나를 노예장터에서 다른 장소로 공간이동을 시켜놓고 있었던 것이었다. 선배가 다시 말했다.

"영자가 우리 곁을 떠나는 눈치를 알아채고 내가 얼떨결에 다른 장소로 이동을 해버린 것이야. 자칫 그곳에서 못 빠져나올까봐!"

"겁이 났었군요? 그렇다면 여긴 어딘지 알고나 온 거에요?"

"몰라! 갑자기 이동을 했는데 내가 어찌 알아?! 그곳에서만 도망쳐 나오면 되는 거지!"

"에고~ 미쳐! 그러다가 잘못되기라도 하면 어쩌려고…."

"벌써 잘못됐어! 저기 보게? 저거, 만화에서나 보던 마귀소굴 같다는 생각이 안 드나? 내가 순간적으로 겁을 집어먹은 결과인 모양이야!"

"그러니까, 겁을 집어먹고 이동한 것이 정말로 겁나는 곳이라는 뜻인가요?"

"그렇다고 봐야겠지! 저게 바로 꿈의 궁전이란 뜻인 게야. 마귀소굴!"

나는 그만 온몸이 바짝 오그라들고 말았다. 그래서 급히 소리쳤다.

"그렇다면 어서 도망쳐야지. 이렇게 여유를 부릴 때가 아니잖아요?!"

"예끼 사람! 이것도 인연인데, 기왕에 온 거 마귀 왕국은 어떤 곳인지 구경은 하고 가야 안 되겠나? 사실은 나도 깡통들 세상에 저런 으스스한 곳이 있을 줄은 상상도 못 해봤거든?"

"그래서 저길 구경하고 가자고요?"

"그래야지 별수 있나? 돈 주고도 구경할 수 없는 곳인데. 이런 기회를 놓칠 셈인가, 자네는…?"

"아무리 호기심이 많다고 해도 이건 아니지요. 저―생긴 모습이 보기만 해도 소름이 끼치는데. 진짜로 마귀라도 살고 있어서 그것들에게 붙잡히기라도 하면 그땐 선배가 책임지겠어요?!"

"내가 왜 책임을 져? 자네가 있는데!"

"그게 뭔 소리예요? 내가 뭘 어쩌라고…?"

"어쩌긴 뭘 어째? 자네는 인질로 붙잡혀 주면 되고. 나는 자네를 미끼로 던져주고 도망치면 되고…."

"그거, 말 되네! 그게 선배 본심이지요, 그쵸?"

"잘 알면서 묻긴 왜 물어? 자— 이제 가 보세나. 어서 따라오게!"

선배가 앞장서서 걸어가는 곳은 천 길 낭떠러지 위에 설치되어 있는 출렁다리였다. 수백여 미터나 될 듯 보이는 출렁다리 건너편엔 그야말로 안개 속에 얹혀 있는 듯한 기묘하게 생긴 성채가 한 채 있고, 그곳에서는 언제라도 마귀 같은 괴물들이 뛰쳐나와 우리들을 나꿔채갈 것만 같았다. 펄펄 끓는 가마솥에 집어넣고 튀김요리를 해서 잡아먹으려고 말이다.

(에그~ 안돼! 정신의 세상에서는 생각이 곧 현실이 된다고 했는데. 그래서 우리가 이런 곳으로 이동을 해 온 것이 아니겠는가…)

그렇다면 지금이라도 선배를 말려서 되돌아가야겠지만 선배는 나를 데리고 주저하는 기색도 없이 출렁다리를 건너가고 있었다.

"선배? 제발 이러지 말고 되돌아가요. 예? 우리가 시방 꿈속에서 모험이나 즐길 십대들도 아니고. 정신 좀 차려봐요 선배?!"

선배가 낄낄거리며 말을 받아왔다.

"낄낄낄~ 꿈속에서 모험을 즐기는 것은 십대들이라고 했나? 그렇다면 우리도 십대들 기분을 한번 내 보지 뭐. 이럴 때가 아니면 우리가 언제 이런 놀이를 해 볼 수 있겠나. 안 그래?"

나는 그만 울화통이 치밀어오르지 않을 수 없었다. 그래서 나도 모르게 고함소리가 터져 나왔다.

"선배는 이게 시방, 십대들의 놀이로만 보이는 거예요?! 선배가 나 엿먹이려고 이러는거 나도 알아요. 우리가 마귀들에게 붙잡혀서 시간이 지체가 되면 나도 반푼이가 되어서 이곳에 발이 묶인다는 거! 선배가 그걸 노리는 거지요. 그렇죠?!"

그러자 선배도 양심이 찔렀던지 우뚝 발을 멈춘다. 그리고는 내게 대꾸를 해왔다.

"자네 말을 듣고 보니 내가 오기를 부려서 자네를 엿먹이려고 하는 거 같기는 하네. 그렇지만 내 본심은 그런 것이 아니라 정말로 한번 가 보고 싶다네. 마귀가 됐든 깡통들이 됐든 그것들이 우릴 어쩌는지 한번 보고 싶어서 말씀이야."

"그딴 소리 하지 말고 어서 되돌아가자구요. 나는 정말로 가기 싫어요!"

"그, 그래? 그렇다면 할 수 없지 뭐. 자네가 나를 붙잡고 놓아 주지 않으니 어쩌는가? 그냥 되돌아가야지!"

그제서야 나도 깨닫는 것이 있었다. 내가 강력히 거부를 하면 선배도 어쩌지 못하고 발길을 돌려야 한다는 사실을 말이다.

(진즉에 생각이 났으면 처음부터 따라나서지 말고 버텨볼 걸…!)

선배가 내 마음을 알아차렸다는 듯이 대꾸를 해왔다.

"그래, 알았네! 그래서 되돌아가자고 했잖은가?!"

그제세야 나도 안심이 되었다.

(에고- 젠장! 우리가 시방 소꿉놀이나 하고 있을 나이인 가…!)

사실은 소꿉놀이가 아니라 코흘리개들의 말장난인 셈이었다. 그러면서 나는 또다시 엉뚱한 생각으로 빠져들었다. 지금 내가 겪고 있는 이 모든 것들이 환상일 것이라고 하는 생각 말이다.

(그래 맞아, 이것은 환상이야! 환상이 아니라 현실이라고 한다면 내가 어찌 나잇값도 못 하고 이런 동화 속 세상으로 빠져들 수 있을 일이겠는가)

　내가 생각해도 한심스럽기 짝이 없었다. 코흘리개 시절의 만화 속 전경이 지금 그대로 전개되고 있었기 때문이었다.

　(내가 아직도 마음속에서는 어린 시절의 동심이 그대로 남아 있었나 보네-!)

　그랬는데, 나의 이런 혼란스런 마음이 또 다른 시련으로 이어지게 될 줄 어찌 상상이나 했었겠는가. 갑자기 기분이 이상해서 정신을 차리고 주위를 둘러 살피는데 (앗뿔싸-!) 이것은 환상이 아니었던 것이다. 그때서야 나도 깨닫는 것이 있었다. 내가 다른 잡념으로 정신이 해이해지면 불행스런 일이 뒤따라 벌어진다는 사실을 말이다. 그랬는데 아니나 다를까. 출렁다리가 갑자기 흔들리기 시작했다. 선배가 황급히 탄식 소리를 쏟아내놓는다.

　"흐이구야~ 이럴 줄 알았으면 진즉에 다른 곳으로 이동해 갈 걸-!"

　그러니까 지금은 다리가 요동을 치며 흔들리는 바람에 공간이 동이 안 된다는 뜻임이 분명했다. 정신을 가눌 수가 없기 때문일 것이었다. 그리고 드디어 출렁다리가 (툭-!) 끊어졌다. 나는 그만 나도 모르게 비명소리를 내질렀다.

　"아니야, 아니야. 이건 아니야-!"

　그러나, 이미 몸뚱이는 천 길 낭떠러지 아래로 추락을 하고 있었다. 그야말로 추풍낙엽이 따로 없었다. 바람에 흩날리는 가랑잎처럼, 나는 그렇게 한 점 낙엽이 되어 흩날리고 있었던 것이었다. 이것은 정말이지 말로는 표현할 수 없는 공포 그 자체였다. 그럼에도 황 선배가 함께 추락하고 있다는 사실은 깨달을 수 있었다. 순간적이나마 그것은 내게 위안이 되었다. 선배도 이럴 때는 나랑 조금도 다름없이 초라하게만 느껴졌기 때문이었다. 희한하게도 그것이 위안이 될 줄은 나도 몰랐었다. (초라한 것은 나뿐만이 아니라 선배 너도 마찬가지구나) 하는 사실 말이다. 그러면서도 그 공포심만은 여전했다. 그냥 그만 (뚝) 떨어지고 나면 만사가 끝날 텐데 왜 이렇게 오래도록 추락을 하면서 공포가 지속되는 것인지 나는 정말이지 그것을 이해할 수가 없었다. 하늘세상에서는 뭐든지 내게 불리한 것은 이렇게 오래도록 지속이 되어 나를 한껏 공포스럽게 만드는 것인가보다는 생각이 들었다. 그랬기에 그것을 직접 겪고 있는 나 자신은 참으로 천벌이 따로 없었다. 이것이 인간세상이었다면 아마도 심장이 (딱!) 멈추어 버렸을 것이었다.

그리고 드디어 땅바닥에 (뚝-!) 떨어졌다. 그 순간 나는 깨달았다.

(어구야~ 나는 이제 죽었구나!)

당연했다. 천 길 낭떠러지 위에서 굴러떨어지고도 살아남을 사람이 세상에 어디 있겠는가. 그리고는 그것이 곧바로 고통이 되어 나타나고 있었다. 아마도 몸뚱이가 묵사발 된 듯싶어 보였다. 삭신이 녹아내린다는 말이 바로 이런 경우를 두고 하는 말일 것이었다.

나는 정말이지 비명소리 한번 내지르지 못했다. 내 몸뚱이가 땅바닥에 부딪히는 순간부터, 뼈마디가 아예 산산조각이 나는 그 고통이 고스란히 내게 느껴지기 시작하고 있었기 때문이었다.

(에고~ 죽겠네-! 얼른 까무러치기나 하거라 제발…!)

그러나, 죽을 만큼 고통만 심할 뿐, 결코 까무러치는 법도 없었다. 아마도 피 한 방울, 살점 하나 녹아 없어질 때까지 고통이 계속될 모양이었다.

(하나님 아버지- 나 좀 살려줘 제발…!)

하나님이 야속할 여유조차 없었다. 죽을 만큼 고통이 심한데 하나님이 야속할 정신이 어디 있겠는가. 정말이지 뼈마디가 박살 나는 고통이 이런 것일 줄은 꿈에도 상상하지 못했었다. 그러면서도 (이것이 천벌이구나-) 하는 생각은 머리에 떠올랐다. 아마도 천벌의 고통을 일깨워주기 위한 하늘의 뜻인 듯싶어 보였다. 그랬기에 고통스럽단 것 외에 다른 것은 아무것도 생각나는 것이 없었다. 고통스럽다는 생각만으로도 온통 머리가 터질 지경인데 다른 생각을 떠올릴 빈틈이 어디 있겠는가. 그래서 천벌이라 하는 것인지도 모를 일이었다. 지난번 불벼락 때도 그랬지만 인간으로서는 결코 견딜 수 있는 고통이 아니었다. 차라리 기절이라도 해서 고통을 느낄 수 없게 된다면 그것이 바로 하나님의 축복일 것이었다. 그럼에도 기절을 할 수 없는 것을 보면 이곳이 지옥인 것만은 분명했다. 지옥이 아니고서야 내게 이런 일이 일어날 수가 없을 일이기 때문이다. 어찌됐건, 천벌의 고통은 괴로운 것이었다. 천벌의 고통을 당해보지 않은 사람들에게 그 괴로움을 어찌 이해시킬 수가 있겠으랴마는 인간의 인내의 한계를 뛰어넘는 일임에는 분명했다. 그것이 바로 지옥의 형벌인 것이다. 천벌 말이다.

그러고 보면 황 선배와 나는 전생에 엄청난 죄를 지은 죄인이 었는지도 모를 일이다. 그랬기에 아직은 죽지도 않은 반푼이 주제에 벌써 천벌을 두 번씩이나 얻어맞고 있으니 하는 말이다. 그게 아니라면 하나님이 시샘을 해서 우리를 지옥으로 떨어트린 것인지도 모를 일이다. 인간으로서 감히 하늘세상의 이치를 깨우치려 했다고 해서!

어쨌거나, 천벌의 고통은 한도 끝도 없이 계속되었다. 아마도 한 일 년쯤은 지속이 된 듯싶어 보였다. 그리고 가까스로 끝이 났다. 묵사발이 된 몸뚱이가 겨우겨우 원상으로 회복이 된 모양이었다. 정말이지 나는 두 번 다시 천벌의 고통을 경험하고 싶지 않았다. 천벌의 고통이란 것을 어찌 말로써 다 표현을 할 수 있겠으랴마는 정말이지 나는 천벌이 싫었다. 지옥세상의 실체를 사람들에게 밝혀주지 못한다 할지라도 내가 인간세상으로 다시 돌아가게 된다면 두 번 다시 거울 같은 것은 쳐다도 안 볼 것이라 맹세를 했다.

(그래그래, 나 같은 게 감히 하늘세상의 진실을 밝혀보겠다고 이렇듯 나섰으니 어찌 천벌을 안 얻어맞고 견뎌!)

내가 생각을 해도, 내게는 너무나 분수에 넘치는 오지랖이었다. 내깟 게 감히 하늘세상을 상대로 그 진실을 밝혀보겠다고 오지랖을 떤단 말인가.

(안 되지! 안 되고 말고…!)

나는 결코 내 자신의 능력한계를 모르는 바가 아니었다. 태초에 인간들이 이 세상에 태어나 수십만 년 또는 수백만 년을 살아오면서 그 장구한 세월 동안 문명을 발전시켜오고 있었으나, 하늘세상에 대한 진실을 밝혀낸 일은 결코 없었다.

그것은 하늘세상의 일이지 인간의 영역이 아니기 때문이었다. 그래서 새로운 다짐을 하나 하게 되었다. 이제 두 번 다시 교수님을 끌어들이겠다는 생각 같은 것은 아예 마음속에서 지워버리겠다는 다짐 말이다. 굳이 천벌까지 받아 가면서 내가 결코 해서는 안 될 일이란 사실을 비로소 깨닫게 된 셈이었다.

그러자 참으로 마음이 홀가분해졌다. 드디어 내가 꿈속에서 깨어난 기분이었다. 이러한 내 기분을 이해하기라도 했다는 듯 누가 말을 걸어왔다.

"자네 괜찮은가? 이제 정신이 좀 돌아왔어?"

황 선배였다. 그 바람에 그만 기겁을 하지 않을 수 없었다.

"에그머니, 아직도 내가 꿈속에서 깨어나지 못했나 보네…!"

정말이지 이것은 내가 원하는 바가 아니었다. 아무리 꿈속이라 할지라도 천벌이란 것이 결코 내 마음속에서 지워질 리 없었다. 그랬기에, 황 선배의 존재가 마음에 들 리도 없었다. 꿈속이든 환상이든 그것에서 내가 아직도 깨어나지 못하고 있다는 것이 엄청 두려웠기 때문이었다.

그랬는데, 결국에는 그만 낙담을 하고 말았다. 선배가 결국은 나를 환상에서 깨어나지 못하도록 찰거머리처럼 붙잡고 늘어졌기 때문이다.

"맛이 갔군, 맛이 갔어! 자네는 아직도 꿈속에서 헤매고 있나?"

내가 반박을 해주었다.

"꿈을 꾸건 말건 선배만 내 눈앞에서 사라져주면 돼요! 그러니

맛이 갈 땐 가더라도 '뿅'하고 사라져 줘요 제발-!"

"내 예상이 맞았군! 천벌 맛을 보더니 결국엔 맛이 갔네, 맛이 갔어!"

나는 선배의 대꾸가 더욱더 마음에 들지 않았다. 내가 꿈속에서 깨어날 수 있도록 내 곁에서 사라져줄 생각은 하지 않고 자꾸만 내 마음을 헷갈리게 만들고 있었기 때문이었다.

"내가 아무리 꿈을 꾸고 있다고는 할지라도 이러면 안 되지요, 선배? 그래서 말인데요? 이게 꿈인 거는 맞죠 시방?!"

"왜? 이게 꿈이 아닐까 봐 그렇게도 두려운가?"

"당연하죠. 선배도 생각해보세요. 이게 꿈이 아니라면 내가 왜 천벌을 받아야 하며…. 맞나 보네, 꿈이 아닌 거!"

"킬킬킬~ 북치고 장고 치고, 혼자서 다 하게나. 나는 구경만 할라니까. 그건 그렇고, 천벌을 받았으면 너만 혼자 받았는가? 나도 겁나 죽겠구먼!"

"겁나 죽겠다면서 킬킬거리긴 왜 킬킬거려요? 이제보니 맛이 간 건 내가 아니라 선배네요. 킬킬거리는 걸 보니…!"

"그거 말 되네! 그래서 말인데, 이제 정신이 좀 돌아왔나? 허긴, 정신이 드는 게 겁이 났을 테지. 또다시 천벌 맛을 보게 될까 봐!"

"그건 맞는 말이에요! 정말이지 싫어요. 방금 전에 우리가 출렁다리 위에서 굴러떨어진 거 맞죠? 그런데도 어째서 안 죽고…."

"죽었으면 아픈 줄도 모르게? 안 죽었으니까 천벌인 걸 알았지!"

"그러게요. 하필이면 이딴 곳에는 뭐 하러 와 갖고…!"

"나도 얼떨결에 온 것이지 오고 싶어 왔겠나? 그바람에 천벌 맛을 본 것이긴 하지만…. 그런데 저거는 또 뭔가 시방?!"

선배의 표정이 순간 석고상처럼 굳어지고 있었다. 정말이지, 귀신이라도 본 듯한 표정이었다.

(왜 그러나 또? 사람 놀래키려고…!)

그랬는데 아니나 다를까, 나도 다음 순간 얼음이 되고 말았다. 우리가 출렁다리 위에서 떨어진 이곳은 천 길 낭떠러지 아래, 우거진 수풀 속이었다. 이곳이 수풀 속이란 것도 방금 전에 알아차린 사실이었다. 그랬는데, 그딴 것이 문제가 아니었다. 우거진 고목나무들과 작은 나무들, 그리고 풀과 바위들이 숨바꼭질 놀이를 하고 있었던 것이다. 정말이지 그랬다.

(저것들이 미쳤나−? 아니면 내 눈이 잘못됐나…?)

참으로 기가 막힐 노릇이었다. 땅속에다 뿌리를 박고 서 있어야 할 고목나무들이 뿌리를 드러낸 채 (살금살금) 걷다가 내가 얼굴을 들어 쳐다보기만 하면 걸음을 (딱!) 멈추는 것이었다. 그 것은 고목나무뿐만이 아니라 어린 나무들과 온갖 잡동사니 풀들도 마찬가지였다. 그것뿐이라면 또 다행이었다. 크고 작은 바윗돌들을 비롯해서 낭떠러지 아래로 널브러져 있는 넝쿨들까지 그 놀이에 가세를 하고 있었다.

(하늘세상에서는 풀과 나무들도 땅 위에서 걸어다니며 산다는 말인가? 심지어는 돌멩이까지도 살아서 걸어다녀…?)

나는 하늘을 쳐다보는 척하다가 재빨리 땅바닥을 내려다보았다. 그랬는데 아니나 다를까. 그것들이 내 눈을 속이고 (살금살금) 뿌리를 앞으로 내딛다가 걸음을 (딱-) 멈추는 것이었다.

(니놈들이 지금 나하고 술래놀이 하자~ 이 말이지 시방?!)

그래, 좋다! 안 그래도 시방 내가 천벌 때문에 겁이 나서 죽을 지경인데 이것들이 술래놀이를 하자는데 못 할 바가 무에 있겠는가.

(킬킬킬~ 무궁화 꽃이 피었습~다!)

옳다구나, 딱 걸렸다. 그것들이 (살금살금~) 발걸음을 떼어놓다가 내 시선에 딱 걸려들고 말았던 것이었다.

(그래그래! 네놈들의 숨겨진 비밀이 내 눈에 딱 걸렸으니…)

나도 이제 수풀 속의 비밀을 모두 알아채게 된 셈이었다. 그것들이 세상의 눈을 속여 땅바닥을 걸어다니고 있다는 사실을 말이다. 그것은 참으로 중요한 일이었다. 기껏 풀과 나무와 바위 같은 것들이 감히 세상의 질서를 무시한 채 땅위를 걸어다니고 있다니. 그걸 어찌 그냥 묵과할 수가 있다는 말인가.

그랬는데 그것이 문제였다. 그것들이 감히 하늘의 질서를 무너뜨리며 세상을 어지럽히고 있는 것은 사실이거니와, 그럼에도 딱히 그것들을 응징할 수 있는 방법이 무엇인지를 알아낼 수가 없었기 때문이었다.

이때, 내 기분도 알아채지 못한 채 분위기를 깨고 나서는 것은 바로 선배였다.

"자네? 저것들하고 숨바꼭질하는 건가 시방?"

나는 그만 황 선배의 방해 때문에 동심의 세상에서 되돌아오고야 말았다. 내 행동을 보고 황 선배가 그 모든 사실을 알아차린 것임이 분명했기 때문이었다. 그러면서도 또 한편으로는 멋

쩍은 표정을 지을 수밖에 없었다. 마치 낯뜨거운 행동을 하다가 들킨 사람처럼 말이다.

"에이- 숨바꼭질은 무신…! 그나저나 황 선배도 봤지요, 저 거? 풀과 나무들은 물론이요, 돌멩이까지….."

의외로 황 선배의 반응은 엉뚱했다.

"그래서 무얼 어쩌라고? 저것들이 자네에게 숨바꼭질이라도 하자고 그러던가? 아무것도 아닌 걸 갖고 과민하기는 원…!"

"아무것도 아니라니….. 저것들이 감히 하늘의 질서를 어지럽 히고 있는데 그것이 아무것도 아니란 말이에요 시방?!"

"그래그래, 자네 팔뚝 굵은 거 나도 알아! 그치만서도 이곳이 아무리 깡통들 세상이요 쓰레기 무덤이라고 해도 세상을 그렇게 얼렁뚱땅 보는 게 아니야. 그러니 정신 똑바로 차리고 다시 한번 잘 보게!"

"다시 보고 자시고 할 게 뭐가 있다고…"

세상은 역시 그대로였다. 내가 눈만 똑바로 뜨고 쳐다보면 이 상할 게 아무것도 없었다. 세상은 있는 그대로였다. 나무도 그냥 그 자리에 서 있고 돌과 바위도 움직이는 기색이 전혀 없었다.

(그거야 당연한 일이지 뭐, 이것들이 아예 숨바꼭질을 하자는 데, 내가 눈을 똑바로 뜨고 쳐다보면 달라질 게 뭐가 있어?!)

선배가 또다시 내 속마음을 알아차린 듯했다.

"자네 마음속엔 아직도 이것이 환상이란 생각이 남아있어. 나 도 자네처럼 동심 속에서 살아봤으며 좋겠네. 그럼에도 그 불 안한 기색은 무엇인가? 아마도 천벌의 두려움인 게지? 그런 거 지?"

"그러는 선배는 천벌이 안 두렵단 거예요?"

"왜 안 두려워? 이제는 이런 세상에 익숙해져야 하니. 두려워도 그냥 참고 이겨내는 거지!"

"그럼, 그 지긋한 천벌을 또다시 감수하겠다는 뜻인가요. 그 말은?"

"그 반대야. 이제 내가 자네에게 희망을 걸기에는 요원한 일이 됐고, 그래서 노예로 끌려가는 날만 기다리며 자숙하고 지내겠다는 생각 말일세. 지금까지는 순전히 자네 덕분에 두 번씩이나 천벌 맛을 보게 되었지만. 어쩌겠나? 이것도 죄다 하늘의 뜻일 테니 순리대로 따를밖에!"

"그래서 깡통들의 노예가 되는 것도 감수하겠다고요?"

"그래! 노예가 되면 천벌은 안 맞을 테니. 그나마도 다행 아닌가?"

"그래서 온편이들이 노예로 끌려가면서도 하늘의 뜻이라 여기나 보군요?"

"당연하지! 노예로 끌려가면 깡통들의 공격에서는 벗어날 수 있으니까!"

"끄으음-!"

나는 그만 신음소리를 뱉아내지 않을 수 없었다. 선배의 처지가 참으로 안타깝기만 했다. 사람들에게 그토록 고통스럽다는 노예생활을 다행스럽게 여긴다는 말이 내 심금을 울리고 있었기 때문이었다. 인간의 나약함을 피부로 깨닫는 순간이었다. 그랬기에 나는 또다시 마음의 갈등을 느낄 수밖에 없었다. 내가 죽어서 영혼이 있다 한들, 지옥에를 갈지 천국에를 갈지, 그리고 육신도 없는 영혼에게 무슨 미련이 있다고 천국과 지옥을 따질 것이며 (비록 일부나마) 인간들의 불행을 (뻔-히) 알면서도 그 사실을 외면한 채 자신의 안녕만을 생각하여 인간의 도리까지 팽개친다는 것이 참으로 마음에 걸렸다. 나뭇잎에 기생하는 벌레들이 자꾸만 머리에 떠올랐다.

(내가 그깟 벌레들이랑 무엇이 다르단 말인가!)

참으로 양심을 후벼파는 마음의 고뇌가 아닐 수 없었다. 내가 결국 나뭇잎의 벌레나 다름없는 존재가 된다는 것이 말이다.

(세상 사람들이 모두가 나처럼 벌레 같은 존재는 아닐 테지만…!)

내가 마음의 갈등을 느끼게 되는 이유였다.

16. 꺼꾸리 세상

내가 왜 자꾸만 마음의 갈등을 느끼게 되는지는 나 자신도 이해할 수 없었다. 이것도 모두가 욕심일지 모른다고 했거니와, 내가 인간이기만 포기를 하면 만사가 해결이 되는 일이었다. 그럼에도 그것이 양심에 걸리는 것은 또 무슨 이유란 말인가.

"자네 참 못 말리는 사람이구만? 내려놓게 내려놔! 세상근심은 혼자서 다 하는 사람 같아 보이는구면…? 그래서 말인데… 아, 아닐세 아니야. 자네한테 또 무슨 소릴 들을라고…!"

"그러게 왜 자꾸 내 속마음을 도둑질해 가는 거에요 글쎄!"

"흐이그~ 내가 자네 같은 사람을 데리고 무슨 말을 더 해야 할까! 그나마도 천벌의 공포에서 벗어난 것만은 가상하네 그려."

"그것만은 번지수를 잘못 짚었네요. 나는 아직도 죽음의 공포에서 벗어난 게 아니거든요?"

"자네는 아직도 죽음의 공포란 것이 남아있다니 참으로 부럽구만 그려. 나는 이미 죽음이란 공포에서 해탈을 한 지 오래전이거든?"

"그래서 내 속마음을 그렇듯 잘도 알아차리나 보죠?"

"그래 맞아! 인간세상의 잣대로 따지자면 도사님이 다 됐다는 뜻인 게지. 해탈이란 게 바로 그런 뜻이 아니겠나?"

"그러니까 그 말은 곧 귀신이 다 됐다는 뜻이구요. 그런 거죠?"

"그래! 결국은 자네 말이 정답인가 보네. 이미 아랫세상에 남아있는 내 등신이란 놈은 천수가 다 돼 간다는 뜻이기도 한 셈이지!"

(그래서 내게 걸었던 기대를 접으려고 했던가 보구나!)

나는 더 이상 대화를 이어갈 수가 없었다. 조금 전에 내가 한 말들은 절반쯤이 농담이었다. 그랬는데, 그 말들이 모두가 사실이라니 그만 선배에 대한 미안한 마음이 더 이상은 대화를 이어갈 수 없도록 만들고 있었던 것이다. 선배가 얘기를 계속했다.

"그렇다고 자네를 탓하고자 해서 하는 말은 아닐세. 나도 자네 입장을 모르는 바가 아니니 말씀이야. 물론, 자네에 대한 원망이야 왜 없겠냐마는 세상만사 내 욕심대로 안 되는게 인간사 아니겠나? 그래서 해탈을 한 김에 인생의 미련도 포기하기로 한 것일세. 자네에게 자꾸만 매달려 봤자 먼 산에 개 짖는 소리밖에 더 되겠나. 안 그래?"

선배의 말속에는 분명 나에 대한 원망이 가득했다. 그랬기에 그 심정이 오죽하겠는가. 마지막 실낱같은 희망을 걸고 누군가를 기다리고 있다가 나를 만나 소원을 이루는가 했는데, 그것이 결국은 물거품이 되고 말았다는 사실에 하늘이 무너지는 절망을 느끼지 않을 수 없었을 것이었다. 그럼에도 선배의 그 모질지 못한 성격만은 변한 게 하나도 없었다. 그것은 너무도 당연한 결과였다. 인간세상에서나 성격이 변하고 말고 하는 것이지(아무리 중천국이라고 하나) 하늘세상에 와서까지 성격이 변할 수는 없음일 것이기 때문이다. 하늘세상이란 오직 인간세상에서의 심판만 있을 것이 아니겠느냐고 하는 얘기이다.

황 선배는 바로 그런 사람이었다. 잔꾀는 많고 조금은 음흉한 성격이긴 했으나 천성은 결코 모질지 못하다는 사실 말이다. 그랬기에 나하고도 지금껏 지푸라기 같은 우정을 이어올 수 있었던 것이 아니었겠는가.

내가 잠시잠간 회상에 빠져들어 입을 닫아버리자, 선배가 다시 말을 이어갔다.

"먼 산에 개 짖는다는 표현은 내가 좀 심했나…?. 허긴 뭐, 그게 틀린 말도 아니니까 굳이 변명을 할 필요까지야 없을 일이겠지. 그래서 말인데, 우리가 시방 여기서 그런 것이나 따지고 있을 때이던가, 그게 아니라도 할 말이 많은데…!"

"끄으음…!"

나는 도대체 선배의 속셈이 무엇인지를 알 수가 없어 선배의 결단만을 기다리고 있을 뿐이었다. 역시나 선배가 내 의도를 알아채고 분위기를 바꾸며 대화를 이어간다.

"내가 잠시 불필요한 말로 시간만 낭비한 것 같군 그래…. 물론, 자네에게는 아직도 희망의 끈이 남았지만 내게는 이제 남은 것이 아무것도 없지를 않은가? 그래서 말인데, 자네에게 충고 한마디 해 주지. 여기서는 오직 지금의 이 순간이 있을 뿐, 과거도 없고 미래도 없고, 요행 같은 것도 기대하지 말게. 이 세상은 오직, 지금의 이 순간만 있을 뿐이라는 뜻인게야!"

"……?!"

나는 더 이상 대꾸할 말이 떠오르지를 않았다. 선배의 말이 무슨 뜻인지를 알아들을 수가 없었기 때문이었다. 선배가 얘기를 계속했다.

"내가 이제서야 하는 말이지만 자네에게 걸었던 기대도 나는 이미 짐작하고 있었다네. 여기서 내가 가진 희망과 기대는 모두가 도로아미타불이란 사실을 말씀이야. 좀 더 솔직하게 말해서 자네가 내 등신을 거울 앞으로 데려오지 못한 것은 자네의 잘못이 아니라 하늘의 뜻이라고 하는 사실이야. 그럼에도 내가 미련을 못 버리고 자네에게 매달렸었네마는 나도 이제는 미련을 버렸다네. 하늘의 뜻이란, 인력으로 바꿀 수 없다는 사실을 깨닫게 되었다는 말씀인 게지. 이 사실을 너무 늦게 실토하게 돼서 미안하네."

그 말에는 나도 의문이 들지 않을 수 없었다. 그래서 급히 물었다.

"그렇다면, 그걸 알면서도 거울 속에서 누군가를 기다리고 있었다는 거예요 시방?!"

"처음에는 몰랐었지. 그걸 알았다면 그런 어리석은 짓을 했었겠나? 처음에는 모르고 거울 바깥으로 되돌아 나가려고만 했었는데…"

그만 거울 앞에 있던 선배의 등신이 (몸뚱이가) 평상시의 버릇대로 옷매무새만 매만지고는 그대로 거울 앞을 떠난 듯싶어 보였다고 했다. 허긴, 거울 앞에서 잠시만 좀 기다리고 있으라는 주문도 없었으니, 등신이 본능적으로 거울 앞을 떠난 것은 당연할 일이 아니었겠는가. 그러고 보면 나는 참으로 운이 좋은 편이었다. 그것이 어쩌면 선배의 도움인지도 알 수는 없을 일이었지만, 내가 어째서 이산가족이 되지 않았는지는 나로서도 알 길이 없을 일이었다.

"…내가 등신이랑 이산가족이 되고 난 뒤, 이곳 생활에 익숙해지면서 이미 내 운명을 바꿀 수 없다는 사실을 깨닫게 되었으나 마음속에 남겨진 미련은 좀체 버릴 수가 있어야 말씀이지…"

그리하여, 시도 때도 없이 그림자가 머물던 곳 (거울 속) 무주공간으로 찾아와 하염없이 기다리기를 반복하다가 드디어 기적 같은 행운을 맞이하게 되었다고 했던 것이었다. 그것이 바로 나와의 상면이었다.

"… 그래서 나는 생각을 바꿔먹게 되었다네. 세상을 살다 보면 기적이란 것도 일어날 수 있다는 사실을 말인 게야. 그랬으니 자네에 대한 미련을 버릴 수 있었겠나…."

"아, 예. 사실은 그게 그렇게 된 것이었군요? 얘기를 듣고 보니 나한테 희망을 걸어볼 만도 하긴 했겠네요…."

"당연하지. 자네도 내 입장이 되고 나면 나랑 다르지 않을 걸 아마…?"

"당연히 그렇겠지요. 그래서 말인데요?…"

"그래, 주저하지 말고 말해봐. 궁금한 게 뭔데?"

"나도 설마 이산가족 되는 거 아니겠죠? 여기서 지금 이렇게 여유를 부리다가…!"

"킬킬킬~ 자네 마음속엔 항상 그 생각이 도사리고 있지 않은가? 자칫 여기서 시간을 낭비하다가 이산가족이 되지나 않을까 하는 불안한 생각!"

"그래요. 선배 짐작대로 나는 지금도 그 생각 때문에 무척 불안하거든요?"

"그럼 됐어! 자네의 그 생각이 바로 이승줄인 게야."

"예? 그게 이승줄이라니, 그건 또 무슨 말이에요?"

"기왕에 얘기가 나왔으니 내가 죄다 설명을 해주지. 자네도 이제는 공간이동이란 말은 이해를 하고 있겠지?"

"당연하죠. 그런데 그게 왜요?"

"응. 공간이동이란 바로 순간이동이란 말과도 같은 뜻인 게야."

"예에, 그렇군요. 그래서요?"

"그 말이 사실은 시공을 초월한다는 말과도 같은 뜻으로 사용이 되는 말이거든? 그게 그러니까 시간과 공간을 동시에 나타내는 말이다. 이런 뜻인 게야."

"시공이란 게 시간과 공간을 함께 나타내는 말이라구요?"

"그렇다네. 그게 선뜻 이해가 되지는 않겠지만, 우리가 공간이동을 이용해서 장소를 옮겨다녔듯 시간이라고 하는 것도 그와 같이 이해를 하면 된다는 뜻인 게야. 그것을 말로 설명해서 이해시키기엔 어려움이 좀 따르겠지만 그래도 그것만은 꼭 이해를 해야겠기에 하는 말이네마는….."

선배의 설명은 바로 이런 것이었다. 우리 인간세상에서의 한순간이 이곳 깡통(하늘)세상에서는 십 년 백 년이 될 수도 있고, 그 반대로 하늘세상에서의 한순간이 인간세상에서는 십 년 백 년이 될 수도 있다고 하는 사실 말이다. 선배의 얘기는 계속 이어졌다.

"자네가 거울 속으로 공간이동을 해올 적에 마음속으로 '내 등신이 거울 앞을 떠나기 전에 내가 깡통세상에서 되돌아 나가겠다' 하고 생각을 해두게 되면 여기서 십 년 백 년이 지나서 되돌아 나가도 거울 바깥의 인간세상에서는 찰나의 순간에 지나지 않는다는 사실인 게야….

그 말을 반대로 생각해 보면, 인간세상에서의 백 년 천 년이 이곳(하늘)세상에서는 찰나의 순간이 될 수도 있다고 하는 설명이었다.

"내가 자네에게 그 말만은 굳이 할 필요가 없어서 입을 다물고 있었으나 어차피 알게 될 거 더 이상 숨길 필요가 뭐가 있겠나? 허긴, 얘기를 해봤자 이해를 못 할 것은 뻔-한 사실이지만서도….

나로서도 선배의 말이 잘 이해가 되지 않는 것은 사실이었다. 시공을 초월한다는 그 말뜻을 두고서 하는 말이 아니라 인간세상과 하늘세상의 시간차를 두고서 하는 말이다. 그것을 조금만 깊이 있게 생각을 해 봐도 인간세상에서의 상식으로는 전혀 이치에 맞지 않는 말이기 때문이었다.

"선배의 말이 나로서도 잘 이해가 되지 않는 것은 사실이지만, 그건 좌우지간에 그렇다 치고….

"계속해봐. 자네가 하고 싶은 말이 무엇인지"

"그게 그러니까, 나는 지금 이산가족이 될까 봐 마음을 졸이지 않아도 된다는 뜻이 아니에요? 결론적으로 말하자면 그런 뜻이잖아요 뭐."

"그래 맞아! 내가 지금까지는 자네를 자꾸만 인간세상으로 내쫓어서 내 등신을 좀 데려오라고 그랬지만 이제는 나도 마음을 다 비웠기 때문에 하는 말이네마는, 자네의 마음속에 이산가족이 되지 않겠다는 의지가 굳건한 이상, 걱정할 거 하나도 없어. 여기서 아무리 오래도록 머물다 되돌아가도 거울 바깥의 자네 등신은 아직 거울 앞을 떠날 생각조차 못 하고 있을 테니!"

"선배가 그렇다면 그런 거겠죠 뭐. 이제야 나도 마음이 좀 놓이네요. 지금까지는 어찌나 마음을 졸였던지 원…!"

"당연히 그랬겠지! 그것도 모두 내 덕분인 줄 알게나. 나는 그 사실도 모르고 세상구경에 정신이 팔렸다가 이산가족이 되었지만…."

"나도 선배를 만난 게 행운이란 건 알고 있어요. 그래서 말인데요? 그딴 것들은 누구한테 배워서 알게 된 거예요? 아니면 선배 스스로가 알아차린 건가요?"

"자네가 내 말을 신뢰하지 못해서 묻고 있다는 거 나도 알고 있네마는 자네도 여기서 조금만 더 있어 봐. 그딴 거는 저절로 알게 될 테니까! 그게 바로 하늘의 이치거든?!"

"그러니까 여기서는 누구한테 배워야 아는 것이 아니라, 시간이 지나면 하늘의 이치에 따라 스스로 알게 된다는 뜻이군요. 그런 거죠?"

"킬킬킬~ 그래서 생각해 봤는데, 우리 인간세상도 이랬으면 얼마나 좋을까? 하고 말이야. 그랬다면 죽자사자 공부를 하지 않더라도 나이만 들면 모두가 만능박사가 될 테니깐 말씀이야…!"

"그래서 귀신들은 모르는 게 없나 보죠? 무당들이 왜 귀신을 섬기는가 했더니 그것 때문이었나보죠. 그죠?"

"그러니까 그 말은 결국 나보고 귀신 다 됐다며 흉보려고 그러는 거지?"

"아직은 덜 됐네. 귀신이─! 그래서 말인데요? 내가 이렇게 노닥거리고 있어도 이산가족 안 된다는 거 분명하죠. 그렇죠?"

"결국 그거였군. 내 말을 어디까지 신뢰할까 하는 게?"

"예. 맞아요. 지금 내게 이산가족보다 더 큰 관심거리가 어디 있겠어요?"

"자네는 그게 병이야. 남의 말을 못 믿는 거! 그러나 이것만은 알아두게. 하늘세상에서는 거짓이 없다는 거…! 그깟 거야 두고 보면 알겠지만… 앗뿔싸! 내 의도는 이게 아니었는데 내가 그만…"

선배가 무엇 때문에 그렇듯 놀라는지는 알아차릴 수가 없었다. 갑자기 당황을 하는 것으로 보아 무슨 의외의 변수가 생긴 것만은 분명한데, 내가 그 사실을 알아차리기엔 아직도 세상물정에 익숙지 못한 것은 사실이었다.

그랬는데, 다음 순간 나는 기절초풍을 하고 놀라지 않을 수 없었다. 선배가 사전 예고도 없이 장소를 변경시켜 놓았기 때문이었다.

"에고머니, 여기는 또 어디에요 선배? 이동을 하려거든 귀띔이나 좀 해주고 이동을 할 것이지…."

"그래서, 천벌을 얻어맞게 내버려두지 않고 갑자기 이동을 해 온 게 불만이란 겐가 시방?!"

"그, 그건 아니고요. 내가 당황을 해서 나도 모르게 해 본 소리예요."

"그렇다면 됐고. 여기가 어딘지는 나도 몰라. 천벌이 떨어질 조짐이 보여서 그냥 무턱대고 도망을 친 것뿐이니까!"

"그랬군요. 그건 그렇다 치고 저건 또 어찌 된 거예요?"

"뭐가 어찌 됐는데…? 핫뿔싸 우리가 시방 함정에 빠진 게야 시방!"

"뭐라구요? 저게 함정이라구요?"

나는 눈과 귀를 의심하지 않을 수 없었다. 우리가 지금 서 있는 곳은 아주 경치가 수려한 호숫가였는데 호수 맞은편엔 시원한 폭포수가 내려 쏟아지고 있었고, 그 좌우의 울창한 산림에는 백조와 왜가리 등 여러 가지 철새들이 무리를 지어 날아다니고 있었다.

그랬는데, 그것이 내 상식을 뛰어넘고 있었던 것이었다.

"저것이 어찌 된 거예요 선배? 아무래도 세상이 미쳤나 봐요. 저게 미치지 않고서야 어찌 저럴 수가 있는 거예요 예?!"

선배가 당황한 목소리로 대꾸를 해왔다.

"뭐가 또 어찌 됐다는 것인데? 설마, 새들이 날아다니는 모습을 보고서 하는 말인 겐가?"

"예? 새는 천천히 보고 저길 좀 봐요. 저– 폭포수!"

나는 결코 새가 날아다니는 것까지는 신경을 쓸 겨를이 없었다. 폭포수만 보고 있는대도 정신을 가눌 수가 없었기 때문이었다. 그랬다. 폭포수가 벼랑 위로 솟구쳐 오르는데 아마도 세상이 거꾸로 보이는 게 분명했다.

선배가 대꾸를 하여 소리쳐왔다.

"새들이 미쳤다는 것은 이해를 하지만… 폭포수를 보라 하는 것은…미쳤네. 폭포수도!"

선배도 비로소 폭포수가 거꾸로 흐른다는 것을 확인한 모양이었다. 그래서 나도 새들이 날아다니는 모습을 살펴보았다.

"저깟 새들이 무얼 어쨌다고…? 미친 거 맞네. 새들도…!"

순간 내 입에서도 미쳤다는 말이 흘러나오고 있었다. 아무래도 새들이 마법에 걸린 것임이 분명했다. 모든 새들이 하나같이 거꾸로 뒤집혀서 하늘을 날아다니는데 이것은 결코 정상이 아니었다.

"그래 맞아. 이것은 정상이 아니야! 내가 시방 마법에 걸렸거나 저것들이 마법에 걸렸거나…."

그래서 내가 선배에게 급히 되물었다.

"우리가 지금 함정에 빠졌다면 저것들이 하는 짓거리도 함정에 빠져서 저런 것인가요, 선배?"

선배가 대꾸를 해왔다.

"나도 모르겠네. 저것들이 미친 것인지 내가 미친 것인지…! 내 생전에 이런 꼴은 처음이거든? 그래서 말인데, 자네 눈에도 세상이 거꾸로 보이는 겐가?"

"세상이야 바로 보이지요. 저것들이 거꾸로라서 그렇지!"

"에고야~ 그래서 내가 그랬잖은가? 함정이라고!"

"그럼 어찌해야 하는데요?"

"어찌하긴 무얼 어찌해? 천벌만 기다리면 되는 거겠지!"

"그건 아니지요-! 내가 미쳐서 또 천벌을 받아요? 정말이지 나는 싫어요. 그러니 나를 얼렁 집으로 돌려보내 주세요. 얼렁요-!"

나는 정말로 다급했다. 천벌만 기다리면 된다는 선배의 말이 (우리는 또다시 천벌을 피할 수 없게 되었다)는 뜻으로 들렸기 때문이었다. 그러면서도 나는 한 가지 중요한 사실을 잊고 있었다. 내 스스로 공간이동 방법을 터득하여 선배의 도움 없이도 이런 경우에 대비를 할 수 있도록 준비를 했어야 함에도 나는 오로지 선배에게만 매달리고 있었던 것이었다. 그러니까 지금이라도 내가 그 방법을 물어보고 깨우쳐야 했다고 하는 사실이었다. 그럼에도 나는 그 중요한 사실을 전혀 깨닫지 못하고 있었던 것이었다. 지금이 바로 그 방법을 깨우쳐야 할 기회였음에도 말이다.

그런데, 여기에서 나는 또 한 가지 실수를 더 저지르고 있었다. 이럴 때는 오로지 공간이동을 이용하여 다른 곳으로 장소를 옮기고 봐야 하는 것이지. 당장 집으로 보내달라고 생떼를 쓰면 안 된다고 하는 사실을 말이다. 내가 집으로 보내달라고 하는 것은 우리 집 안방의 장롱거울 앞을 말하는 것으로서 그것은 한 가지의 절차를 더 거쳐야만 하는 일인 것이다. 그러니까 거울 속에 비친(그림자가 있던) 무주공간으로의 이동을 하고 나서야 거울 바깥으로 이동이 가능한 것인데, 그 절차를 거치지 않고서는 아무리 마음이 다급하다고 해도 우리 집 안방으로의 복귀는 불가능하다고 하는 사실이다. 그럼에도 내가 그 이치를 깨닫지 못하고 자꾸만 선배에게 무리한 요구를 해대고 있었으니 내 요구가 받아들여질 리 만무할 일이었다.

그러나 사실 그것은 선배의 술책이었다. 나에게 공간이동의 방법을 알려주지 않고 자신에게 의지하도록 만들어서 결국엔 자신의 요구를 관철시키겠다는 술책 말이다. 그래서 내가 그 방법을 배우겠다며 매달리기 전에 얼렁뚱땅 분위기를 바꾸며, 기회를 만들어주지 않고 있었던 셈이었다. 어쨌거나 그것은 선배의 뜻대로 잘 흘러가고 있었다. 나는 사실 선배랑 함께 있으면서 공간이동에 대한 방법을 배우고 싶다는 생각조차 하지 못하고 있었으니 말이다. 공간이동에 대한 방법을 배우고 싶다는 생각은 커녕, 지금 당장은 우리(현실) 세상으로 되돌아가고 싶다는 생각뿐이었다. 천벌이란 게 그만큼 두려웠기 때문이기도 했다.

그랬는데, 나는 또 한 번 눈알이 휘둥그레졌다. 순식간에 또다시 세상이 뒤바뀌어 있었던 것이다. 이번에는 나도 선배가 공간이동을 해왔다는 사실을 어렵지 않게 알아차릴 수 있었다.

(그렇다면 내가 인간세상으로 되돌아온 것인가…?)

아니었다. 아무리 둘러봐도 전철역사나 우리 집 안방이 아니었다 '그랜드캐니언'이었다. 현실에서는 한 번도 가 본 일이 없는 그 신비스런 협곡을 이곳에서는 신물나게 찾아오고 있는 셈이었다. 그랬기에 이곳이나 그곳(잠시 전에 있던 곳)이나 두려운 것은 마찬가지였다. 나는 정말이지 신경질이 났다.

"집으로 돌려보내 달라니까 왜 또 여기야 젠장!"

선배가 대꾸를 해왔다.

"곽 여사가 보자고 해서 왔네. 그러니 급하더라도 좀 진정하게나. 자네 볼일보다는 내 볼일이 먼저이잖은가?!"

"…!"

그러나 이번에는 나도 짐작을 했다. 곽 여사가 보자고 했다는 것은 핑계일 뿐이요, 선배 자신의 뜻대로 나를 데려왔다는 사실을 말이다. 그리고 보면 나도 이제는 반편이가 다 돼간다는 의미였다. 선배의 행동까지도 대번에 눈치채는 것을 보면 말이다. 역시나 내 예상대로 곽 여사가 모습을 나타내면서 선배에게 반박을 해왔다.

"입은 삐뚤어져도 말은 바로 해야지요. 자기도 나를 보고 싶다고 해놓고선 왜 나에게만 책임을 뒤집어씌워요? 나 때문에 여기로 오게 된 건 사실이지만…."

선배가 얼른 대꾸하여 변명을 늘어놓는다.

"이그~ 그런 말은 좀 아껴두면 어디가 덧나나? 나도 다아~ 이유가 있어서 이리로 찾아온 것이니 나를 너무 원망치 말게나!"

내가 따져 물었다.

"그 이유가 뭔데요? 곽 여사님 만나는 거요?"

"그래그래, 누이 좋고 매부 좋고… 떡 본 김에 제사지내고…"

곽 여사가 선배의 말을 가로막으며 급히 소리친다.

"노닥거릴 시간 없어요. 어서 나를 따라 몸을 피해야 할까봐요!"

그리고는 우리를 데리고 가까운 동굴 입구로 몸을 피한다. 그와 때를 맞추어 사방에서 뿔피리 소리가 요란하게 울려 퍼지는데 곽 여사가 설명을 해온다.

"사냥꾼들이예요. 저것들이 시도때도 없이 나타나서 온푼이들을 잡아가는데…. 설사 눈꼴시린 모습을 보더라도 절대 나서지 마세요. 아시겠죠, 두 분?"

내가 얼른 반문을 했다.

"왜요? 그깟 깡통들에게 얻어맞을까 봐 겁이 나서요?"

"그래요. 여기서는 그것들이 왕이에요. 멋모르고 덤볐다가…
아니지 참, 한번 덤벼보세요. 결과가 어떻게 되나!"

선배가 급히 나서며 대꾸를 해준다.

"결과가 어떻게 되긴? 불벼락을 얻어맞는 거지. 천벌…!"

나는 가슴이 뜨끔했다. 그렇다면야 당연히 곽 여사의 충고에
따라 숨을 죽이고 있을 수밖에! 그래서 분위기를 바꿀 겸 다른
것을 다시 질문해 보았다.

"…곽 여사님은 깡통들이 나타날 것을 어떻게 짐작했나요?"

그것은 나에게 참으로 중요한 일이었다. 만약에 내가 앞으로
선배나 곽 여사의 도움을 받기로 한다면, 그녀가 얼마만큼이나
이곳 깡통세상의 실태를 알고 있는 것인지 그것이 중요한 일이
아닐 수 없었던 것이다. 그녀가 대꾸를 해왔다.

"여기서는 미세한 바람소리 하나에도 신경을 써야 하는 거예
요. 그래야 천벌을 면할 수가 있는 것이거든요? 이사님은 아직
이곳 생활에 적응이 안 돼서 깨닫지 못했겠지만 나는 이미 듣고
있었어요. 저- 멀리서부터 사냥꾼들의 출현을 알리는 뿔피리
소리를 말이에요."

"그랬어요? 나는 전혀 듣지 못했었는데…"

"관심이 없었으니까 안 들리는 거죠. 이곳에 있다 보면 자연히
관심을 갖게 돼요. 내 운명과 연관이 있는 일이니까요."

"곽 여사님이 그런 거라면 그런거겠지요마는, 이 협곡은 도대
체 얼마나 넓기에 뿔피리소리조차 내가 못 알아듣는단 말인가
요?"

"인간의 릿수로 계산을 한다는 건 불가능하겠죠. 끝과 끝이 백리가 될 수도 있고, 천 리가 될 수도 있으며, 바로 코앞이 될 수도 있는 것이니까요."

그 말에는 나도 데꾸를 할 수 없었다. 알아들을 것도 같고 모를 것도 같고⋯. 거기가 여기요, 여기가 거기라는 말이 선뜻 이해가 잘 되지 않는 말이기 때문이었다. 백 리, 천 리가 코앞이 될 수도 있다는 말이 말이다.

(참으로 아니꼽고 더러워서 못 살겠네. 이놈의 세상은. 없는 것도 아니요, 있는 것도 아니라는 뜻인데⋯)

그랬기에 그 계산법은 내 머리에 한계가 있었다. 생각을 해서 이해를 하려고 하다 보면 그만 실타래가 헝클어지듯 머릿속이 헝클어지기 때문이었다.

바로 이때였다. 바깥이 시끌벅적해서 바라보니 뜻밖에도 영화 속의 한 장면이 펼쳐지고 있었다. 중세시대의 복장이라고 짐작되는 갑옷과 투구의 병사들이 노예들을 줄줄이 엮어서 잡아끌고 가는데, 그것이 참으로 웃음거리를 선사해주고 있었다.

"낄낄낄~ 좀 더 리얼하게 연기를 해야지. 저렇듯 어설퍼 가지고서야⋯!"

하다 말고 나는 그만 입을 다물었다. 너무도 코미디 같은 광경에 나도 모르게 착각을 일으키고 만 것이었다. 그러나 따지고 보면 내가 착각을 일으킬 만도 하기는 했다. 영화나 드라마 세트장이 아니고서는 상상도 할 수 없는 웃음거리가 펼쳐지고 있는 것은 사실이기 때문이었다.

병사들이 노예들을 사정없이 몰아쳐 대고 있었던 것이다. 그럼에도 끌려가지 않으려고 발버둥을 치는 노예들은 사정없이 채찍으로 얻어맞고 있었다. 그것이 얼마나 고통스러울지는 짐작을 하고도 남음이 있었다. 게다가 더욱더 코미디 같은 사실은 또 있을 일이었다. 백인과 흑인, 황인종을 비롯해서 남자와 여자, 그리고 어른과 아이들이 서로 뒤섞여 있다고 하는 사실 말이다.

"이놈의 세상은 아직도 중세시대냐 글쎄…!"

그랬기에, 내게는 그것이 현실로 느껴지지가 않았다.

"내 눈에 저렇듯 중세시대의 모습으로 비쳐진다면, 저것은 분명 무슨 의도가 따로 있음일 텐데 도대체 그 의도가 무엇일까?"

그리고 다음 순간 나는 눈을 의심했다. 저- 건너편 동굴에서 갑자기 꼬맹이 녀석 하나가 뛰쳐나오며 울부짖기 시작했다.

"까아~아악! 할매야 가지 마라 앙앙앙앙-!"

참으로 뜻밖이었다. 갑자기 선배가 소리를 질러댔다.

"저 녀석은 동호가 아닌가?! 야, 이녀석 동호야-?"

선배가 꼬맹이를 향해 달려나가려는데 곽 여사가 팔소매를 부여잡고 멈춰 세우며 고함을 질러댄다.

"당장, 멈춰서요-! 이 양반이 시방 벼락을 못 맞아서 환장을 했군 그래. 당장에 멈춰서지 못하겠어요?!"

"그래도 저건 내 꼬맹이 동혼데…!"

"그래서 영감이 무얼 어쩌겠다고?!"

"어쩌긴 어째? 당장 데려와야지!"

"말도 안 돼! 저것들에게 붙잡히면 영감 인생 오늘로 끝장이야!"

그리고는 선배를 나꿔채서 바닥에다 패대기를 쳐 버리는데 나는 곽 여사가 그렇게도 힘이 센 줄 미처 몰랐었다. 어쨌거나 선배는 곽 여사의 저지로 더 이상은 발광을 하지 못했다. 그제서야 내 눈길도 꼬맹이 동호에게로 향했다.

(저 녀석이 누굴 보고 저러는가 시방…?!)

꼬맹이가 울부짖으며 달려가서 한 여자노예의 품에 안기는데 (핫뿔싸-) 그것은 바로 내 여자친구였다. 여자친구는 한강물에 빠져죽어서 영혼세계로 떠난 것이 아니라 내 예상대로 이곳에 그냥 있었다는 뜻이었다.

"그래! 꼬맹이도 달려가는데 나는 못 갈라고…!"

나는 결코 곽 여사에게 팔목을 붙잡힐 여유를 주지 않았다. 그리고 친구를 향해 달려갔다. 아무 대책도 없이 무조건 친구를 구하겠다는 생각뿐이었다. 다음 순간, 불꽃이 나를 향해 쏟아져 왔다. 아마도 화염방사기로 나를 향해 불꽃을 쏘아보낸 것임이 분명했다. 불꽃이 내 얼굴에 와 닿는 순간, 나는 그만 철판 같은 단단한 장벽에 얼굴을 부딪치는 듯한 충격을 느낄 수밖에 없었다. 정말이지 그것은 엄청난 충격이었다.

(어구야~! 나는 또 죽었네-!)

그래서 깨달았다. 내 몸이 단단한 장벽에 부딪쳐서 박살이 났거나 뜨거운 불기둥에 녹아내렸을 것이라는 사실을 말이다.

17. 천추에 남길 후회

이놈의 세상은 참으로 사람이 살 곳이 아니었다. 높은 곳에서 떨어지거나 단단한 장벽에 부딪히거나 뜨거운 불기둥에 얻어맞기만 해도 살이 찢기고 뼈가 으스러지는 고통을 감수해야만 하는 것이기 때문이었다. 그 고통이란, 어느 것이 더하고 어느 것이 덜한 것도 없었다. 미리부터 설명을 했었지만 고통에는 한계도 없었다. 금방이라도 까무러칠 것만 같은 고통이 까무러치지도 않고 오래도록 지속이 된다는 사실에 문제가 있었다. 그래서 나는 이놈의 세상이 정말 싫었다. 지옥이라고 하는 이유를 깨닫고도 남을 일이었다. 이런 것에다 비하면 우리 인간세상은 참으로 천국인 셈이었다. 견딜 수 없을 만큼 고통스러우면 까무러치거나 죽기라도 해서 고통을 벗어날 수 있기 때문이다.

그래서 나는 내 자신이 엄청 싫었다. 내가 죽어서 천국에를 갈지 또는 지옥에를 갈지 심판도 받아보지 않고, 벌써 세 번씩이나 천벌을 얻어맞고 있었기 때문이었다.

(아마도 하나님이 노망 났나 봐!)

분명히 그런 것 같아 보였다. 그러지 않고서야 깡통지옥이란 것이 어찌 있을 수 있을 것이며, 멀쩡하게 살아있는 사람이 천벌을 얻어맞을 수가 있느냐 말이다. 그래서 나는 하나님조차도 싫어지려고 했다. 그러면 안 된다는 사실은 잘 알면서도 어쩔 수가 없었다. 나처럼 선량한 사람이 천벌을 얻어맞고 있는데도 나 몰라라 하는 하나님이 싫어지지 않을 사람이 세상에 어디 있겠는가. 사람들이 크게 잘못을 저지르면 천벌 받을 짓을 한다고들 한다. 그러나 크게 잘못을 저지르지 않았는데도 천벌을 받았다면 그것은 분명 하나님의 책임인 것이다.

(두고 보면 알겠지. 책임을 지나 안 지나…!)

내가 헛궁상을 떠는 것은 아직도 내게 희망이 있다는 증거인 셈이다. 그랬다, 내게는 아직도 희망이 있었다. 내가 인간세상에서나 떠올릴 수 있는 생각들을 복잡하게 떠올린다는 것은 아직도 인간세상과의 인연의 끈이 단단하게 연결되어 있다는 것을 의미하는 일이라고 들었기 때문이었다. 과연 그래서였을까! 내가 천벌을 얻어맞으면서도 머릿속이 복잡하게 회전을 하면서 꼬맹이와 여자친구에 대한 미련을 떨쳐버리지 못한 채 결국에는 누구의 도움인지도 모르면서 환상 속에서 깨어날 수가 있었던 것이었다. 천벌의 고통 때문일지도 모를 일이었다.

"으이그~ 지겨워! 아무리 꿈속이라지만 그렇게 지독한 고통은 정말 끔찍하다니까 글쎄…."

천벌의 고통은 내 마음속의 실낱같은 양심마저 송두리째 앗아가 버리고 말았다. 꼬맹이 동호나 여자친구의 생각 같은 것은 아예 마음속에서 날려 버리고 있었던 것이다. 그러면서도 하나님을 원망한 것은 마음에 켕겼다.

"킬킬킬~ 남들이 들은 것도 아닌데 하나님은 욕 좀 못 하나

까짓거…!"

나는 결코 하나님의 존재를 인정하고 싶지가 않았다. 만약에 하나님이 정말로 계신다면 깡통지옥 같은 것이 어찌 존재할 수가 있겠는가 말이다. 그래서 나는 참으로 생각이 많아졌다. 깡통 지옥이 결코 환상 속의 세상이 아니라는 사실에 생각이 굳어지고 있었던 것이다.

"그래 맞아! 그것은 결코 환상이거나 꿈이 아닌 것은 분명해. 황 선배나, 곽 여사도 그렇고, 내 친구 경옥이와 동호녀석 하며…"

하다 말고 나는 다시금 정신이 (번쩍) 들었다.

"경옥이가 노예로 끌려가고 있었다면. 그 친구의 등신에게 문제가 생겼다는 뜻인데…?"

그게 문제였다. 그녀가 지금 어디에서 어떻게 살아가고 있는지 나는 결코 그 사실조차 알 길이 없었다. 황 선배의 경우에 의하면 그녀의 등신도 분명히 개목걸이 신세가 되어 있었다는 뜻이요. 그래서 어쩌면 영혼이 지금 황천길을 떠났을지도 모른다는 사실이었다. 그랬기에 그녀가 온편이가 되어 노예로 끌려가고 있었던 것이 아니겠느냔 말이다.

"으구야~ 내가 갑자기 흥분을 해서 곽 여사의 경고도 무시한 채 동굴 바깥으로 뛰쳐나가는 바람에…"

불벼락을 얻어맞고는 정신도 없이 그만 깡통지옥에서 쫓겨 나오게 된 것이 아니었겠는가.

"그러면 안 되는 것이었는데 내가 왜 그랬을까?"

지금 와서 후회한다고 달라질 것은 아무것도 없었다. 문제는 바로 내가 그림자 세상을 방문한 의도가 도로아미타불이 되었다는 사실이었다. 그렇다면 방법은 하나뿐이었다. 내가 또다시 깡통세상으로의 확인 방문을 시도해야 한다는 사실 말이다.

"이게 바로 다 된 밥에 코 빠트린다는 뜻이로구나….”

그렇다고 크게 문제가 될 것까지야 없기는 했다. 다시 한번 더 그림자 세상으로 들어가 보면 될 일이기 때문이었다. 그게 조금 번거로운 일이기는 했지만 말이다.

"그런데 이제는 선배가 거울 속에서 기다리지 않고 그놈의 귀신소굴 같은 협곡의 동굴에서 만나자고 했겠다…?”

그것이 문제이기는 했다. 내가 협곡으로 찾아갈 방법을 모르고 있었기 때문이었다. 공간이동하는 방법 말이다.

"내가 왜 그걸 안 물어봤을까? 그곳에서는 그것이 일상적인 이동 방법이라고 했는데도 내가 그것을 그렇듯 등한시하다니 원…!”

그랬다. 그것이 깡통(하늘)세상의 통상적인 이동방법이라고 한다면 나로서도 벌써 그 방법을 깨우쳐야 했을 일이거니와, 그럼에도 나는 그 방법에 대해서 전혀 알려고조차도 생각을 하지 못했던 것이다. 그러나 한 가지만은 기억에 남는 것이 있었다. 여기가 그기요, 그기가 여기라고 하는 사실 말이다.

"분명히 그 말속에 답이 있을 텐데…. 선배는 어디 자기 혼자가 아니라서 그 방법을 터득했을까 설마!”

그랬기에 다시 한번 더 방문을 하게 되면 만사 제쳐놓고 그것부터 먼저 알아봐야겠다고 다짐을 했다. 그런데 그게 문제가 좀 있기는 했다. 선배가 거울 속에서 나를 기다리지 않고 그 협곡에서 머물겠다고 했으니 그곳까지 내가 찾아가야 된다고 하는 사실 말이다.

"그러니까 결국은 내가 공간이동을 해서 찾아가야 한다는 뜻인데…?"

결국은 내 스스로 그 방법을 깨우쳐야 하게끔 되고 만 셈이었다.

"에고 – 바보! 그래서 바보등신이라고 그랬나 보네. 정말…!"

그래서 부득이 거울 속을 다시금 방문해 보지 않을 수가 없게 되고 말았다.

"지금쯤은 교수님을 끌어들일 궁리를 해도 모자랄 판에…"

게다가 내 마음속엔 또 한 가지 꺼림직한 구석이 남아있었다. 천벌에 대한 두려움이었다. 결국은 그 두려움을 떨쳐버리기 전까지는 거울 속 세상이니 여자친구니 하는 생각은 아예 떠올리고 싶지도 않았다. 그런 불안한 정신상태를 갖고서야 환상여행을 어찌 시도해 볼 수가 있을 일이겠는가. 불안한 정신상태를 갖고서는 자칫 황 선배의 신세가 될 수도 있을 테니 말이다.

그랬는데 어찌 알았겠으랴. 정작 나는 천벌에 대한 불안보다도 목전에서 다가들고 있는 현실적 문제는 예상조차 하지 못하고 있었다는 사실이었다. 그것은 바로 아내에 대한 경계심 문제였다. 내가 천벌의 두려움 때문에 정신이 팔려있는 사이, 정작 신경을 썼어야 할 아내의 의심병 증세에 대해서는 전혀 예상조차 하지 못하고 있었던 것이었다. 그것이 나에게는 치명적인 실수가 아닐 수 없었다.

사실은 나도 아내의 의심병을 눈치 못 챘던 것은 결코 아니었다. 그래서 지금껏 아내를 눈속임하기 위해 온갖 방법을 죄다 동원해서 신경을 써 오지 않았었던가.

그랬다가 그만 그놈의 천벌이란 것 때문에 아내에 대한 경계심은 뒷전이 되고 말았던 것이 사실이었다. 그러나 그것이 내 인생 최대의 실수가 될 것이란 사실은 꿈에서조차도 생각지 못하고 있었던 것이었다.

그러니까 문제는 바로 지난번 깡통세상의 여행 때였다. 그것을 여행이라고 표현해도 될는지는 모르겠으나 좌우지간 그때 문제가 생긴 것이었다. 아마도 그동안 아내는 내 행동에 대해 끈질기게 감시를 해오고 있었던 모양이었다. 그래서 내가 아내를 마녀라고 지칭하는 이유가 거기에 있지만, 좌우지간 정상적인 여인으로서는 할 수 있는 행동이 아니기에 하는 말이다. 내가 바람을 피워서 애정에 금이 갈까 봐 그러는 것도 아니요, 도박이나 마약 같은 나쁜 짓을 저질러서 감시를 하는 것이라면 이해라도 될 일이겠으나, 인지능력에 쬐끔 문제가 있다고 해서 그토록 끈질기게 감시를 한다는 것은 마녀근성이 없고서야 결코 할 수 있는 짓거리가 아닌 것이다. 그래서 그런 사정을 참작하여 내 얘기를 들어달라고 해서 하는 말이거니와, 나는 정말이지 아내가 그토록 끈질기게 내 행동을 감시하고 있었을 줄은 예상조차 못했던 것이었다.

그리하여, 아내에 대한 의심은 쥐꼬리만큼도 없이 깡통세상을 방문해서 여자친구의 불행까지 목격한 뒤, 불벼락까지 얻어맞고는 제대로 정신도 못 가누고 쫓겨나오게 된 것인데, 문제는 바로 그때 발생을 하게 된 것이었다. 내가 방 안에서 등불을 (환―)하게 밝혀놓고는 장롱 문짝 앞에 서서 궁시렁대는 소리를 아내가 용케도 알아차렸던 모양이었다.

(그랬거든 모른 체하고 잠이나 잘 것이지. 못돼먹은 여자 같으니…!)

가뜩이나 그런 기회를 못 잡아서 안달이 나 있던 마녀가 그 기회를 놓칠 리 만무할 일이었다. 그리하여 방문을 열고 내게 추궁을 하였을 것은 눈에 보듯 (선-)한 일이었다. 그런 다음 마녀가 바보등신을 향해 무슨 패악질을 저질렀을지는 나도 그게 궁금했다. 마녀도 양심은 있었던지 자세한 얘기는 해주지 않았으니 말이다.

"당신, 정말로 괜찮아요? 당신이 누군지 말을 해봐요. 이름이 뭐죠?"

나는 대뜸 감이 잡혀 왔다. 황 선배가 개목걸이를 당해 사무실로 찾아왔을 때가 기억에 떠올랐기 때문이었다.

(으구야~ 이제 망쪼가 들었네, 망쪼가 들었어!)

나는 직감을 했다. 당분간은 천벌 같은 거 고민을 안 해도 될 것이란 사실을 말이다. 마녀가 내게 그럴 기회를 만들어 주지 않을 것임을 대번에 알아차릴 수 있었기 때문이었다.

(어쩐지 황 선배가 거울 속에서 나를 기다리지 않겠다고 할 때부터 무언가 조짐이 안 좋다고 짐작은 했었지만…)

이런 난관에 봉착하게 될 것이라고는 예상조차 하지 못했던 일이었다. 그러고 보면 황 선배도 귀신이 다 돼 가는 것만은 분명했다. 당분간은 내가 자신을 찾아가지 못할 것이란 사실을 미리 알아채고서(자네가 나를 다시 찾는 날이 언제가 될지도 모르는데 무한정 그곳에서 자네를 기다리고 있을 수만 없질 않은 가?)라고 선배가 자기의 견해를 분명히 밝혀오지 않았던가 말이다.

"그렇다면 황 선배도 아니, 황 선배의 등신도 황천으로 떠날 날이 멀지 않았다는 뜻인데…?"

나는 마음이 조급해졌다. 그렇다고 곽 여사에게 기대를 할 수도 없고, 게다가 그녀는 다시 만날 방법조차도 아는 게 없었다.

"경옥이는 이미 물 건너갔고…. 꼬맹이는 다시 만날 수 있을까?"

그러나, 모든 것이 절망적이었다. 단 한 가지 희망이라면 시간적인 제한은 받지 않아도 될지 모른다는 사실이었다.

"내가 (내 정신이) 거울 속 세상을 여행하더라도 몸뚱이가 거울 앞을 떠나기 전에 되돌아 나가겠다는 생각만 하고 있으면…"

정신과 육신이 이산가족이 되지는 않는다고 하질 않았던가 말이다. 그랬기에 내가 다시 그림자 세상으로 정신여행을 떠난다 할지라도 그것만은 기필코 잊지 않고 있으리라 다짐을 했다.

"그런데 마녀가 저렇게 눈에 불을 켜고 지켜보고 있으니…"

그것이 문제였다. 그래서 마음을 고쳐먹지 않을수 없었다. 전철역사의 상가 거울을 다시 이용해 보기로 말이다.

"어차피 이제는 선배의 도움을 기대할 수도 없고…."

그렇다면 주저하고 있을 필요가 없었다. 아내에게는 산책이나 좀 하고 오겠다며 적당하게 둘러대고는 곧바로 경인 전철에 몸을 실었다.

"설마, 그동안에 거울이 철거는 안 됐겠지 설마…."

마음이 조급해지자 별 생각이 다 들기도 했다. 역시나 거울은 그대로였다. 그러나 왠지 예전만 같지가 않았다. 모든 사실이 낯설게만 느껴졌던 것이다. 아마도 거울 탓인 듯싶었다. 우리 집 장롱거울보다는 열 배도 더 큰 거울이 내 마음속 비밀을 몽땅 까발리는 듯한 착각에 빠져들게 만들고 있었던 것이었다. 그랬기에 마음이 집중될 리 만무했다. 지나치는 사람마다 거울을 통해서 내 속마음을 죄다 들여다보고 가는 듯싶어 보였다.

"내가 이래 가지고 등신을 이곳에다 남겨두고 마음 편히 거울 속엔 들어갔다 나올 수가 있을래나 모르겠네."

아무리 금방 되돌아 나오기는 한다고 해도 나는 정말이지 마음이 놓이질 않았다.

"내 마음이 이렇게 불안해서야. 나만(내 정신만) 떠나고 나면 등신이란 놈이 대번에 발길을 돌릴지도 모르는데…."

그렇다고 여기까지 와서 이대로 발길을 돌릴 수는 없었다. 나의 이러한 속마음을 알기라도 했다는 듯, 거울 속의 그림자도 얼굴에 수심이 가득해 보였다. 그 모습을 바라보면서 나는 그만 (피식ㅡ) 하고 웃고 말았다.

(니놈이 내놈이고, 내놈이 니놈이잖아 뭐. 그래그래, 그렇게 웃으니까 얼마나 보기 좋냐 글쎄. 마치 벌레 씹은 얼굴을 해 갖고설랑…)

그나저나 그림자란 놈이 또다시 내게 똥고집을 부리고자 하는 것임이 분명했다. 언제 내가 네놈을 알아보았더냐는 듯 도대체가 나를 받아들일 기미를 보이지 않고 있었던 것이다.

(이러면 안 되는데…? 저것이 한번 고집을 부리기 시작하

면…)

나는 이미 경험을 통해서 잘 알고 있었다. 그림자란 놈이 선뜻 나를 받아들이지 않고 버티기 시작하면, 내가 아무리 통사정을 해도 내 뜻을 받아들여주지 않는다는 사실을 말이다.

(경험으로 미루어 오늘은 아마도 틀렸나 보네!)

나는 더 이상 아니꼬운 짓은 하지 않기로 했다. 허긴, 아니꼬운 짓이라 할지라도 고집을 꺾어주기만 한다면야 나도 인내를 발휘해 보겠지만, 내 경험으로 봐서는 결코 그것이 아니었다.

(그래 맞아. 어차피 오늘은 물 건너갔어!)

그렇다면야 재빨리 생각을 바꾸는 것도 현명한 방법이 되는 셈이다. 더 이상 헛고생만 하고 있을 필요가 없다는 사실 말이다.

(개 같은 놈 짜식이 똥고집은 언놈한테 배워갖고설랑…!)

아무리 욕을 해 봐야 그게 소용이 없다는 사실은 잘 알면서도 화풀이를 할 곳이 없으니 저절로 욕이 나오는 것을 어찌하겠는가. 그러면서도 나는 그게 잘 이해가 되질 않았다. 그림자란 놈의 정체 말이다. 햇빛이나 불빛에 비친 그림자야 당연히 내 몸뚱이 때문에 생기는 것이겠지만 거울 속의 그림자는 별개의 것일 수도 있다는 생각이 나를 헛갈리게 만들고 있었던 것이다.

(미쳐보지 않은 사람들이 어찌 내 심정을 알까마는…)

그렇다고 해서 내가 미쳤다는 것은 절대 아니다. 행여 내 얘기를 미친놈 헛소리로 치부할까 봐서 하는 얘기지만. 나를 미친놈 취급하는 것은 절대 동의할 수가 없다. 그래서 내가 교수님의 협조를 받는 것조차도 뜸을 들이고 있는 것이거니와 나도 사실은 정답이 궁금하다. 내가 지금 무슨 짓거리를 하고 다니는 것인지

도 궁금하고, 그림자 세상의 깡통지옥에 대한 진실 여부는 물론
이요, 앞으로의 내 계획은 원만하게 잘 해결이 되어나갈 것인지
세상만사 모든 것이 요지경이요, 의문투성이일 뿐이었던 것이다.

나는 참으로 가슴이 답답했다. 미치려면 (확-) 미쳐 버리던가.
해결이 되려면 제발 속 좀 덜 태우고 해결 기미가 보였으면 좋겠
는데, 내 그림자 하나도 내 마음대로 못하다니 이보다 더 답답한
일이 세상에 어디 있겠는가.

"아예. 내가 거울을 들여다보지 말아 버려?"

그것도 한 가지 방법이기는 했다. 그림자에게 보복을 해주는
방법 말이다. 그런데, 그게 사실은 참으로 웃기는 일이기는 했
다. 내가 거울을 안 본다고 해서 득 될 일은 뭐가 있으며, 그림
자가 손해날 일은 뭐가 있단 말인가. 오히려 손해 볼 사람은 나
자신이었다. 그림자야 지까짓 게 내가 없으면(내 등신이 없으면)
있으나 마나 한 헛껍데기일 뿐인데, 나야말로 하루가 여삼추로
몸이 쑤셔서 견딜 수가 없으니 말이다.

"그래. 항복이다 까짓거! 원래, 목마른 사람이 우물을 판다는
데 내가 참아야지 어쩌겠는가. 환상이든 꿈속이든 깡통세상의
진실을 밝혀내는 일은 내 몫인데…!"

그래서 나는 좀 더 시간을 가지고 기다려 보기로 했다. 마녀의
감시가 느슨해질 때까지 말이다.

(지까짓 게 밤에 잠은 안 자고 나만 지킬 리도 없고….)

전철역사의 거울 앞은 결국 포기를 하기로 했다. 아마도 그곳
은 황 선배와의 약속 때문에 출입이 차단된 것인지도 모를 일이
었다. 내가 우리 집 안방으로 장소를 옮겨 황 선배와 약속장소를

바꿔버리자 아마도 그것 때문에 문제가 생긴 것이 아닌가 하는 생각이 들었던 것이었다.

(그래 까짓거. 옛말에도 급할수록 돌아서 가라고 했다는데, 조급하게 설친다고 안 될 일이 될 일도 아니고!)

그래서 나는 좀 더 기다려 보기로 했다. 우리 집 마녀가 감시망을 늦출 때까지 말이다. 지까짓게 잠을 못 참아서라도 이삼일이면 감시망을 늦출 것이기 때문이었다. 아무리 마음이 조급하다고 할지라도 설마 이삼일이야 참고 견디지 못할 일이겠는가.

"그래그래! 사람이 대봉의 뜻을 이루기 위해서는 이만한 시련쯤이야 당연히 각오를 해야겠지!"

역시나 내 예상은 예상대로였다. 내가 아내에게 씌웠던 마녀의 올가미를 벗겨줄 때가 된 것인지 아내의 행동도 평상시로 되돌아갔다. 이삼일도 채 지나지 않아서 아내의 경계망이 내게서 걷히고 있었던 것이다. 한집에 살고 있는 막내녀석이랑 꽤나 심각한 대화를 주고받는 듯하더니 말이다. 그나마도 내게는 여간 다행스러운 일이 아니었다. 아직 결혼도 하지 않은 막내녀석에게서까지 감시를 당해야 하는 불행만은 면할 수 있게 된 듯싶어 보였기 때문이었다.

"감시를 당해봤자 막내녀석 저깟 놈이야 문제될 게 없지만…."

녀석은 제 나름대로 직장생활을 해야 하기 때문에 나를 감시하고 말고 할 시간적 여유가 없음인 것이다. 그랬기에 내가 신경을 써야 하는 것은 안방 마녀 하나뿐인 것이다. 그랬는데 이제는 마녀의 올가미를 벗겨줄 때가 되었다고 했듯이 아내의 감시망도 내게서 걷히고 있다는 낌새가 보였던 것이었다.

그래서 나는 마음을 놓고 깡통세상의 방문을 시도할 수가 있었다. 초저녁에 일찌감치 잠자리에 들면 한밤중에 소변이 마려워 잠을 깨게 되어 있음인 것이다. 그래서 굳이 아내의 눈치를 보고 말고 할 이유가 없었던 것이다. 문제는 바로 천벌에 대한 공포와 황 선배였다. 선배가 거울 속에서 기다려주지 않는다고 했기에 혹여 내가 거울 속으로 들어가는 데 지장은 없을까 하는 것이 걱정이었다. 게다가, 그놈의 '그랜드캐니언'으로 찾아가야 하는 것도 문젯거리였다. 허긴, 그게 그랜드캐니언보다도 더 귀신스럽게 소름끼치는 모습이긴 했지만 말이다.

"이제 그딴 것은 생각을 말자! 생각을 하면 할수록 기분만 상하니까!"

물론 기분이 상하는 만큼 두려운 것도 사실이기는 했다. 그래서 두렵다는 생각 자체를 하지 않으려고 애를 썼다.

그리하여 한밤중에 깨어나서 소변을 본 뒤에 거울 앞에 마주 섰다. 그러나 불을 밝히지 않고서는 그림자란 놈이 나타나지를 않는 것은 예나 마찬가지여서 하는 수 없이 형광등만은 밝혀야 했다. 그럼에도 그림자란 놈이 나를 전혀 나를 받아들여 줄 기미조차 보이질 않고 있었던 것이다.

"흐이그~ 내 속도 모르고, 저런 괘씸한 놈이…"

아무리 타이르고 어르고 협박을 해도 역시나 그 똥고집은 여전했다.

"에고 젠장! 이러다가 마녀가 알면 만사가 끝장이란 말이야 이 빌어먹을 놈아…! 나는 어디 좋아서 이러는 줄 아냐? 내가 이번에는 선배 도움 없이도 나 혼자 살아남는 방법을 배워야 하고…"

공간이동이며, 노예들의 생활실태며, 깡통지옥의 이모저모는 물론이요. 그보다도 더 중요한 문제는 바로 교수님을 끌어들여야 하는 일인바, 그래서 아무리 설득을 해도 전혀 씨알이 먹히지를 않았다. 그러다 말고 나는 차츰 약이 오르기 시작했다. 게다가 은근하게 오기까지 생겼다. 어디 네놈의 고집이 세나 내 고집이 세나 끝까지 한번 겨뤄보고자 하는 오기 말이다. 빌어도 안 되고 타일러도 안 되고 윽박을 질러도 안 되니 혈압이 오르고 언성이 높아지는 것이야 당연한 이치요, 자존심의 문제이기도 했다. 그림자가 나를 두 번 다시 받아들이지 않겠다는 뜻인 것 같아서 더더욱이나 그랬다. 어쩌면 깡통세상이 내 인내심과 진심을 확인해 보겠다는 의도인지도 모를 일이었다. 그게 그림자가 됐든 깡통들이 됐든 또 다른 그 무엇이 됐든 말이다. 그래서 나도 결코 물러설 마음이 없었다.

"시불~시불~시불~ 니놈들이 나를 갖고 놀겠다는 말이지 시방…?!"

어차피 이제는 이판사판이었다. 그림자가 나를 순순히 받아주던가 이제 그만 깡통지옥과 인연을 끊던가 결정을 내려야 할 시점이 찾아왔다는 사실을 내 스스로 깨닫게 된 것이었다.

그리고 다음 순간, 방문이(벌컥!) 열리면서 인상이 험악스럽게 생긴 불한당 같은 놈들이 방안으로 들이닥쳐서는 양쪽에서 내 팔목을 움켜잡고는 나를 꼼짝 못 하게 제압을 해 버리는 것이었다. 그제서야 나는 깨달았다.

(하뿔싸! 우리 집 마녀가 자식놈이랑 작당을 해서 나를 정신병

원에다 집어넣을 모양이구나! 그림자란 놈이 나를 거부할 때부터 어쩐지 조짐이 안 좋더니만—!)

"이놈들아— 네놈들이 지금 무슨 짓거리를 저지르고 있는지 알기나 하느냐? 우리 인간세상에서 천추에 한을 남길 잘못을 저지르고 있거늘…!"

그러나 그것은 내 마음속에서만 외쳐대는 공허한 메아리일 뿐이었다.

'행복에너지'의 해피 대한민국 프로젝트!

<모교 책 보내기 운동> <군부대 책 보내기 운동>

한 권의 책은 한 사람의 인생을 바꾸는 힘을 가지고 있습니다. 한 사람의 인생이 바뀌면 한 나라의 국운이 바뀝니다. 그럼에도 불구하고 많은 학교의 도서관이 가난하며 나라를 지키는 군인들은 사회와 단절되어 자기계발을 하기 어렵습니다. 저희 행복에너지에서는 베스트셀러와 각종 기관에서 우수도서로 선정된 도서를 중심으로 <모교 책 보내기 운동>과 <군부대 책 보내기 운동>을 펼치고 있습니다. 책을 제공해 주시면 수요기관에서 감사장과 함께 기부금 영수증을 받을 수 있어 좋은 일에 따르는 적절한 세액 공제의 혜택도 뒤따르게 됩니다. 대한민국의 미래, 젊은이들에게 좋은 책을 보내주십시오. 독자 여러분의 자랑스러운 모교와 군부대에 보내진 한 권의 책은 더 크게 성장할 대한민국의 발판이 될 것입니다.